英国ちいさな村の謎⑯

アガサ・レーズンと完璧すぎる主婦

M・C・ビートン　羽田詩津子 訳

Agatha Raisin and the Perfect Paragon

by M. C. Beaton

コージーブックス

JN119896

AGATHA RAISIN AND THE PERFECT PARAGON
by
M. C. Beaton

挿画／浦本典子

アガサ・レーズンと完璧すぎる主婦

ドーンとクライブのサイモンズ夫妻と、そのお嬢さんのケリアンとキンバリーに愛を込めて本書を捧げる。

主要登場人物

アガサ・レーズン……………………元PR会社経営者。私立探偵
ヘレン・フリードマン………………探偵事務所の秘書
ハリー・ビーム………………………ヘレンの甥。探偵事務所のスタッフ
フィル・ウィザースプーン…………探偵事務所のスタッフ
パトリック・マリガン………………元刑事。探偵事務所のスタッフ
ロバート・スメドリー………………会社経営者。浮気調査の依頼人
メイベル・スメドリー………………ロバートの妻
バート・ハヴィランド………………ロバートの会社の営業担当者
ジョイス・ウィルソン………………ロバートの秘書
エディ・ギブズ………………………ロバートの会社の元従業員
ジェシカ・ブラッドリー……………行方不明のティーンエイジャー
トリクシー・ソマーズ………………ジェシカの友人
フェアリー・テナント………………ジェシカの友人
オーエン・トランプ…………………ジェシカの数学教師
ミセス・ブロクスビー………………牧師の妻。アガサの親友
ビル・ウォン…………………………ミルセスター警察の部長刑事。アガサの友人
サー・チャールズ・フレイス………准男爵。アガサの友人
ロイ・シルバー………………………アガサの元部下。友人

1

こんなに華やかな春は見たことがない。コッツウォルズ地方のカースリー村の住人たちは寄ると触るとそう言い合っていた。

牧師の妻のミセス・ブロクスビーは庭に出ていき、すがすがしい香りのする空気を胸一杯に吸いこんだ。これほどたくさんの花がいちどきに咲きだしたことはなかった。ライラックの木は紫と白の花の重みで枝がしだれている。白いサンザシの生け垣は、田舎の小道をバージンロードに変えてしまった。壁一面に蔓《つる》を這わせたクレマチスにはあふれんばかりに花がつき、コテージの蜂蜜色の石壁のいたるところで、薄紫色の繊細な藤の花房がゆらゆら揺れている。どの木も鮮やかな新緑が萌《も》えだした。豪奢な分厚い被毛を持つ獣さながら、この地方全体が葉と花にすっぽりと覆われていた。

少数だが何にでもケチをつけたがる連中は首を振り振り、これは厳しい冬が来る前触れなのだと言った。自然はどこかで帳尻を合わせるために不可思議なふるまいをす

るものだから、と。

牧師館のドアベルが鳴り、ミセス・ブロクスビーは玄関に向かった。そこには、がっちりした体形で勝ち気そうなアガサ・レーズンが、心配事でもあるのか眉間に皺《しわ》を寄せて立っていた。

「入ってちょうだい。今日は仕事じゃなかったの？　今はとりかかっている案件はないの？」

アガサはミルセスターで探偵事務所を経営していた。最近はいつもそうだったが、今日もリネンのパンツスーツというきちんとした服装で、つやのある茶色の髪はおしゃれにカットされている。しかし、その小さな茶色の目は不安そうだった。

ミセス・ブロクスビーは先に立ってアガサを庭に案内した。「コーヒーはいかが？」

「いいえ、けっこうよ。今日はもうさんざん飲んだから。ちょっとおしゃべりがしたいだけ」

「じゃ、思う存分しゃべってちょうだい」

アガサはじょじょに気持ちがほぐれていくのを感じた。穏やかなまなざしをした白髪交じりの髪のミセス・ブロクスビーは、いつもアガサの心を鎮めてくれた。

「本物の大きな事件を扱いたいんだけど、入ってくる事件は迷い猫や迷い犬みたいな、ちゃちな事件ばっかりなの。赤字になるのは困るわ。秘書をしてもらっていたミス・シムズは、捜査担当だったパトリック・マリガンとくっついて辞めてしまったし、パトリックの方も引退してもう仕事をしたくないんですって。サミー・アレンは撮影担当で、ダグラス・バランタインは盗聴器とかのハイテク機器を扱ってもらっていたけど、二人とも辞めてもらうしかなかったの。仕事がそんなになかったから。そうしたら、パトリックの代わりに雇ったサリー・フレミングがロンドンの探偵事務所に引き抜かれたうえ、大切な秘書のミセス・エディ・フリントがまた結婚しちゃったのよ。たぶん、離婚案件を扱わなくなったせいね。弁護士から、けっこうたくさんの仕事を回してもらっていたんだけど」

ミセス・ブロクスビーはアガサが最愛の人、ジェームズ・レイシーと離婚したいきさつをよく知っていたから、おそらくそのせいで離婚案件を扱いたくないのだろうと想像していた。

ミセス・ブロクスビーは言った。「また資金繰りがよくなるまで、数件だけ離婚案件を引き受けてみたらどうかしら。殺人事件はもうこりごりでしょう?」

「離婚よりも殺人の方がましかも」アガサはぼそっとつぶやいた。

「たぶん働きすぎなのよ。二、三日、お休みしたらどう? こんなにすてきな春なんですもの」

「そうなの？」アガサは花盛りの庭を見回したが、それはあくまで田舎に溶けこむことのできない都会人のまなざしだ。アガサはロンドンで経営していた業績のいいPR会社を売却して、早期引退した。コッツウォルズに住むことは子供の頃からの夢だったが、いまだに都会の喧噪が体にしみつき、あわただしいペースをひきずっていた。

「パトリックとミス・シムズの代わりは誰にお願いするの？　ねえ、本当に何もいらない？　スコーンがあるわよ」

アガサは心をそそられたが、パンツのウエストがすでにきつくなっていたので、首を振った。「ええと……そうそうスタッフの件ね。イヴシャムのミセス・ヘレン・フリードマンという人を秘書に雇ったわ。中年で仕事ができて、ほんと助かってる。で、探偵の仕事はすべて自分でやってるの」

「じゃあ盗聴とか、写真を撮るのは？」

「探しているところ。専門家はとても高くつくのよ」

「村にミスター・ウィザースプーンがいるわよ。プロカメラマンだし、コンピューターにもとても詳しいの」

「ミスター・ウィザースプーンなら知ってるわ。百歳ぐらいでしょ」

「また、そんなこと言って。まだ七十六だし、最近の七十六歳はとても若いわよ」

「若いわけないじゃない。冗談でしょ。七十六っていったら、もうガタがきてるわよ」

「会いに行ってみたら？　学校のそばのローズ・コテージに住んでるわ」

「いやよ」

いつもは穏やかなミセス・ブロクスビーの目が一瞬だけ険しくなった。アガサはあわててつけ加えた。「でも、ちょっとおしゃべりしに行くのもいいかもね」世の中のたいていのことには敢然と立ち向かえるアガサ・レーズンだったが、牧師の妻がちらりとでも不機嫌な様子を見せると、まったく抵抗できなかった。


ローズ・コテージは名前とは裏腹に、薔薇が一本もなかった。前庭はミスター・ウィザースプーンが古いフォードを停められるようにアスファルト舗装になっている。カースリーでは珍しい現代的なコテージで、みっともない赤煉瓦の二階建ての家だった。アガサはミスター・ウィザースプーンを見かけたことがあるだけだったが、こんな趣味の悪い家に住んでいる人は好きになれそうもないと思った。

ドアベルを鳴らそうと手を伸ばしたとたんにドアが開き、ミスター・ウィザースプーンが目の前に立っていた。「仕事の依頼に来たんだね？」彼はうれしそうにたずねた。

ミセス・ブロクスビーのことは大好きだったが、その瞬間は絞め殺してやりたいと思った。アガサは人に操られるのが大嫌いなのに、ミセス・ブロクスビーはまさにそれをやってのけたようだ。

「まだ決めてません。入ってもよろしいかしら？」

「ああ、どうぞ。コーヒーを淹れたところなんだ」

わたしが帰るとすぐに、ミセス・ブロクスビーは彼に電話したのね。そうに決まってる。アガサは彼の後からオフィスとして使われている部屋に入っていった。

そこはちりひとつなく、整理が行き届いていた。窓辺にコンピューター用デスクが置かれ、その両側にはファイル棚。小さな丸テーブルと二脚の椅子が部屋の真ん中を占領している。窓と反対側の壁際にも棚があり、たくさんのカメラとレンズが並んでいた。

「すわって」ミスター・ウィザースプーンは言った。「コーヒーを持ってくるよ」

彼は中背で、ふさふさした白髪交じりの髪をしていた。顔はしわくちゃというほど皺はなく、さっとアイロンをひとかけすれば若い頃の顔に戻りそうだ。それにスリムな体形だった。

おなかも出てないわ、とアガサは思った。少なくとも大酒飲みではなさそうだ。

まもなく、コーヒーと砂糖とミルク、それにスコーンを盛った皿をのせたトレイを運んできた。

「ブラックでお願いします」アガサは言った。「煙草を吸ってもいいかしら？」

「かまわないよ」

ふうん、プラス一点かしら。「灰皿をとってくるよ」彼は言った。「スコーンを食べてくれ」

ミスター・ウィザースプーンが部屋を出ていくと、アガサは皿の上のスコーンをまじまじと観察した。ふいに疑いが湧き上がった。ひとつとって、かじってみる。ミセス・ブロクスビーのスコーンだ。賭けてもいい。またもや、ミセス・ブロクスビーの意のままになっていると感じ、彼を雇うのは断ってやることにした。意地悪く内心でほくそえんだ。

ミスター・ウィザースプーンは戻ってきて、大きなガラスの灰皿をアガサの脇に置いた。

彼は向かい合わせにすわると、口を開いた。「で、どういう用件なのかな？」

「ただのご機嫌うかがいよ」

彼の色あせた緑の瞳にちらっと失望がよぎった。

「それはご親切に。探偵仕事の方はどんな調子だい？」

「今はあまり仕事がないんです」

「そりゃ、妙だな。コッツウォルズではそこらじゅうで不倫が横行しているから、てっきり目が回るほど忙しいのかと思っていたよ」

「離婚案件はもう扱っていないから」

「残念だ。金が儲かるのは、そっちの方面なのに。たとえば、アンクームのロバート・スメドリー。あいつはすごい金持ちで、エレクトロニクス会社を経営している。猛烈に嫉妬深くて女房が浮気していると疑っているようだ。白黒つけるためなら、いくらでも払うぞ」

二人は長い間、見つめ合っていた。お金は喉から手が出るほどほしい、とアガサは思った。

「だけど、まだ依頼されてないわ」ようやくアガサは言った。

「おれが依頼するように勧めるよ」

アガサはかなりの額の銀行預金残高と株を所有していた。しかし、事業に失敗して、これまでの蓄えを失ってしまうような哀れな人間にはなりたくなかった。

アガサはためらいがちに切りだした。「実は盗聴や撮影をしてくれる人が必要なの」

「ああ、できるよ」

「ときには長時間の仕事になるけど」

「おれは健康そのものだ」

「ええと、今日は日曜でしょ。あなたがそのミスター・スメドリーと話して、明日、オフィスに連れてくることができたら、秘書のミセス・フリードマンにあなたとの契約書を作らせるわ。一カ月間のトライアルってことで、どう？」

「それでけっこうだ。がっかりさせることはないよ」

アガサは立ち上がると、去り際にこう言って一矢報いた。

「ミセス・ブロクスビーにスコーンのお礼を忘れずに伝えておいてね」


外に出ると、煙草を吸うのを忘れていたことに気づき、火をつけた。最近は、そこらじゅうに嫌煙家がいるのでやっかいだ。連中の非難が空気そのものを汚染し、吸いたくもないときに煙草に火をつけさせられているような気がした。

カースリー婦人会の伝統で、村の女性たちはお互いを名字で呼び合っている。ミセス・フリードマンはオフィスでもミセス・フリードマンだったが、ミスター・ウィザースプーンはフィルと呼んでほしいと言った。

フィルが一人で現れたので、アガサは一瞬むっとしたが、ロバート・スメドリーはあとからすぐに来るということだった。アガサが提示した安い賃金でもフィルが文句を言わなかったので、彼女は良心がとがめ、働きぶりが満足のいくものだったら、もっと値上げすると約束した。

探偵事務所のオフィスは商店の二階の天井の低い梁のある部屋で、ミルセスターの聖堂近くの古い地区にあった。アガサとミセス・フリードマンのデスクは、どちらも窓際に置かれている。フィルは壁際にあるパトリックの元のデスクを使うことになった。チンツのカバーがかかったソファがあり、低いコーヒーテーブルの両側には訪問者用の肘掛け椅子。その他にファイルキャビネットが備えられ、トレイにはケトルとティーバッグやインスタントコーヒーの容器、ミルクと砂糖の小袋などが並んでいた。

ようやくミスター・ロバート・スメドリーが現れると、アガサの心は沈んだ。アガサが心から嫌悪しているタイプの男だったのだ。まず、きついスーツに体を押し込んでいる。もともと高価なスーツだったので体重が増えたことを頑として認めようとしないか、サイズ直しにお金をかけようとしないか、どちらかの人間のようだ。肉のたるんだ顔に、ぼさぼさの黒い眉の下の小さな黒い目。平たい頭は真っ黒な髪で覆われている。ヘアカラーも最近は品質が向上しているみたいね、とアガサは思った。ほとんど自然な色に見えた。口は小さくすぼまっている。後に「まるでケツの穴って感じ」とアガサはミセス・ブロクスビーに報告し、下品な言葉遣いを謝らなくてはならなかった。

「どうぞおすわりください」アガサは高額な料金をふっかけて、さっさとこの男を追い払おうと考えていた。「どういうご依頼でしょうか?」

「実に恥ずかしいことなんだがね」ミスター・スメドリーは小さなオフィスをじろじろ見回した。「ああ、話すよ。メイベルが他の男と会っているんじゃないかと思うんだ」

「メイベルというのは奥さまですね?」アガサは確認した。

「そうだ」

「どうして奥さまが浮気しているかもしれないとお考えなんですか?」

「ああ、ささいなことがいくつかね。ある日早めに家に帰ると、妻が歌を歌っていたんだ」

「それがどうして妙なんですか？」

「わたしの前では一度も歌ったことがないんだ」

それも無理はない、とアガサは皮肉っぽく考えた。

「他には？」

「先週、わたしに相談なしで新しいドレスを買った」

「女性はそういうことをするものです」アガサは辛抱強く説明した。「だいたい、新しい服を買うのに、どうしてあなたの許可を得なくてはいけないんですか？」

「わたしが妻の服をすべて選んでいるんだ。わたしには地位があるし、妻もそれにふさわしい服装をしてもらいたいんだよ」

「他には？」

「それで充分じゃないかね？　ようするにだ、妻が誰かと密会しているなら、離婚のための証拠がほしいんだ」

その瞬間、アガサはフィルとミセス・ブロクスビーの両方を絞め殺したくなった。この案件をとれるという期待で老人を雇うように言いくるめられたうえ、スメドリーはたんに嫉妬深い亭主関白の夫にすぎなかった。

というわけで、彼を追い払うために、とても高い料金と必要経費を提示した。彼は小切手帳をとりだした。「千ポンド渡しておくから、必要経費は別途請求してくれ。残りは調査が成功したら払うよ」

アガサは激しくまばたきしながらオフィスの諸経費について考え、小切手を受けとった。


ロバート・スメドリーが帰ってしまうと、フィルに不機嫌に言った。

「まるでたわごとだけど、調査にとりかかった方がよさそうね。わたしとあなたでアンクームに行き、家を見張りましょう。カメラは持ってきた?」

「車にどっさり積んであるよ」フィルは楽しそうに応じた。

「よかった、じゃ、出発よ」

アンクームはカースリーからほんの数キロだ。スメドリーの家はすぐに見つかった。村はずれの樹木の多い丘のてっぺんに建っていた。もともとは地元の美しい蜂蜜色の石で十八世紀に建てられた小さなコテージだったが、裏手に大きな建物が増築されている。フィルは道の少し先の林の中に車を停めた。長い望遠レンズつきのカメラをとりだす。

「うっかりしていたわ」アガサはうめいた。「奥さんの写真をもらっておくんだった」

フィルは道の方を見た。「私道から車が一台出てきた。ほら、運転を替わって。尾行しよう」

アガサはハンドルを握り、目立たない距離を保って追跡し、フィルの方は車とナンバープレートを撮影した。

「モートンをめざしているみたいね」アガサは言った。「またドレスを買うとか、そういった問題行動をするつもりかもしれない」

「駅に入っていった」フィルが言った。「誰かと待ち合わせしているのかもしれない」

「あるいは列車に乗るとか」

小柄な垢抜けない外見の女性が車から降りてきた。「あれがミセス・スメドリーで、掃除婦じゃないことを祈るわ。夫があのドレスを選んだのなら、銃殺されても文句は言えないわよ」

メイベル・スメドリーとおぼしき女性は、目がチカチカするようなコットンプリント地のシャツドレスを着ていた。裾は足首あたりまであり、エナメル革のローヒールをはいている。くすんだ砂色の髪をうなじでまとめていた。夫よりもかなり若そうだ。夫はたぶん四十代後半ぐらいだ、とアガサは推測した。これがミセス・スメドリーなら、三十代前半だ。メイクもしていない顔は皺がなく、平凡な顔立ちだった。小さな疲れた目、ありふれた口、小さな顎。

切符売り場に入っていった。いつものように列ができていたので、二人は彼女の数人後ろに並ぶことができた。オックスフォードまでの一日往復券を、と言うのが聞こえた。

二人の番になると、同じように一日往復券を買い、ブリッジを渡ってホームに下りた。

フィルは望遠レンズをはずし、列車を待っているミセス・スメドリーをこっそり何枚か撮影した。

列車は今日も当たり前のように十分遅れた。自分が多忙で重要な人物であることを印象づけようとするボスに、部屋の外で十分間待たされている、そんないらだたしさを毎回覚えずにはいられない。

ミセス・スメドリーはオックスフォードで降りると、歩きはじめた。二人は後をつけた。アガサは携帯電話をとりだし、ミセス・ブロクスビーにかけた。

「ミセス・スメドリーの外見を知っている？」

「ええ、あなたも会ったことがあるにちがいないわ、ミセス・レーズン。だけど、たぶん目に留まらなかったでしょうね。小柄でやせていて砂色の髪をしているわ。たしか、ご主人よりも十四歳ぐらい年下よ。とても物静かな人。またどうして……？」

「あとで説明するわ」アガサは電話を切った。「まちがいない、彼女よ」フィルに言った。「どこに行くつもりかしら」

二人は彼女をつけてウスター・ストリートを進み、ウォルトン・ストリートに入った。ようやくミセス・スメドリーはフェニックス・シネマの前で立ち止まり、中に入っていった。

「映画に夢中になりすぎないでね」アガサはささやいた。

二人はチケットを買った。映画館はほとんど観客がいなかった。二人は彼女の三列後ろにすわった。作品は〈自由の草原〉というロシア映画だった。美しい映像だったが、アガサのひねくれた目には、ヒロインが涙に暮れるか草原をぼんやり眺めるぐらいしか、これといった事件が起きないように思えた。あきらかにミセス・スメドリーもアガサに劣らず退屈したようで、映画の途中で立ち上がった。二人は数分おいてからまた跡をつけた。彼女はウォルトン・ストリートに戻り、駅に向かっていく。

列車でモートンに戻り、そこから家まで尾行した。

「誰かに会う予定だったのかもしれない」フィルが言った。「だが、お相手は現れなかった。じゃなければ、はるばる、あんなつまらない映画を観に行くのはおかしいよ」

「映画館に入るところは撮った？」

「もちろん」

「そうだわ、ミセス・ブロクスビーに会いに行きましょう。彼女はミセス・スメドリーについていろいろ知っているみたいだから」

二人は牧師館に向かった。ドアを開けた牧師のアルフ・ブロクスビーは、アガサを見たとたん不愉快そうに顔をこわばらせた。

「妻に用なら、今、忙しいんだが」牧師は言った。

ミセス・ブロクスビーが牧師の後ろに現れた。「何を言ってるの、アルフ？　どうぞ入ってちょうだい、ミセス・レーズン。それにミスター・ウィザースプーンも」

牧師はふん、とかなんとか小声でつぶやくと、書斎に消えていった。

「庭に行きましょう」ミセス・ブロクスビーは提案した。「こんなにいいお天気ですもの。もちろん、長くは続かないでしょうけど。ウィンブルドン選手権が近づいてくると、また雨が降りだすのよ」

三人は庭のテーブルを囲んですわった。「ミスター・ウィザースプーンを雇ったのね」ミセス・ブロクスビーは明るい声で言った。

「さしあたりね」アガサは言い返した。「試用期間なの。ミセス・メイベル・スメドリーの案件を調べているところ。ご主人は妻が浮気していると考えているのよ」

「それはありそうもないわ。だって、アンクームみたいな狭い土地でしょ。そういうことはすぐに表沙汰になるものよ」

「どういう女性なの？」

「判断がむずかしいわね。もしかしたら忘れてる？　ミセス・レーズン。あさってアンクーム婦人会がバザーを開くから、こちらからも何人かお手伝いに行くことになっているの。あなたも行って、自分の目で確かめればいいわ。ミセス・スメドリーはボランティアとして一生懸命仕事をしているけど、物静かで控えめな人よ。結婚してまだ二年しかたっていないの」

「お子さんは？」

「いいえ。ミスター・スメドリーは最初の結婚でもいなかったみたい」

「最初のミセス・スメドリーはどうなったの？」

「気の毒な人でね。鬱病になって自殺したの」

「意外じゃないわね。ああいう男と結婚したのなら」アガサは辛辣な言葉で彼を描写し、最後に彼の口について「ケツの穴」という例の表現をしたのだった。

「ミセス・レーズン！　口を慎んでちょうだい」

「ごめんなさい」ぼそっと謝った。

フィルは笑いをこらえようとして、くしゃみをするふりをした。

「ミスター・スメドリーは尋常じゃないほど嫉妬深いのよ」ミセス・ブロクスビーが言った。

「あらまあ」アガサはため息をついた。「すべて時間のむだみたいね。今日のところはもうおしまいにしましょう。フィル、オフィスまで乗せていってくれれば、自分の車に乗って帰るわ。明日、またオフィスで。わたしはまだ仕事がいくつか残っているから」


その晩、アガサが電子レンジ調理のフライドポテトと電子レンジ調理のラザニアを食べようとしたとき、電話が鳴った。「わたしの食事に手を触れないでよ」アガサはホッジとボズウェルの二匹の猫に釘を刺した。

電話に出ると、元アシスタントのロイ・シルバーのいくぶんきどった声が聞こえてきた。

「長いこと連絡をくれませんでしたね。そっちではもう殺人はないんですか？」

「ええ、何も。離婚案件が一件あるけど、離婚案件は気が重いわ」

「それも当然ですよ。あなた自身がいやいや離婚した女性ですからね」

「それが理由じゃないわ！　ただ悪趣味な感じがするだけ」

「離婚案件はまちがいなく、どんな探偵事務所でもおもな収入源ですけどね。週末にそっちに行ってもかまわないですか？」

「今度の週末？　いいわよ。どの列車で着くのか教えてくれたら、モートンまで迎えに行くわ」

電話を切った。お客が来ると思うと、気分があがってきた。アガサはジェームズ・レイシーと短い不幸な結婚生活を経験していた。二人は同居すらしなかった。しかし、すべてが終わったあと、フルタイムで働いていないとむなしくてたまらないことがわかったのだ。

そのとき、フィルを雇わせようとしたことで、ミセス・ブロクスビーに抗議をするのを忘れていたことに気づいた。牧師の妻に電話をかけた。

「ミセス・ブロクスビー」アガサは切りだした。「わたしにフィルを雇うように仕向けたでしょ」

「ミスター・ウィザースプーンのことね。たしかに、そうするように後押ししたかもしれないわ」

「なぜ？　あなたは押しつけがましい人間じゃないのに」

ミセス・ブロクスビーはため息をついた。「たまたま彼の年金がとても少ないことを知ったの。おまけに蓄えを投資に注ぎこんで失敗してしまった。お金がどうしても必要だから、大切なカメラまで売るつもりだって聞いたのよ。あなたはカメラマンを求めていたし、彼には仕事が必要だわ。黙っていられなかったのよ」

「ああ、そうだったの」アガサはいくぶん怒りがなだめられた。「彼の働きぶりに期待しましょう」

「アンクームには行くつもり？」

「もちろん。何時から始まるのか訊くのを忘れていたわ」

「午後二時よ」

「じゃあ、向こうで」


アガサがキッチンに戻ってくると、猫たちはテーブルに上がって、彼女のディナーをがつがつ食べているところだった。「悪い子たちね」アガサは怒鳴った。キッチンのドアを開け、二匹を庭に追い出した。ディナーの残骸をゴミ箱に捨てると、急に涙があふれてきた。

布巾で涙をぬぐうと、震える手で煙草に火をつける。アガサは五十代前半だったが、最近、老いと、一人暮らしの恐怖に苛《さいな》まれていた。じめじめした日には腰に突き刺すような痛みを感じたが、断固として無視するようにしている。絶対に関節炎のわけがない。そんな病気にかかるにはわたしは若すぎる！

「しっかりして」声に出して言ってみた。とうとう更年期障害がやってきたのかしら？　まだ自分は大丈夫と、ひそかに誇らしく思っていたのに。

また電話が鳴った。アガサは疲れた声で電話に出た。

「やあ、チャールズだ」

友人のサー・チャールズ・フレイスだった。

「まあ、チャールズなのね。ずっとどこにいたのよ？」アガサは嗚咽《おえつ》をもらした。

「泣いていたの、アギー？」

「アギーって呼ばないで。ちがうわ、ただのアレルギーよ」

「もう食事はすませた？」

「食べようとしたら、猫たちに食べられちゃったの」

「すぐにそっちに行くよ。魅惑的な女の子をピクニックに連れていくつもりだったたんだけど、すっぽかされたんだ。そっちに持っていくから、庭でピクニックをしよう」

「まあ、ありがとう、チャールズ」

「じゃ、涙をふいてね」

「泣いてなんかいないわ！」だけど、チャールズはすでに電話を切っていた。

三十分後、チャールズが現れるまでに、アガサは冷たい水で顔を洗い、メイクをやり直した。

チャールズのことはいらだたしいと感じるときもあるが、会えてうれしかった。チャールズは金髪で整った顔立ちをした男で、猫のように自己満足していて、干渉されるのを嫌った。

チャールズは大きなピクニックバスケットを庭に運んでくると、テーブルにせっせと並べはじめた。

「鴨の胸肉のゼリー寄せ、アスパラガス、シャンパン……まあ、その女の子に相当入れ込んでいたのね」

「観賞用の女の子なんだ。残念ながら、わたし用ではなかったが。彼女はそれを知ってるんだよ」

和気藹々《わきあいあい》と食事をしながら、アガサはスメドリーの案件について話した。

「いっしょに行きたいな」チャールズが言いだした。「今夜泊まってもいい?」

「いいわよ、予備の部屋の場所は知ってるでしょ」

「車に旅行用バッグを入れてあるんだ。あとでとってくるよ」

庭のはずれの木立にゆっくりと太陽が沈んでいく。さっき急に涙があふれたことが不思議だった。今になってみると、頭がどうかしていたとしか思えなかった。

2

翌朝、アガサが煙草二本とブラックコーヒー一杯の朝食をすませてオフィスに出かけるときも、まだチャールズは寝ていた。

「今日の仕事は何？」アガサはミセス・フリードマンにたずねた。

「まだ例の行方不明のティーンエイジャーの案件を抱えていますし、迷い犬と猫が一件ずつ入ってます」

「しょぼいわね」アガサは嘆いた。「午前中は暇だから、そっちを捜しに行った方がよさそうね。メイベル・スメドリーの件はしばらくおいておきましょう」

「おれもいっしょに行こう」フィルが申し出た。

「ああ、そうね。まずティーンエイジャーからとりかかりましょう。ジェシカ・ブラッドリーっていう子ね」

「ずっと新聞に出てた事件だな」フィルが言った。「午前一時に〈ハッピー・ナイト・クラブ〉を出て、それっきり行方知れずになったんだろ。警察もまだ彼女の行方を見つけられずにいる」

「クラブを経営している人たちには、すでに話を聞いたわ」アガサは言った。「それに友達にも。一人で帰ったんですって。ボーイフレンドはいないみたいね。警察に発見できないことを、わたしたちで見つけられるものかしら」

「クラブから家まで歩いてみたらどうかな。その界隈の雰囲気をつかむだけでも」フイルが提案した。

「もう歩いたわよ」アガサは切り口上で答えた。「警察はそっくりさんに歩かせて、テレビ放映することまでしたわ」

「必死に見つけようとしても、実際には何も見ていないことがあるもんだ。もう一度歩いてみても損はないと思うよ」

「そうね、いいわよ」アガサは嘆息した。「ここにすわっているよりもましね。彼女の写真と、ついでに犬と猫の写真をちょうだい、ミセス・フリードマン。ついていたら、そのうちの誰かを通りで見つけられるかもしれないわ」

二人は〈ハッピー・ナイト・クラブ〉に出かけた。店はみすぼらしい裏通りにあった。

「歩くとかなりの距離よね」アガサが言った。

「おれの記憶だと、バイパスの近くのオールド・ブルーワリーに住んでいたんだよな」

「そうよ。こんなふうに歩いてあなたが何を期待しているのか知らないけど、試せることは何でもやってみましょう」

とても暑い日になりそうだった。その朝、アガサはハイヒールのサンダルをはいていたので、すぐに足が痛くなりはじめた。バイパスに近づくにつれ、人家はまばらになっていく。「歩道橋でバイパスを渡りましょう」アガサは言った。

歩道橋の真ん中まで来ると、フィルが言った。「待って!」

「どうしたの?」

「見てみたいんだ。彼女がいなくなってどのぐらいたつ?」

「三日よ」

「いくつなんだ?」

「十六歳」

フィルはカメラバッグを持っていた。ひざまずくと、バッグを開け、カメラと望遠レンズを取りだす。

「バイパスを撮影するつもり？」

「これを使うと、他の人が見逃しているものを見つけられることがあるんだ」

ふだんならアガサは反対したが、立ち止まって足を休められるのでほっとした。

「歩道橋を使うとなると、ずいぶん階段を上がらなくちゃならない」だいぶたってから、フィルは言った。「それに、夜のその時刻だと、バイパスを走っている車はほとんどないだろう。おれがジェシカなら、わざわざ歩道橋を使わず、道路を突っ切るだろうな。だとしたら、そこで横断しようと車が途切れるのを待っていたときに、車が停まったのかもしれない」

「どんなティーンエイジャーだろうと、真夜中に見知らぬ人間の車には乗らないと思うわ」

「たしかに。だが、知り合いだったら？」

「そうだとするとね、シャーロック、もうお手上げよ。ジェシカは車に乗りこんで、どこかに走り去り、イギリスじゅうのどこにだっている可能性があるわ」

「両親について話してくれ」

「じゃ、この歩道橋から下りましょう。ここにいると焦げちゃいそう。反対側の草地にちょうどいい日陰があるわ」

二人は向こう側に渡り、草の生えた土手を上った。「父親はフランク・ブラッドリーで、アイスクリーム工場で働いている。四十代。娘のことでとても落ち込んでいた。奥さんは同年代で、やつれた顔をしてずっと泣いているわ」

「こんな夜遅くにジェシカを外出させて、どういうつもりなんだ？　まだ十六だろう」

「十一時までには帰るように言ってあったみたい。帰ってこなかったので、父親が娘を捜しに出かけたの」

「実は父親が娘を見つけたのだとしたら？　車に乗せ、父親が叱ると、娘は生意気な口をきいた。それで、きつく殴りすぎたとしたら？　警察は家族を徹底的に調べたのかな？」

「ええ。最初にその可能性を考えたみたい」

「わかった」顔には皺があったが、その目は不思議なほど若々しかった。「だけど、あまり突っ込んだことは訊かなかったんじゃないかな。嘆き悲しんでいる両親に配慮して」

「警察と同じように、わたしも真っ先に父親のことを考えたわ。だけど、神に誓って、あの人は無実だと思う」

「おじさんとかは？　近所の人間は？」

「知らないわ」アガサは不機嫌になった。

「ねえ、引き返して車をとってこよう。そして、彼女が誰かの車に拾ってもらったと仮定して道路を走ってみるんだ。死体を捨てる場所があるかどうか、実地に調べてみたらどうかな。警察だって、あらゆる場所を捜索したわけじゃないよ」

「探偵はわたしよ、あなたじゃなくて」アガサは辛辣《しんらつ》な口ぶりになった。フィルは悲しげにアガサを見つめた。

「暑さのせいよ」アガサは謝罪のつもりで言った。「実は足が痛いの。悪いけど、車をとってきて。わたしはここで待ってるから」

「いいとも」フィルはとたんに元気になった。「カメラを見ていてくれ。すぐに戻ってくる」

彼は駆けだしていった。わたしよりもずっと元気だわ、とアガサは思った。腰に嫌な痛みが走り、乱暴にさすった。

フィルはすぐに戻ってきた。アガサは歩道橋を渡って、彼の車に乗りこんだ。

「エアコンはないのね」アガサはうめいた。

「窓を開ければ、いい風が入ってくるよ」

アガサが窓を開けると、熱くて乾いた風が吹きつけてきて、髪が顔の周囲で風にバサバサあおられた。半分ほど窓を閉めてたずねた。「どこまで行くの？」フィルは慎重に左右に視線を走らせ、ゆっくりと走っている。

「考えているところだ。そっちも考えて、ミセス・レーズン。おじさんか、そうだな隣人になってみよう。ジェシカが文句を言いはじめる。『これは家に行く道じゃない』何かしら暴力をふるわずには、それ以上先まで行けない。十五、六キロってとこかな」

アガサは目を閉じ、その場面を想像しようとした。ジェシカがよく知っている人物なら、楽しそうにおしゃべりしていただろう。家の方向とは逆の車線を走っているから、すぐには気づかないにちがいない。最初の環状交差路まで来ても、彼が方向転換しないで走り過ぎるまでは。

アガサは目を開けた。「最初の環状交差路から五キロ走ってみて」

フィルは最初の環状交差路を通り過ぎると、のろのろ運転になったので、他の車が次々に追い越していった。とうとう待避線に乗り入れた。「このあたりじゃないか？」

エンジンを切り、二人は周囲を見回した。「あそこに深い側溝がある」アガサが左側を見ながら言った。「道から目撃されるかもしれないから、あっちの森の中までは死体をひきずっていきたくないでしょ。彼女をただ土手の上から側溝の方にころがしたんじゃないかと思うわ」

「捜してみよう」

「このヒールで？」

「ミセス・フリードマンに頼んで、あなたがオフィスに置いているフラットシューズを持ってきたよ。バッグに入ってる。コーヒーを詰めた水筒とサンドウィッチもあるよ」

ハイヒールを脱いで楽な靴にはき替えながら、初めてアガサはフィルに心から温かい気持ちを抱いた。車を停めて土手を滑り降りると、二人は下の藪《やぶ》の間を捜しはじめた。車から一・五キロ以上離れたとき、アガサは息を荒くしながら言った。

「だめだわ。馬鹿な思いつきだった」

「すわろう。コーヒーがあるよ」

ブラックコーヒー二杯とチキンサンドウィッチと煙草一本で元気を取り戻し、アガサはあたりを見た。背後では幹線道路を車が行き交っている。周囲の地面には、車から放り投げられたゴミが散乱している。ぼんやりと左右を見ていたアガサは、いきなり叫んだ。「なんてこと！」

「ああ、今日は本当に暑いな」フィルは愛想よく応じた。

「ちがうの、あそこにパンティが見えたのよ」

アガサは立ち上がると、少し左の方に歩いてかがみこんだ。「誰のものかわからないわね」アガサはつぶやいた。「周囲を見てみましょう」

「ここに靴が片方あるぞ！」フィルが叫んだ。「行方不明になったとき、彼女は何を着ていた？」

「ええと、たしか――スパンコールがついたピンクのクロップドトップにジーンズ、黒のハイヒールサンダルだった。暖かかったからコートは着てなくて、バムバッグって呼ばれるウエストポーチをつけていたわ。女性はたいてい体の前につけている」

「これは黒いサンダルだ。警察を呼ぶべきかな？」

「いいえ、もう少し調べましょう。パンティが破られている。ジェシカのものなら、ジーンズもどこかにあるはずよ」

フィルは草の土手を上がっていった。

「どこに行くの？」アガサが叫んだ。

「上からもっとよく見てみるよ」

アガサは藪をかきわけながら、側溝沿いにゆっくりと歩いていった。ストッキングに棘《とげ》がひっかかっても気づかなかった。

「そこに古い冷蔵庫が捨てられている」フィルが叫んだ。

アガサは前に進んでいった。大型の冷蔵庫が横向きにころがっている。ハンカチを取りだし、ドアをつかんで開けた。「何もないわ！」彼女は叫び返した。

「捜索を続けよう」

「もしかしたら、もう警察が来たのかも」

「だが靴とパンティを見落としたんだ」

アガサはうめき声をこらえた。それから靴が見つかった場所から側溝沿いに進むのはやめ、靴の場所まで戻って、道路に背を向けて進んでいくことにした。そのあたりは地面がまた森の方へ隆起していた。

木立の間に入ると、日差しがさえぎられてほっとした。ふいに疲れを感じた。何もかもむだに感じられる。捜査チームが発見できなかったのに、自分に見つけられるわけがない。引き返そうとしたとき、日差しが目に入り、一瞬、目がくらんだ。何かにつまずいて、バタンと前のめりに倒れた。

「まったくなんなのよ」アガサは罵りながら、片肘を突いて体を起こし、何につまずいたのかと頭を巡らした。目の前には見開かれた死人の目があった。あわてて飛びすさる。

ジェシカ・ブラッドリーが下半身むきだしのまま、周囲の木々から折りとった枝で半ば体を隠され、壊れた人形のようにころがっていた。ピンクのスパンコールがついたクロップドトップで、ジェシカだとわかった。上半身の大半が血の染みで汚れている。おそらく死体は完全に隠されていたのだろうが、獣に食われたようで、片足がほとんどかじられてなくなっていた。

「フィル！」アガサは叫んだ。森からころがり出るとすわりこみ、膝の間に頭を垂らした。

フィルが走り寄った。「あの子、そこにいるの。ぞっとするわ。ひどい有様で」アガサは早口に伝えた。

「警察に電話する」フィルは言った。「警察が来るまでの間にあらゆる写真を撮っておくよ。彼女はどこだ？」

「あそこ」アガサは指さした。

フィルは森に入っていき、驚いたことに、せわしなくシャッターを切るカシャ、カシャという音が聞こえてきた。

彼は出てくると言った。「これから警察に電話するよ」

アガサはまたいくらか勇気が湧いてくるのを感じた。「わたしはメディアに電話するわ。警察に手柄を横取りされたくないから」

まもなく遠くからサイレンの音が聞こえてきた。まず最初に警察が到着した。アガサの友人のビル・ウォンも含めた刑事たち、それに鑑識チームもいた。

アガサとフィルは繰り返し同じ話をしたあげく、パトカーの後について車でミルセスター警察に来て供述書を作らせてほしいと言われた。

アガサはウィルクス警部とビル・ウォンに聴取された。「では、もう一度繰り返してください」ウィルクスが言った。

そこでアガサは何度も何度も同じ話を繰り返した。

話し終えると、アガサは言った。「こちらから、いくつか質問したいんですけど」

「その時間はないんだ」とウィルクス。「ウォン、彼女をお見送りして」

「途中で抜けられたら、こっそり家に行きます」ビルはアガサを見送りながら声をひそめて言った。

「ああ、ミセス・レーズン！」ウィルクスの声が背後の廊下から響いた。

「はい？」

「メディアとは話をしないように」

「質問をされたら、それには答えるわ」

「すでにもう電話したんでしょうね」ビルがささやいた。

受付でフィルが待っていたので二人いっしょに警察署を出ると、そこには大勢の記者やカメラマン、テレビクルーが集まっていた。

「メディアには何も言わないって警察に約束させられたんだ」フィルが急いで耳打ちした。

「そんなのくそくらえよ」アガサは言った。「わたしは商売をしているんだから」

彼女はメディアの連中の前に立った。「お話しするのは一度だけです。本当にショックな発見でした」

自分のすばらしい直感のおかげで発見に至った、とアガサは言いかけたが、隣に立っているフィルの存在を強く意識した。ミセス・ブロクスビーの穏やかな顔まで目の前にちらつく。

「わたしの新しいカメラマン兼、ええと探偵のアイディアだったんです」アガサは言った。フィルのアイディアだったことは話したが、森の中を捜すというのは自分のアイディアだったと強調した。

最後に「以上です、みなさん」としめくくった。

二人が人垣をかきわけてフィルの車までたどり着いたとき、一人の記者が叫んだ。

「おいくつですか、ミスター・ウィザースプーン？」

「七十六だよ」フィルが陽気に答えた。

「ああ、さっさと車に乗って出発して」アガサは声を荒らげた。

アガサは長年、記者たちを相手にしてきたので、無邪気なフィルが今回の栄光をかっさらってしまったことを確信した。タブロイド新聞には「おじいちゃん探偵」という見出しが躍ることだろう。「老人のシャーロック」。まったくもう。


サー・チャールズ・フレイスは自分の家に必要なものをとりに行って、また戻ってきたところだった。数年前にアガサがくれた合い鍵でコテージに入った。玄関ホールにバッグを放りだすと、猫たちを庭に出してやった。それからリビングに行き、飲み物をこしらえ、テレビのニュースをつけた。

グラスを持ち上げてひと口飲もうとしたところで、アナウンサーがこう言ったので凍りついた。「七十六歳のおじいちゃん探偵、フィル・ウィザースプーンが行方不明だったティーンエイジャー、ジェシカ・ブラッドリーの遺体を発見しました」アガサとフィルが警察署を出るところが映され、画面はカースリーのフィルのコテージの外に変わった。彼は面食らっているようだった。「実際のところ、すべてミセス・レーズンのお手柄なんです。おれはただいくつか提案しただけで」

「探偵事務所ではいつから働いているんですか？」

「今日が初日なんです。クラブから彼女の家までの道をたどってみたらいいんじゃないかと提案したんです。で、幹線道路まで行くと、わざわざ歩道橋を渡らずに車に乗りこんだかもしれないと言った。すると、そこからミセス・レーズンがすごい探偵能力を発揮して、死体がどこにあるかを推測したんです」

アガサと同じく、チャールズもフィルが明日の朝刊の英雄になるにちがいないと思った。七十六歳で、しかも初日の仕事だったとは。かわいそうなアガサ。

玄関ドアが勢いよく開く音が聞こえたので、チャールズはテレビを消した。

アガサが入ってきて、しかめ面で立っていた。

「仕事がうまくいかなかったのかい？」チャールズはたずねた。

アガサは飲み物のワゴンに歩いていくと、たっぷりとジントニックを作り、煙草に火をつけ、ぐったりとソファの彼の隣にすわりこんだ。

「親切心から七十代の男を雇ったの」プリプリしながら言った。「警察の見つけられなかった死体を発見したのはわたしなのに、彼がすべての手柄を持っていったのよ。道でミス・シムズに会ったら、わたしの車を停めて、フィルのコテージにテレビカメラがわんさか押しかけているって教えてくれた。ここにはもう来てる?」

「どうかな。今、来たばかりだから。でも、車が近づいてくる音が聞こえる。たぶん連中だよ」

アガサは鏡のところに飛んでいき、バッグを開いて口紅とコンパクトを取りだすと、すばやくメイクを直しはじめた。

ドアベルが鳴った。「誤解を解かなくちゃ」アガサはつぶやいた。

「アギー、フィルをけなして彼の話を訂正したら、恩知らずで意地悪に見えるぞ」

「あなたは口を出さないで」

ドアベルが鳴った。

だが、アガサは抜け目なく立ち回った。フィルをほめ、彼を雇えてなんて幸運なのかしら、と言っている声がチャールズのところまで聞こえてきた。「年齢差別にはうんざりよ。いくつだろうと、能力と才能に応じて雇用されるべきです」とアガサは言っている。ジェシカの足取りをたどるというアイディアをフィルの手柄にしてから、自分の頭脳の明晰さと直感を用いて、いかにして遺体発見に至ったかをていねいに説明した。

アガサは取材を終えると、中に入ってきて、チャールズと並んでまたソファにすわった。「別の角度から見てごらんよ」チャールズが言った。「それに公平にね。フィルのアイディアがなかったら、あなたは遺体を発見できなかっただろう」

「ああ、そうでしょうね。この案件はおしまいよ。両親には控えめな料金を請求するわ。こんな結果は期待していなかっただろうし、あとは警察に任せるつもりよ」

「いつもの機転はどうしたんだ？　無料で娘の殺害者を発見すると言いたまえ。いい宣伝になるよ。強面《こわもて》をきどってるけど、本当はあなただって、若い娘を殺した犯人を見つけたいというやさしい人間性を持ってるはずだ」

ジェシカの無残な死体がまざまざと目に浮かんだ。「ちょっと失礼」アガサは急いで二階のバスルームに飛んでいき、激しく嘔吐した。

顔を洗い、メイクをやり直すと、震えながら一階に下りていった。

「あなたの言うとおりね。宣伝になろうとそうでなかろうと、わたしはやるわ」

「けっこう。フィルのコテージまで歩いて行こう。新鮮な空気は気分を鎮めてくれるよ」

途中で、引退した元刑事、パトリック・マリガンにばったり会った。彼はアガサの事務所を辞めて、ミス・シムズと暮らすようになったのだ。ミス・シムズはカースリーのシングルマザーで、さまざまな既婚男性とのスキャンダラスな関係は、村人にとって楽しみでもあると同時にショックでもあった。

「ニュースであの案件を見たよ」パトリックは言った。「偶然にも、だんだん退屈してきたんで、仕事に復帰できないか、あんたに頼もうかと思ってたんだ」

「ああ、一日遅かったわね」アガサは答えたが、はっと立ち止まった。これだけ宣伝したら、きっと新しい案件がたくさん入ってくるだろうし、パトリックはまだ警察とコネがあり警察の情報を手に入れることが得意だ。「ううん、明日から働いてもらうわ。いっしょにフィルの家に来て。作戦会議をしましょう」

フィルに招じ入れられながら、アガサはパトリックをまた雇ってよかったと思った。パトリックに比べると、フィルはずっと年寄りで弱々しく見えた。

「ショックのせいなんだ」フィルは力なく言った。「少したって実感が湧いてきたようだ。イヴシャムで何年も写真店をやっていて、お客さんと和やかにおしゃべりしながらとても静かで穏やかな暮らしを送っていたんだ。なのにいきなり、これだからね」

「いずれ乗り越えるわよ」アガサは言った。「わたしも気分が悪くなっていたの。ところで、あなたはお孫さんがいるの？」

「一度も結婚したことはないよ」

「新聞はそんなことは無視するでしょうね。パトリック、ジェシカは道路脇に立って車が途切れるのを待っていたのかもしれない、って思いついたのはフィルなの。歩道橋の階段はかなり急勾配だし、道を渡ったんじゃないかって。フィルは、ジェシカが知り合いの車に乗せてもらったんじゃないかって考えている。そこから始めなくちゃならないわ。

明日、別件で、フィルとわたしはアンクームに行った方がいいわね。だけど、パトリック、あなたはおじさんとか友達とかボーイフレンドとか、気の毒な女の子が不運にも信用してしまった人物がいないか、聞き込みを始めて」腕時計をちらっと見た。

「まだ明日の朝刊に間に合うわ。チャールズ、どこの新聞社でもいいから電話して、わたしが無料で殺人事件を解決するつもりでいるって伝えてもらえる？」

「番号はわかる？」

「ええ、これよ」アガサは大きなバッグを開いて分厚いノートを出した。「そこにすべてのメディア関係の電話番号が書いてあるわ」

チャールズは携帯電話とアガサの電話帳を手に庭に出ていった。

「あれこれ小耳にはさんだが、役に立ちそうなことは何もなかった」パトリックが言った。「最近の警察は、まず家族や親戚をとても厳しく調べるんだ。それにボーイフレンドがいないか周辺に聞き込む。特定の彼氏はいなかったようだ」

「誰かいたはずよ」

「誰とクラブに行っていたのかわかったのか？」パトリックがたずねた。「あの年の女の子は一人でディスコに行かないよ」

「フェアリー・テナントとトリクシー・ソマーズっていう友達よ。二人と話をしたわ。少し用心深くなっていたけど、親がしょっちゅう口をはさんだからなの」

「わかった。おれが二人とまた話してみるよ。どうしてアンクームに行くんだ？」

「ある経営者から妻の浮気調査を依頼されたの。彼女は明日、アンクームのバザーに来るから、じっくり観察してみるつもりでいるわ」

アガサはすべての新聞を買い込んでから、遅れてオフィスに出勤した。予想どおり、フィルが大きくとりあげられていたが、どの新聞にも、アガサが事件を解決する決心をしていて、それについては両親に料金を請求するつもりはないと語っている、という一文が載っていた。

「新しく案件が入ってます、ミセス・レーズン」ミセス・フリードマンが言った。

「行方不明の夫、行方不明のティーンエイジャー、新しい迷い猫が二件」

「行方不明者の案件を見せて。動物探偵がすぐにでもほしいところね」

「賃金がそんなに高くない若くて体力のある人間がいいですよね」

「誰か心当たりでもいるの？」

「甥のハリー・ビームです。大学入学前に、ギャップイヤー（高校卒業後、大学入学資格を保持したまま一年間遊学することができる制度）をとっているんです。きっと経費だけでも引き受けてくれると思いますよ」

「試しに仕事をしてもらうわ。明日、ここに来てもらって。さて、出かけてくる。パトリックがオフィスに来たら、新しい二人の行方不明者のファイルを渡してあげて。やっぱり、そのファイルは持っていかないことにしたわ」

「パトリックに電話しましょうか？」

「いいえ、彼はジェシカの友人にあたる予定だから。学校に行っていると思う。わたしが両親立ち会いで友人たちに会ったら、大失敗だったの。そのうち来ると思うわ」

アガサはカースリーまで車を走らせ、チャールズを拾った。

「フィルはどこだい？」チャールズはたずねた。

「現地で落ち合うことになっているの」

二人がアンクームの教会ホールに到着してみると、フィルは女性たちに囲まれ、賞賛され、ちやほやされていた。アガサは顔をしかめたが、ミセス・ブロクスビーに近づいていった。

「彼女、来てる？」

「あの隅でジャムを売ってるわ。フィルが写真を撮っていても変だとは思われないはずよ。いつも撮影しているから。それに、今じゃ地元の名士ですものね」

「それに独身だし」アガサは苦々しくつけ加えた。「未亡人たちが彼に群がっているところを見てよ」

「彼を雇ってくれて本当によかったわ、アガサ。彼はお金がどうしても必要なの」

ミセス・ブロクスビーは澄んだ目でアガサを見つめた。アガサはフィルの低い賃金のことを思って、落ち着かなくなった。ただちに賃金を上げなくては。さもないとミセス・ブロクスビーと会うたびに良心が苛まれるだろう。

メイベル・スメドリーに近づいても大丈夫だろうかと考えた。アガサが探偵だということはみんなが知っている。しかし、おとなしいメイベルは、夫が自分を調べさせるために探偵を雇ったとはこれっぽっちも疑っていないにちがいない。アガサはジャムの屋台に近づいていって、メイベルに笑いかけた。「これまでお会いしたことはないわよね？」アガサは声をかけた。

チャールズがアガサの隣に現れた。「わたしはアガサ・レーズンで、こちらは友人のサー・チャールズ・フレイスよ」

メイベル・スメドリーは趣味の悪いプリント柄のドレスを着て、すっぴんで、髪はまとめていた。しかし、チャールズに向けた微笑は美しかった。

「このジャムはすべて自分で作っているんですか？」チャールズがたずねた。

「ええ、ストロベリーがお勧めですよ」

「じゃあ、ふたつ買おう。あなたは、アガサ？」

「え？　ああ、他にもお勧めはある？」

「マルメロもおいしいです。ジビエによく合いますよ」

「じゃあ、それをひとついただくわ」

チャールズは財布を忘れてきたと言ったので、アガサは彼をにらみつけてから、ジャムの支払いをした。

「一日じゅうここに立っていたら足が痛くなるでしょう」チャールズが気遣った。

「ちょうど休憩するところだったんです。ミセス・ヘンダーソンと交替することになっていて。あら、彼女が来たわ」

「今日は暑いですね。よかったらいっしょに飲み物でも？　アガサは来られないんです。手伝いがあるから」

　アガサは抗議しかけたが、また口を閉じた。

　ミセス・ヘンダーソンは小太りで汗っかきの女性で、丸い顔を真っ赤にして小走りでやってきた。「本当にごめんなさい。学校に行かなくちゃいけないの。またドーソンが一悶着《ひともんちゃく》起こして。だけど、はっきり言って、あの教師はドーソンに悪意を抱いているのよ。だから、はっきりそう言ってやるつもり」

「大丈夫ですよ」チャールズが口を出した。「ミセス・レーズンが少し交替してくれますから。ねえ、アガサ？」

「ええ、わかったわ」アガサは不機嫌そうにつぶやいた。

「本当にご親切に」ミセス・スメドリーが言った。「値段は全部、瓶に貼ってありますから」

　アガサはチャールズがメイベルといっしょに去っていくのをふくれっ面で見ていた。チャールズはアガサから二十ポンド札を借りていったのだ。

「休憩所に行きます？」メイベルがたずねた。

「道の向かいにしゃれたパブがありましたよ」チャールズは彼女をホールから連れ出そうとして、そう言った。

「この時間からお酒は飲めないわ」

「ソフトドリンクやコーヒーもありますよ」

二人は道路を渡り、パブに入っていった。メイベルはトニックウォーターを、チャールズはウィスキーを注文した。

二人は隅のテーブルに腰をおろした。チャールズはメイベルに微笑みかけた。

「あなたのことを話してください」

「たいして話すことはないわ。アンクーム婦人会の仕事で忙しくしています。ケーキを焼いて、ジャムを作って。ミルセスターのホームレスのために募金活動もしているし、老人が外出するときには送り迎えも担当しています」

「結婚しているんですか？」

「ええ、しかも、とても幸運なんです。最近は家にいられる女性は多くないでしょ。現代的な夫は妻にお金を稼いでもらいたがるから。あなたの生活はいかが、サー・チャールズ？」

「チャールズだけでけっこうですよ。ああ、わたしは領地の農場の経理を担当しているんです。それに、クリケット試合や祭りやコンサートの主催もね。村の連中はありとあらゆる場面で、わたしの家と敷地を使う権利があると考えているものですから。そうそう、ガーデニングにはかなりのめりこんでますよ」チャールズは嘘をついた。メイベルにじっと見つめられているうちに、趣味だけに生きている人間に聞こえそうだと危惧したのだ。

「わたしもガーデニングが大好き。あなたのお庭のこと、詳しく話してくださいな」

幸い、チャールズが雇っているおしゃべりなスコットランド人庭師は、しじゅう花や野菜や木やマルチングについて講釈を垂れていた。チャールズがガーデニングについてしゃべっている間、メイベルはかすかに微笑みながら話に耳を傾けていた。それは古代ギリシアの彫刻が浮かべているような微笑だった。

それから、彼女はいきなり立ち上がった。「もう戻らなくては。あなたは飲み物が残っているし、どうぞゆっくりしていって」

メイベルはバッグを持つと、ドアに向かった。そこで振り返って、愛想よく言った。

「お友達のミセス・レーズンに伝えておいてください、わたしもあの映画は退屈だと思ったって。残念だったわ。あんなに映画評はよかったのに」

3

チャールズからメイベルの別れ際のせりふを聞くと、アガサは頭に血が上った。

「フィルみたいな素人を雇うべきじゃなかったわ」アガサは怒りをぶちまけた。

「それは不公平な言い草だよ、アガサ。自分だって素人だろ！　だいたいフィルがいなかったら、ジェシカの遺体を発見できなかったし、二人でメイベルをつけていたんだから。あれ、ミセス・ブロクスビーがあなたの注意を引こうとしているよ」

メイベルがまたジャムの前に戻って例の小さな笑みを浮かべていることに、アガサは気づいた。

「ああ、ミセス・レーズン、悪い知らせよ」ミセス・ブロクスビーは言った。「メイベルからたった今告白されたんだけど、あなたに尾行されていたことに気づいていたんですって。なんてすてきなのかしら、って思ったそうよ」

「す、て、きですって!?」

「ええ、夫がそれほど嫉妬深いなんて、とてもうれしいって言ってるわ」

「どうしてわかったの？　わたしたち、かなり距離をとってずっと後ろにいたのよ」

「たぶん映画館でコンパクトか何かを出して鼻の頭に白粉をはたきつけたときに、あなたを見つけたのよ」

「彼女はメイクをしていないわよ。これからどうしたらいいかしら？」

「他に事件を任せられる人がいないの？」

「またパトリック・マリガンを雇ったわ。メイベルは彼のことを知らないでしょ。パトリックはジェシカ・ブラッドリーの事件を調べているところだけど、交替すればいいわね」

「パトリックをまた雇ったのね。経費を削減しているのかと思ったわ」

「ビジネスの黄金律を忘れていたの。お金を手に入れたければ、お金を注ぎこむ。それにしても、メイベル・スメドリーは思っていたよりもずっと頭が切れるみたいね」

チャールズの携帯電話が鳴った。彼は失礼とつぶやくと、急いで外に出ていった。

フィルが近づいてきたので、アガサはメイベルに気づかれたことを話した。

「どうしてわかったんだろう」彼は首を傾げた。「彼女、疑い深いタイプじゃないのに。ここにいるご婦人たち全員が、彼女のことを主婦の鑑《かがみ》だと考えているよ。熱心にボランティアの仕事をしているし……」

「しかも、けなすような言葉はまったく聞こえてこない」アガサは言った。「オフィスに戻りましょう、フィル。パトリックに任せた方がいいわ」

「だけど、写真はどうする？」

「ジェシカの事件に戻りましょう。パトリックが写真を撮る価値のあることを探り出したら、教えてもらえばいいわ」

チャールズが戻ってきた。「帰らなくちゃならない。すっぽかされたデート相手のことは覚えてるよね？　謝罪の電話をしてきたんだ。飼い犬が死んだので、悲嘆に暮れて連絡できなかったそうだ」

「コテージまで送っていくわ。そこから自分の車で帰れるでしょ」

アガサはカースリーへの帰り道、チャールズに八つ当たりしたい気分だった。その女の子に嫉妬しているせいじゃないわよ、と心の中で思った。アガサのコテージをホテル代わりに利用して、気ままに行ったり来たりすることが神経に障るのだ。

チャールズがバッグを部屋からとってきて帰っていくと、アガサはおなじみの寂しさが大波のようにどっと押し寄せてくるのを感じた。そのとき、週末になればロイが来ることを思い出し、少し気分が上向きになってオフィスに出かけた。

　コテージを出る前に、アガサはパトリックに新しい担当について電話しておいた。オフィスに着くと、パトリックはすでに待っていて、メイベルの案件のあらましを話すと熱心に耳を傾けた。

「そんな完璧な人間なんていないよ」パトリックは言った。「メイベルは夫があなたを雇ったことを知ったんだと思う。どうやって気づいたかは見当がつく」パトリックの視線が、パソコンのキーをたたいているミセス・フリードマンに向けられた。

　アガサはびっくりして目を丸くした。「ミセス・フリードマン。ちょっと仕事を中断してもらえるかしら。ロバート・スメドリーが妻をスパイしてくれと依頼したことを、誰かに話した？」

　ミセス・フリードマンは小太りの落ち着いた女性で、きっちりカールした灰色の髪に感じのいい顔立ち、分厚い眼鏡をかけていた。首から赤みが差してきて、顔まで真っ赤になった。

「ボグル夫妻のことは覚えてますよね？」

「忘れっこないわ」ボグル夫妻はカースリーに住んでいたとき、婦人会のメンバーに外出に連れ出し、ごちそうをしてもらうことを遠慮会釈なく要求した。夫妻がブロードウェイの老人ホームに入居すると、アガサはほっとして安堵のため息をもらしたものだ。

「夫妻をちょっと訪問したら、いろいろ訊かれたんです。あの二人に話しても害はないって思ったものですから」

「害はないですって?」アガサは腹を立てた。「あなたが帰ったとたんに電話をかけたに決まってるわ。ここで起きていることは、相手が誰であろうと一切口外してはいけないのよ」

「ああ、本当にすみません。二人ともとても年寄りで弱っているように見えたので。誰かに電話したり他の人に話したりするとは思わなかったんです。だって、誰も訪問してくれないって言ってましたし」

「この件はこれでもうおしまいだ」パトリックが言った。「メイベルはおれたちに見張られていると知ったから、行動に出ないだろう。スメドリーに報告した方がいいよ」

「いえ、まだ早いわ」アガサは考えながら言った。「彼女に後ろ暗いことがあるとすれば過去のことでしょ。あなたはそれを探り出して」

「わたし、辞めなくてはいけませんか?」ミセス・フリードマンが震え声でたずねた。

「あら、このまま仕事を続けてちょうだい」アガサは言った。

そのときドアが開き、青年がふらっと入ってきた。頭はスキンヘッド、鼻と耳にピアス、全身黒ずくめだ。黒いTシャツ、黒いレザーのジャケット、黒いレザーのパンツ。攻撃的で皮肉っぽい笑みを浮かべている。青い目に尖った鼻、大きな口。

「どうも」そう言って、ドスンとソファに腰を下ろした。

「甥のハリー・ビームです」ミセス・フリードマンが言った。

一瞬アガサは言葉を失った。聡明そうで身だしなみのいい青年だと想像していたのだ。

「じゃあ、今はギャップイヤーなの？」アガサはようやく質問した。

「そう」

「何を勉強するつもり？」

「物理」

「どこで？」

「インペリアル・カレッジ」

よくそんな名門大学に入れたわね、とアガサは驚いた。脅迫でもしたの？　まあいいわ、明日には追い払えるでしょう。

「ミセス・フリードマン、ハリーに迷い猫と犬のファイルを渡して、さっそく調査にとりかからせて。パトリック、フェアリー・テナントかトリクシー・ソマーズのどちらかと話はできた？」

「まだだ。近所の連中に話を聞いていたんだ。放課後に二人をつかまえるつもりでいた」

「わかった。フィルとわたしはこれから学校に出かけるわ」

「その二人、知ってますよ」ハリーが顔を上げた。「あばずれ二人組だ」

「どうして知ってるの？」

「学年が一年下だったんです」

「で、ジェシカ・ブラッドリーのことは？」

「いや、おとなしい子だったから」

アガサはためらった。ハリーをいっしょに連れていく方が理にかなっている。しかし、こんないかれた子といっしょにいるのを見られたら面目を失いそうだったので、その考えは却下した。

「行きましょう、フィル。ハリー、一匹でも動物を見つけたら雇うわよ」

ハリーは行方知らずのペットの写真を見ながら、わかったと答えた。

アガサはため息をつくと、フィルを連れてオフィスを出た。

車を走らせながら、アガサは言った。「ミセス・フリードマンのことがよくわからなくなってきたわ。まず噂話、お次はとんでもない甥を押しつけてきて」

「あの子は役に立つかもしれない。最近の若者はみんなぞっとする格好をしているよ」

二人はミルセスター・ハイスクールに行き、外に駐車した。多くの生徒がスクールバスを利用できないへんぴな村から来ているので、すでに車で待っている親たちもいる。

四時になると、生徒たちがぞろぞろと出てきた。大半の生徒が制服を変えようとしてできるだけ努力をしているようだ、とアガサは思った。多くの少女たちがハイヒールをはき、スカートを短くしている。少年たちはだらしない服装が好みのようで、ズボンを足首あたりでたるませ、シャツの裾を外に出している。

アガサはトリクシーとフェアリーを見つけ、二人の方に歩いていった。


ハリーは名刺を印刷する機械を設置している店へ入っていった。自分の名前をタイプし、その下に「私立探偵」と肩書きを入れ、事務所の名前と事務所の電話番号とメールアドレスをつけ加えた。

それから借りておいた古いフォードに乗ると、まっすぐ動物保護シェルターのある郊外へ向かった。ひと月前に開所したばかりの施設だ。

ハリーは受付に行った。

受付係はハリーの頭のてっぺんから爪先までじろじろ見てから「何のご用ですか？」とたずねた。

そこでハリーは彼女ににっこり笑いかけた。その笑顔は彼を一変させ、名刺を差し出し、おどおどとこう言うのを聞いても、アガサはハリーの声だとわからなかっただろう。

「おたくの犬と猫を見せてもらえないかと思って。飼い主たちはとても憔悴しているので、ぼくたちはペットを見つけられるようにできるだけのことをしたいと思っているんです」

彼女はハリーの名刺をじっくり見た。「あら、ここって、気の毒なジェシカのご両親のために殺人犯を見つけようとしている探偵事務所ね」

「そうです」

彼女はどこかに行った。

ハリーは辛抱強く待っていた。まもなく彼女はミスター・ブレンキンソップと名乗る男といっしょに戻ってきた。

ミスター・ブレンキンソップは探偵事務所に電話して、ハリーが名乗っているとおりの人物であることを確認していた。

「じゃ、ついてきてください。ごらんになっていいですよ」

フォルダーを握りしめて、ハリーは彼の後をついていった。

ケージからケージへ慎重に歩いていき、ときおり、猫または犬がいつ収容されたのかをたずねた。

最後にハリーはうれしそうに言った。「全員見つけたようです。ぼくが指さすので、いっしょに写真をチェックしていただけますか?」


フェアリーとトリクシーは誰よりもスカートが短かった。二人ともネクタイをゆるめ、ブラがのぞきそうなほどシャツのボタンをはずしている。長い脚にはハイヒール。学校もピンヒールは許可していなかったので、厚底に大きくて不格好なヒールがついた黒い靴で妥協していた。二人ともブロンドのハイライトを入れた茶色の髪をしていたが、量が多くて手に負えないのかぼさぼさだった。

「あれじゃ、襲ってくださいと言っているようなものだ」フィルがつぶやいた。「親はどうしてあんな格好を許しているんだろう?」

アガサは進み出た。「フェアリーとトリクシーね? わたしを覚えてる?」

「そうだけど、あんたのことは知らない。覚えてないよ」フェアリーが言った。

「わたしはジェシカ・ブラッドリーの死について調べている私立探偵なの」

「ちょっと」トリクシーが口を開いた。「あたしたち、警察にもう話したよ。あんたに話す必要はないでしょ。だいたい、私立探偵になんて見えないよ。年寄りだもん」

「生意気な口をきくのはやめなさい」アガサはドスのきいた声を出した。「友人を殺した犯人を見つけることに興味がないって、あんたたち、かなり怪しいわね」

二人は強情そうな目つきでアガサを見つめた。二人ともガムをくちゃくちゃ嚙んでいる。それからトリクシーが肩をすくめてフェアリーに言った。「もう行こう」

二人は歩き去っていき、あとにはその背中をにらみつけているアガサが残された。

「写真を撮っておいたよ。役に立つかもしれない」フィルが言った。

「学校に行ってみましょう。最近の官僚主義と書類仕事で、先生たちはまだデスクに縛りつけられているかもしれない」

「地元新聞の記事からメモをしておいた。彼女の英語教師はルーク先生だ」

二人は学校に入って廊下を歩いていき、そこにいた教師にルーク先生は職員室にいると聞き、行き方を教えてもらった。

職員室には五人の教師がいた。「ルーク先生は?」アガサが声をかけた。

「わたしですけど」小柄な女性が立ち上がった。

アガサは自分とフィルの身分を名乗った。

「ジェシカのことですか?」

「そうです」

「きみに任せるよ、アリス」四人のうち一人が言うと、全員が帰ってしまった。

「すわってください」アリス・ルークは言った。「職員用コーヒーはいかがですか?ただし、ものすごくまずいです」

「いえ、けっこうです。ジェシカについて話してください」

「半年前まではとても優秀な生徒でした。わたしのルーツを嘲《あざけ》るような生徒とはまったくちがいます。わたしはインド人とのハーフなんです」

「それでイギリスのお名前なんですね」

「ええ」

アリス・ルークはなめらかなコーヒー色の肌に、大きな黒い目と豊かな黒髪をしたきれいな女性だった。

「それで、ジェシカが変わった理由は何だったんですか？」

「フェアリー・テナントとトリクシー・ソマーズのせいです。悪影響ですね。ジェシカは物静かで内気でした。内気な少女はみんなそうですけど、男の子にもてたいと思っていたんです。それで、あの悪名高いコンビと遊び歩くようになった。勉強がおろそかになっている、と注意はしたんです。いい成績をとれなければ大学まで行けないって。ジェシカはただわたしをじっと見つめ、黙っていました。わたしがどう思ったかをお話ししましょうか？　彼女は誰かに恋をしているんだと思いました。その誰かを振り向かせるためなら、何だってやるつもりになっていたんです」

「その相手が誰なのか見当がつきますか？」

ルーク先生は首を振った。「同級生とか同じ学年の生徒ではないことは確かです。女の子が夢中になる男の子はわたしも知ってますが、その誰でもなかった。学校以外の人間だと思います」

「どうしてそう考えたんですか？」

「わたしは英語を教えています。ジェシカの時間割だと、一日の最後の授業なんです。授業の終わり近くになると、ジェシカはしょっちゅう窓からのぞいて、そわそわしていました。目が輝いてなんだか楽しげだった。恋人を待っている少女そのものでした」

「誰かと出かけるのを見たことはありますか?」

「残念ながらありません。聡明な少女の命が失われて、本当に残念です」

「学校にカウンセラーはいますか? もしかしたら相談したかもしれません」

「カウンセラーのミセス・アイントンはいますけど、ジェシカが相談していても何も話してくれませんよ。生徒が話したことについては守秘義務がありますから」

「だけどジェシカは死んだんですよ! それによって規則も変わってくるはずだわ」

「ここで待っていてください。彼女がまだ校舎内にいるか見てきます」

わたしもこういう学校に通ったものだわ、とアガサは思った。軽量ブロックで建てられていて、すでに壁の角が欠けてきている校舎。急ごしらえの安っぽい建物だ。臭いも同じだった。消毒剤と給食の金属的な臭い。

アリス・ルークが戻ってきた。首を振った。「ジェシカは学校のカウンセラーには一度も相談したことがなかったようです」

「いちばん得意な科目は何だったのかな?」フィルがたずねた。

「まちがいなく数学ですね。ずっとAをとっていた唯一の科目なんです」

「ジェシカを教えていた先生は?」

「オーウェン・トランプ先生です。どうしてですか？」

「生徒はあこがれている先生のためには一生懸命勉強するものだし、ジェシカは彼に何か話しているかもしれない。まだ学校にいらっしゃいますか？」フィルは答えた。

「見てきますね」

アガサは自分がそのことを思いつくべきだったという無念さと、フィルをほめるべきだという思いの間で揺れていた。だが、結局こう言った。「オフィスに戻ったら、あなたの賃金を見直すわね。それに、試用期間はもう終わりよ」

フィルの顔が輝いた。「それはありがたい」

「あなたの実力からしたら当然のことよ」アガサはぶっきらぼうに言った。

職員室のドアが開き、若い男性が入ってきた。

「オーウェン・トランプです。アリスはもう帰りました」

アガサは胸が高鳴った。薄暗い部屋だと、ジェームズ・レイシーを若くしたように見えたのだ。ふさふさした黒髪と明るい青い目をしている。

「明かりをつけましょう」彼は言った。「とうとう雨になりそうですね」

彼が電気をつけると、ジェームズ・レイシーとは似ても似つかないことがわかった。顔はハンサムだったが、力強さに欠けているし、ブルーの目はコンタクトレンズだった。ジェームズ・レイシーの口は横に大きくひきしまっていたが、彼は唇が厚く官能的な感じがする。

「どういうご用件でしょうか？」彼はたずね、電気暖炉のそばに置かれた壊れかけた肘掛け椅子にすわったので、彼が入ってきたときに立ち上がったアガサとフィルもまた腰を下ろした。

「ルーク先生からお聞きになっているかと思いますけど」とアガサが口を開いた。「わたしは私立探偵で、ジェシカ・ブラッドリーの死について調べています」

「あれは恐ろしい事件でした。彼女はわたしのもっとも優秀な生徒だった」

「他の科目は成績が下がってしまったそうですね」アガサが言った。「彼女はあなたに熱を上げていたんですか？」

「ああ、まあね」いらだたしいほど悦に入っている。「どの生徒も、ときどきぼくに夢中になるんですよ」

「では、あなたに告白した？」

「いいえ。ときどき残って、数学の問題について質問したぐらいです」

「学校の外で彼女と会ったことは？」

「はっきり言って、何をほのめかしているんですか？」

アガサは手綱をゆるめた。「つまり、放課後に彼女がミルセスターで誰かといっしょにいるところを見かけたことがあるかということです」

「あの目立つ二人組、フェアリーとトリクシーといっしょにショッピングモールにいるのを見かけたことがあるだけです。ジェシカだとわからないほどだった。三人とも制服だったけど、ジェシカはスカートをたくしあげて短くし、濃いメイクをしていた」

「彼女たちは何をしていたんですか？」

「ショッピングモールの中央にある大時計の下にいました。人気のある待ち合わせ場所なんです。男の子を待っていたんじゃないかな」

「ジェシカは学校の男の子に関心を示していましたか？」

「ぼくの知る限りではないですね。だって、あの子はいつも物静かな勉強好きの女の子だったんです。半年前までは。ぼくは大きな変化に気づかなかったけど、他の先生方は何があったのだろうと不思議がっていました。もう、いいでしょうか……？」

アガサは名刺を渡した。「重要なことをお聞きになったら、連絡してください」

「そのときは警察に知らせますよ。警察の方が事件を捜査する人材がずっとそろっていますから」そう言い捨てて、立ち去った。

「もったいぶった野郎ね」アガサは毒づいた。「それに見栄っ張りだし。カラーコンタクトに気づいた？」

「いや。だけど、コンタクトをつけている人は多いだろう。どうしてわかったんだ？」

「不自然なほど鮮やかなブルーだったからよ。さて、ショッピングモールに行ってみた方がよさそうね。ジェシカの写真を持ってきたわ。大時計の近くにある店の誰かが、彼女を覚えているかもしれない。もっとも、写真だとちゃんとした高校生に見えるし、濃いメイクをしていたとなると覚えていないかもしれないわね。でも、試してみる価値はあるわ」

しかし、どの店員もジェシカを見た記憶はなかった。「フェアリーとトリクシーの写真を撮ったから、それを現像して、よかったら明日また試してみよう」フィルが言った。「フェアリーとトリクシーに見覚えがあるなら、三人目の女の子のことも思い出すかもしれないよ。さて、これからどうしようか？」

「オフィスに戻って、また明日、出直しましょう。ハリー・ビームをクビにしなくちゃいけないし」

ハリー・ビームはソファにだらしなくすわっていた。その前の床には猫用キャリーが三つ置かれ、小さなジャックラッセルテリアが彼の膝にのっている。

「まあ驚いた！」アガサは叫んだ。「全部見つけたのね。どうやって見つけたの？」

ハリーは動物保護シェルターで見つけたことは黙っていて、とミセス・フリードマンに口止めしておいた。「何キロも歩いて、さんざん捜したんですよ」

アガサは疑いの目で彼を見た。「本当にいなくなった動物なんでしょうね？　写真を見せて」

アガサは写真と動物をじっくり見比べた。

「雇ってもらえますか？」ハリーはたずねた。

「そういうことになるわね」アガサはしぶしぶ言った。そのとき、ふとアイディアが閃《ひらめ》いた。「今夜、仕事をする気はある？」

「もちろん。何ですか？　また猫捜し？」

「いいえ。ジェシカが殺された夜に訪れていたディスコに行ってほしいの。あなたなら溶け込める。若い子たちと親しくなって、何か探りだしてきて。その犬と猫の飼い主にはもう電話した？」

「いいえ、まだ。あなたが自分で電話したいだろうし、地元の三流紙にも知らせて、幸せな再会の写真を撮らせたいんじゃないかと思って」

「そのとおりね」アガサはハリーの賃金を決め、フィルの賃金を上げるようにミセス・フリードマンに指示してから、犬と猫の飼い主に連絡し、全員に六時にオフィスに来るように伝えてから、地元紙に電話した。

アガサが喜ぶ飼い主の応対をし、カメラの前でポーズをとったあとで、パトリックが戻ってきた。

「何かつかめた？」アガサはたずねた。

「まず、村のパブに行った。スメドリーは嫌われていたが、奥さんは聖女だと、みんな言っていたよ。スメドリーが奥さんを殴っているという噂もある。彼のエレクトロニクス会社は工業団地にあるんだ。ショールームもあるから、おれはそこに行ってぶらついてきた。営業スタッフとも話して、ボスについて探りを入れてみた。嫌なやつみたいだな。奥さんと会ったことがあるかとたずねると、みんな急に元気づいたよ。りっぱな女性らしい。夫はすごいケチで、クリスマス・パーティーの料理も全部、女房に準備させたらしい。料理はとてもすばらしく、奥さんはとても魅力的だと全員がほめていた。ここで行き止まりだな。だが、また探ってみるよ」

フィルが言った。「ハリーがおれといっしょに家まで来てくれれば、トリクシーとフェアリーの写真を現像して、彼に見せられるよ。今夜クラブに来ていれば、二人と話せるんじゃないかな」

「彼は二人と知り合いなのよ。覚えてる？　でも、とにかく現像はして」

その晩、ディナーを電子レンジにかけたとき、ドアベルが鳴った。ビル・ウォンが立っていた。

「これ以上は早く来られなかったんです」

「入ってちょうだい。ちょうどディナーをとるところだったの。あなたもいかが？」

「いえ、ぼくは署の食堂ですませました。何を調べていたんですか？」

アガサはオーウェン・トランプのことを話した。「頭が切れますね。教師のことは考えつかなかったなあ」

アガサはちょっぴりうしろめたかった。フィルのアイディアだったからだ。

「警察の方はどうなの？　英語教師はジェシカが恋をしていたと考えているわ。英語は一日の最後の授業で、ジェシカはしょっちゅう窓から外を見ていたんですって」

「それだと相手は生徒の一人じゃないみたいですね」

「それに、この半年で成績がガクンと下がったそうよ。数学以外は」

「この数学教師を調べてみます。ところで、あなたのプライベートはどうなんですか？　ジェームズ・レイシーから連絡はありましたか？」

「ないわ」アガサはそっけなく答えた。

「ときめくような新しい隣人は？」

「家はまた売りに出ているわ。たぶん買うのは中年か年配者ね。このあたりの価格だと若い人には手が出ないもの」

「で、探偵事務所の方は？」

「仕事がじょじょに入ってきているわ。離婚案件を受けたの。実際には離婚案件じゃないと思うけど。常軌を逸するほど嫉妬深い夫の妄想だと思う。奥さんは聖女だと思われているの」

「聖女なんて存在しませんよ、アガサ」

「ミセス・ブロクスビーがいるわ」

「冗談でしょう。彼女はぼくたちと同じように人間的ですよ。あれ、雨音がしている。ついに降ってきましたね」

　アガサは愛情のこもったまなざしをビルに向けた。中国とイギリスの血が半分ずつ入ったビルは、アガサにとって最初の友達だった。中背で黒髪、アーモンド形の茶色の目をしている。

「一杯いかが？」

「けっこうです」首にしがみついているホッジをひきはがしながら言った。「もう行かないと。そのうち、わが家のディナーに来てください」

アガサは身震いをこらえた。ビルのことは大好きだったが、その両親はぞっとする人たちだったのだ。おまけに母親の料理は想像を絶するほどまずく、いつも電子レンジ調理の料理を食べているアガサですら、ミセス・ウォンの得意料理として出される焼きすぎた肉やべちゃっとした野菜には怖気《おぞけ》を震った。

「ぜひうかがいたいわ」と嘘をついた。「少し状況が落ち着いたらね」

ビルが帰ってしまうと、彼女はキッチンのドアを開けて、大きくせりだした茅葺《かやぶ》き屋根の下に出た。最近女性庭師を雇ったおかげで、庭の細長い一画が花で満開になっている。ビルにはジェームズ・レイシーのことを持ち出してほしくなかった。今では彼のことを考えずに、あるいは彼は自分のことを考えてくれているかしらと気にせずに、何日も過ごせるようになっていたのだ。

またもや孤独の手にがっちりととらえられた。家に入ろうとしたとき、腰に刺すようないまいましい痛みが走った。ロイが帰ったら、ストウのマッサージ師、リチャード・ラズダールに予約を入れよう。ちょっと凝りをほぐしてもらえば、なんてことないはずよ。

4

ハリー・ビームはディスコに入っていき、見回した。以前に来たときは土曜の夜だったので、ウィークデーなのにこれほど混みあっているのは意外だった。

バーでバカルディ・ブリーザーを飲んでいる未成年者たちがいたので、警察の手入れはないんだろうかと首を傾げた。ダンスフロアでは大勢の人間がストロボライトの下で耳をつんざくような大音量の音楽に合わせ、体をくねらせている。

バーに行き、ビールを注文した。それから振り向いて、バーカウンターに寄りかかってダンスフロアを眺めた。そのとき、二人を見つけた。こってりとメイクをしている。

ハリーはビールを飲み干した。トリクシーはフェアリーとダンスをしている。

「替わってもらってもいいかな？」ハリーはトリクシーを見つめた。フェアリーは肩

をすくめ、バーの方に歩み去った。トリクシーはおそらくハリーのことなど眼中にないのか、フロアじゅうを一人で踊り回っている。この騒音では、ディスコで彼女と話をするのは不可能だ。うんざりするほどトリクシーの相手をしてから、家に送ると申し出るしかない。そこで彼女と踊り、酒を何杯かおごってやると、とうとう彼女は腕時計を見て言った。「帰らなきゃ」

「家まで送ってくよ」ハリーは叫んだ。

「車持ってるの？」

「今夜はバイクに乗ってきた」

「イケてる」

外に出ると、スペアのヘルメットを彼女に渡した。「どこまで送る？」トリクシーは家の住所を告げた。ジェシカが住んでいた家の二軒隣だと気づいた。話ができるように途中のどこかで停まるにはどうしたらいいだろうと考えていると、トリクシーが言いだした。「ジェシカの死体が発見された場所に寄っていかない？」

「いいとも」トリクシーは後ろの座席にまたがり、二人は出発した。

幹線道路を走りながら、場所は警察の立ち入り禁止のテープでわかるだろうとハリーは思った。ただ、警察が現地にいて追い払われないことを祈った。

スピードを落とし、テープが見えると停まった。夜の早い時間に降っていた雨はあがっていて、湿っぽい霧が渦巻いている。

バイクを停めると、二人は降りた。トリクシーはヘルメットを脱いだ。暗闇でも、その目が興奮でぎらついているのがわかった。「ここでしようよ」彼女は言った。「あの草地んとこで」

「そしたら、ぼくのレザージャケットもズボンも泥まみれになっちゃうよ」ハリーは言った。

「あんた、ゲイかなんかなの?」

「ねえ、鑑識班が朝になったら戻ってくるのに、自分のDNAを草地じゅうにまき散らしたくないんだ。きみ、いかれてるよ」トリクシーは険悪な目つきでハリーをにらんだ。「あたしに気があるんじゃないの?」

「そうだったけど、今はそうじゃない」ハリーは言った。「ジェシカ・ブラッドリーみたいないい子が、きみみたいな友達とどうしてつるんでいたんだい?」

「あの子はうぶでもなんでもないよ。あたし、いいこと知ってるんだ」

「話せよ。何も知らないくせに」

「いい、あの子はお父さんぐらいの年の男とつきあってたんだよ」

「誰と？」

「キスしてくれたら教える」

ハリーはため息をこらえ、口を彼女の口に押しつけた。窒息するのではないかと怖くなったほど、彼女の舌が喉の奥まで突っ込まれた。

ようやく空気を吸いこむと、ハリーはまたたずねた。「誰だよ？」

「あのエレクトロニクス会社の営業マン。スメドリー・エレクトロニクスの。バート・ハヴィランドってやつだよ」

「とうてい信じられないな」ハリーは言った。「じゃあ、家に送ってくよ」


アガサはハリーからの電話で真夜中にたたき起こされた。彼はバート・ハヴィランドについて報告した。

「お手柄よ」アガサはほめた。

「彼に話を聞きに行くときに、ぼくもいっしょに行きますか？」

「考えてみないと。とても残念だけど、警察に言わなくちゃならないかもしれない」

「どうして？」

「会社に行ったらスメドリーに会うかもしれないし、そうなると自分の依頼を調べていないと思って腹を立てるかもしれない。それに、このハヴィランドは交際を否定するかもしれない。警察なら彼のDNAを採取して、検死で見つかったものと照合できる。パトリックに訊いてみる。あなたは明日の朝いちばんでオフィスに来て」

アガサはパトリックに電話した。元ミス・シムズが電話に出た。「真夜中に電話してくるなんて、どういうつもり、ミセス・レーズン？」彼女はいきまいた。

「パトリックと話したいの」

「彼のことは巻き込まないでほしいわ。いつも家にいないから、あたし一人で子供たちの面倒を見なくちゃいけないのよ。全然、楽しくない。あの人、あたしには年寄りすぎるのよ。まあ、紳士のお友達なら年寄りでもかまわないんだけどね、言いたいことわかる？　おまけに、彼は年金しか収入がないから、あたし、スーパーマーケットでパートで働く羽目になったのよ」

「あなたはお金目当て《マーセナリー》だとは思わなかったわ」アガサは一瞬、その話にひきこまれて言った。

「傭兵《マーセナリー》って、戦争に行く人のこと？」

「いえ、お金目当てっていう意味よ」

「世の中で、そうじゃない人なんていている？　あなたはそれでもいいんでしょうけどね。

彼を呼んでくるわ」

　彼女の声が聞こえてきた。「起きて。ミセス・レーズンから電話よ」

「どんな用なんだ？」パトリックが眠そうにたずねた。

「彼女に直接訊いてちょうだい。あたしはまた寝るから」

　パトリックが電話口に出てくると、アガサはハリーが発見したことを話し、最後に「警察に言うべきかしら？」とたずねた。

「その方がいいと思う」

「検死で何かわかったの？　レイプされたの？」

「まだはっきりしたことは出ていない」

「ビル・ウォンに電話するわ」

　アガサはビルの携帯番号にかけ、電源が入っていますようにと祈った。さもなければ自宅の電話にかけねばならず、おそらく恐ろしい両親のどちらかが出るだろう。

　ビルが携帯に出たので胸をなでおろした。アガサはわかったことを話した。

「すごい、大手柄ですね」ビルは言った。「明日の朝いちばんで聴取します」

「ひとつ貸しよ。時間ができたらこっちに来て成果を教えてね」

離婚案件二件と行方不明のペット三件をこなし、忙しい二日間を過ごしたので、アガサはロイがモートン＝イン＝マーシュで夜の列車から降りてきたときはうれしかった。ロイの頭のてっぺんにはジェルで固めた薄い髪がとさかのように突っ立っていて、旅行バッグをトランクに入れようとかがみこんだとき、首筋にタトゥーの蛇がとぐろを巻いているのが見えた。

「ポップグループを担当しているの？」アガサはたずねた。

「ええ、ビジー・スネイクスです。連中はホットで、向こうはぼくをクールだって思っているみたいですよ」

「ロイ、あなたってカメレオンみたいね。ＰＲを担当する相手に合わせて毎回変身している。わたしはそんな面倒なことはしなかったわ」

「あなたほど押しが強くないですから」

「だけど、タトゥーは？　タトゥーが流行遅れになったときに消すときの痛みを考えたことがある？」

「誰にも言わないでくださいよ。これは消えるやつなんです」

「あなたに二件の依頼について相談したかったけど、そんな格好じゃ、いっしょに調べに行けないわ」

ロイは助手席に乗りこんだ。「怒らないで。髪の毛は洗い流すし、偽タトゥーもこすれば落ちますから。外で食事するんですよね」

「いいえ」

「アガサ、あなたのことは大好きだけど、あなたのような電子レンジ調理向きの味覚は持ってないんです」

「大丈夫よ。ストウのとてもおいしい中華料理店からテイクアウトするから」

その晩、食事をしながら、アガサはスメドリーの案件とジェシカの遺体を発見したことを話した。

「それはすごいなあ」ロイは言った。「警察が見つけられなかったのに、あなたが発見するなんて」

アガサの良心がチクッとした。「まあ、フィルの考えだったんだけどね、実は」

「フィルって誰ですか？」

「村に住んでいる七十六歳のカメラマン」

「ほらね。年をとると知恵がつくんですよ」

「そうとも限らないわ。愚かな若者は愚かな年寄りになる例をこれまでに見てきたもの」

「あなたはあまり丸くなっていないようですね。どうして仕事をすっぱり辞めて引退しないのか不思議ですよ。ぼくならそうするけど」

「まさか、あなたが？　しゃれたロンドンの刺激的な生活を捨てるなんて！」

「あなたなら状況を知っているでしょう。PRっていうのは消耗するんですよ。実にひどい人間にも愛想よくしなくちゃいけないんだから。ビジー・スネイクスは一曲ヒットが出たら、すでにやりたい放題ですよ。たんに幸運だっただけなのに。来年には見向きもされなくなり、ドラッグの金も尽きるだろうから、ドラッグを手に入れるために老婦人から金を強奪してるでしょうね」

「ずいぶん悲観的なのね」

「実は、ひと月前に高速道路を走っていたんです。風の強い日で、道路脇の野原ではサーカスが開かれていた。ふいに、風でテントが吹き飛ばされ、ぼくの車の真正面に飛んでくるところを想像したんです。ぼくは急停止する。サーカスの人々は走ってきてキャンバス地を車からはぎとり、けがはないかとぼくに訊く。お茶に招かれたぼくはサーカスに入団し、二度とポップスターに会うことはなくなる」

沈黙が広がった。

しばらくしてアガサが言った。「サーカスの人々が本番の衣装を着ているところを想像したんでしょうね」

「当然ですよ。馬の曲芸師は緋色のコートに羽根つき帽子。空中ブランコの曲芸師はスパンコールの衣装。彼女は長い黒髪をしていて、運転席にいるぼくを窓からのぞきこむと、髪がぼくの顔をかすめました」

「休暇を最後にとったのはいつだったの、ロイ？」

「覚えてません。休暇の計画を立てかけると、何かしら問題が起きて」

「ロンドンに戻ったら、すぐに休暇の予約を入れなさいね」とアガサは励ますように言った。「ビーチに寝転んで、何も考えなくてすむ場所に行くこと」

「無理ですよ。ビジー・スネイクスがウェンブリーでライブをするんです」

「それほどの大物だとは知らなかったわ」

「ちがいます、エルトン・ジョンの前座をつとめるだけです」

「じゃあ、そのあとで……」

「できたら。で、この週末は探偵をするんですよね？」

「あなたの話を聞いてたら、二人とも休みが必要な気がしてきたわ。ねえ、日曜にバースまでドライブして、ボリュームたっぷりのクリームティーをいただき、パレード・ガーデンズにすわってブラスバンドの演奏を聴きましょうよ」

「それはいいですね。殺人と喧噪はひと休みだ」

翌日は青く広がる空に城塞のような白い雲がもくもくと浮かび、絶好の日和になった。

アガサとロイはこれまで食べたこともないほど大量のスコーンとお茶に麻痺したようになって、パレード・ガーデンズ公園のデッキチェアに寝そべり、ブラスバンドの音楽に耳を傾けていた。ロイはスコーンとストロベリージャムとクロテッドクリームを、どうしても二人分食べると言い張ったのだ。周囲では子供連れの家族たちがなごやかにしゃべっている。

ロイはパナマ帽を買って、それを目の上にかぶせていた。アガサは帽子を持っていなかったので、デッキチェアを木陰に移動した。

数分後、ロイは軽くいびきをかきはじめた。たぶん、彼の言うとおりね、とアガサは思った。探偵業から手を引くべきなのかもしれない。だが、一人で過ごす時間が長くなれば、またもやジェームズ・レイシーのことを考え始めることは火を見るよりも明らかだった。それでも、かわいそうなジェシカのことは胸が痛むし、少女を殺した犯人を見つける決心をしていた。ロバート・スメドリーの案件はまた別の問題だ。そのときまばたきした。最初は彼の幻が目に浮かんだのかと思った。だがすぐに、本物のロバート・スメドリーだと気づいた。野外ステージ近くのデッキチェアから起き上がると、若い女性に手を貸して立たせている。女性は生気のない、たいしてかわいくもない女性だった。赤毛は豊かだったが、やせた青白い顔とウサギそっくりの口元。

「ロイ！」

いびき。

アガサはかがみこむと、脇腹を突いた。

「え、何？」

「スメドリーよ」アガサがひそひそ声で言った。「別の女といっしょ」

「どこですか？」

「あそこ。こっちに来るわ。ほら！」

アガサは膝に置いていたバッグから新聞を取りだした。ロイも新聞をつかみ、顔を隠すように広げた。アガサも同じようにした。二人は新聞をこっそり下げた。

ロバート・スメドリーは、白いフランネルのズボンに、上着の胸ポケットに派手な紋章がついたきつそうなブレザーをはおっていた。相手の女性はとても高いハイヒールをはき、彼の腕にしがみついて歩いている。アガサとロイはカップルが通り過ぎるのを待った。

「さあ！　二人を追うわよ」

だが、ジャンクフードを食べすぎたせいで、アガサのお尻はデッキチェアにしっかりはまってしまった。背中に椅子をくっつけた状態のまま、アガサは立ち上がった。

「助けて、ロイ」

ロイはアガサのお尻から椅子を引き離した。デッキチェアの人々の間から笑い声があがる。アガサがあわてて振り向くと、スメドリーと女性はすでに消えていた。

「体重を落とした方がいいですよ」ロイが言った。

「ちょっと増えただけよ。あのクリームティーのせいね。二人は丘を上がっていたわ」

急いでピエールポント・ストリートに出た。「姿がないわ」アガサは息を切らしながら言った。「わたしは右に行くから、あなたは左に行って」

「ぼくは二人の外見を知らないんですよ。見たときにはもう姿がなかったんだから！」

「男はでっぷりして髪が薄くなりかけている。きつそうな上着に白いズボン。女はボリュームのある赤毛で、うさぎみたいな口元。ブルーと白の模様のドレスに、とても高いヒール。あのヒールじゃ遠くまでは歩けないはずよ。またここで落ち合いましょう」

二手に分かれた。アガサの方はグランド・パレードまで行き、ロイはマンヴァーズ・ストリートから、ドーチェスター・ストリート、さらにセント・ジェームズ・パレードまで行った。

また落ち合ったときには二人とも汗びっしょりで、疲れきっていた。

「わかったわ」アガサが言った。「ホテルよ」

「ホテルなんてたくさんあるよ。数え切れないほど！」ロイが泣き声をあげた。

「考えさせて。男は気に入られたがっている。新しい愛人にちがいないわ。だから、きどったホテルに連れていくはずよ」

「たとえば？」

「グラントン・クレセント・ホテルとか。タクシーを拾った方がよさそうね。かなり坂を上るから」

しかし、あたりにはタクシーがいないようだった。ようやくホテルが建つロイヤル・クレセントまでたどり着いたときには、ロイは暑さで顔を赤くし、アガサに腹を立てていた。

二人はホテルの涼しいロビーに入っていき、フロントに近づいていった。

「ご用でしょうか、マダム？」

フロント係は涼しそうでスリムな外国人だった。

「友人がチェックインしたんじゃないかと思って。ミスター・スメドリーというんですけど」

マニキュアをした長い爪がすばやくパソコンのキーをたたいた。フロント係は顔を上げた。「そういうお名前の方はいらっしゃらないようです」

「宿泊帳を見せていただけない？　いたずら好きだから、別の名前をサインしたにちがいないわ」

「宿泊帳というと？」

「お客がサインする帳簿よ」アガサはいらいらと答えた。

「いえ、それはもう時代遅れです。カードにサインして、予約はパソコンに記録されます」

「じゃ、プリントアウトを見せてもらえない？」

「詳細は個人情報です。どうかお引き取りください」フロント係は着飾った女性が待っている方に行ってしまった。「ミセス・ベンティンク、またお目にかかれてうれしいです」

アガサはロビーの先にバーがあるのを見つけた。「おいしくて冷たいものを一杯やりたいわ」

「運転があることを忘れないで」ロイが注意した。

「きどったジントニック一杯なら関係ないわよ。行きましょ」

バーは涼しくて薄暗かった。アガサは肘掛け椅子にほっとため息をもらしながらすわりこむと、サンダルの中の爪先をもぞもぞ動かした。

ウェイターがやってきたので、おのおの注文をした。飲み物が運ばれてくると、ロイが言った。「大ばくちを打ちたいのはわかるけど、これはあまりにも望み薄なんじゃないかな」

「わかってるの」アガサは認めた。「それでも、あれだけ歩いたから体重は少しは減ったわ。パトリックに話しておく」彼女は携帯電話を取りだした。「彼はスメドリーの案件にとりかかっているはずだし、わたしはジェシカ殺しの犯人を見つけることになっている。今になって、休んでいることで気がとがめてきたわ」

アガサはパトリックに報告してから言った。「車をとってきて、バースからの帰り道のどこかに駐車して見張るわ。二人が帰るところを目撃できるかもしれない。だって今日は日曜でしょ。彼は妻に疑われる前に家に帰りたいはずよ。ホテルにはチェックインしていないのかもしれない」

「なかなか通らないなあ」ロイが悔しそうに言った。バースから出る道路脇に駐車した車内で、日差しにじりじり焼かれながら二人はすわっていた。

「コッツウォルズに戻るなら、この道を通るはずよ」

「だけど、いかれた情熱に駆られて、どこかで泊まるかもしれない。この車にはエアコンってものがないんですか？」

「ないわ」

「サーブはどうしたんですか？　アウディは？　どうしてこんなちっぽけなハッチバックのローバーになったんですか？　しかも、これまでに五百人ぐらい所有者がいたみたいな車だ」

「ありふれた外見の車がほしかったのよ。安い車なら誰の目にも留まらない。これはとてもいいローバーで、中古で買ったの。後方の道路に目を光らせていて」

「あなたの方がやりやすいでしょう。バックミラーがあるんだから。振り向いていたら、首が痛くなっちゃいましたよ」

「フィルは奥さんの車のナンバーを撮影した」アガサはひとりごとを言った。「夫がその車を運転しているわけがない。フィルはスメドリーの車のナンバーを知ってるかしら」

アガサはフィルに電話して訊いた。「ああ、手に入れてあるよ。暗くなってから行って、私道にあった両方の車を撮影しておいた。ＢＭＷだ。ダークグリーン」彼は車のナンバーを教えてくれた。

アガサは礼を言って、電話を切ると、ロイに情報を伝えた。二人は辛抱強く待ち続けた。「どうやら望みがなさそうですね……」とロイが言いかけたとき、アガサは叫んだ。「来たわ！」

スメドリーの運転するＢＭＷが猛スピードで走っていった。

アガサは追跡にかかった。

「あまり近づかない方がいいですよ」ロイがエンジンの音に負けじと叫んだ。「別の車をはさんだ方がいい」

だが、アガサは鬼のような形相でぴたっと後についていた。スメドリーが時速九十キロの制限速度を超えないことがありがたかった。

スメドリーはＡ４を降りるとＡ３６５に入った。「どこに行くつもりかしら？」アガサはつぶやいた。追跡を続けた——Ａ３６５からＡ３６１、Ａ３６０、そしてまた

Ａ３４４に入る。「エームズベリーに行くつもり？」アガサは考えこんだ。

「ストーンヘンジに行くんだと思います」ロイが言った。

たしかに、スメドリーの目的地はそこだと判明した。駐車場の整理係はスメドリーに右側の場所を指示し、アガサにはずっと離れた左側の区画を指示した。

「急いで！」アガサは言いながらエンジンを切った。「今度こそ見失うわけにいかない」

二人はローバーからころがるように降りると、スメドリーが駐車した方へ走っていった。まさにそのとき、ＢＭＷが轟音《ごうおん》を立てて駐車場から走り出していった。

「あまり近づかないでって注意したでしょう」ロイが文句をつけた。「ぼくたちに気づいたから、まくためにここに来たんですよ」

二人は車に戻って追いかけはじめたが、道のどこにもＢＭＷの姿はなかった。

アンクームまで戻ってきた。ロイはアガサに指示されて車を降りると、スメドリーの私道にこっそり忍び寄った。ＢＭＷは外に駐車している、という情報を持って彼は戻ってきた。「どこかで彼女を降ろしたか、もしかしたら彼女は親戚で、奥さんも二人で出かけていたのを知っているんですよ」

その晩、アガサはロンドン行きの列車に乗るロイを駅まで送っていった。それから家に戻ってくると、ビルが待っていた。

「ハヴィランドについて何かわかった？」アガサは意気込んでたずねた。

「まず中でコーヒーを淹れてください。それから話しますよ」

キッチンでコーヒーのマグカップを前にしてすわると、ビルは言った。

「ハヴィランドはジェシカとデートしていました。彼は三十代です。彼の方がずっと年上なので、親には知られたくなかった。ただ、彼には鉄壁のアリバイがあります」

「どういう？」

「スメドリー・エレクトロニクスの営業担当者なので、一週間エクセターに出張していて、われわれが連絡をとった直前に帰ってきたんです。向こうのホテルで開かれたコンベンションに出席していた。それについて問い合わせましたが、彼はまったくエクセターを離れていなかった」

「犯行は可能だったかもしれないわ。だって、コンベンションではお酒を飲むでしょ。こっそり抜け出しても、誰も気づかなかったのかもしれない。DNAを調べれば――」

「それが問題なんです。ジェシカは性的暴力を受けていなかったんですよ」

「だけど、下半身が裸だったのよ！　わたしは引き裂かれたパンティを見つけたんだから」

「ジェシカ・ブラッドリーはバージンでした」

「なんですって！　この時代に？　クラブに出かけ、年上の男とデートしていたのに？」

「これだけは確かですが、このバート・ハヴィランドはジェシカに本気で恋をしていたんです。本当に憔悴しきっていました」

「じゃあ、ジェシカは誰かのことを彼に話していない？　怖がっている相手とかは？」

ビルはかぶりを振った。「ハヴィランドはジェシカが学校を卒業するまで待って婚約を発表するつもりだった、と言っています」

「彼と話してみたいわ。住所は？」

「そういう情報はもらしちゃいけないことになっているんです、アガサ」

「自分で見つけられるって知ってるでしょ。誰にも教えてもらう必要なんてないわ」

「ああ、わかりましたよ。彼はミルセスターのバスクーム・ウェイ十番地、公営団地に住んでいます」

「すべての道はスメドリー・エレクトロニクスに通じているみたいね」アガサは言った。彼女はスメドリーと女をバースで見かけたことを話し、こうしめくくった。「奥さんが浮気しているとかの話は、すべてでたらめかもしれないわ。もしかしたら自分の浮気から目を逸らさせるために、調査を依頼したことをわざと妻に知らせようとしたのかも」

「スメドリーがあなたに尾行されていたことに気づいたのなら、明日、オフィスに来て調査をキャンセルするでしょうね」

翌朝、アガサのオフィスに現れたのは、ロバート・スメドリーだけではなかった。妻のメイベルまでいっしょだった。

5

二人は手をつないでオフィスに入ってくると、笑顔を振りまいた。とっさにアガサはハリー・ビームがいなければよかったと思った。青年はダイエット・コークを手にソファに寝そべっていた。身につけているのはデニムのジャケットと膝が破れたジーンズだ。

「うれしいニュースがあるんです」スメドリーが言った。「おたくのサービスはもう必要なくなりました。すべて誤解でした。メイベルを愛するあまり、馬鹿みたいに嫉妬深くなってしまったようなんです」

アガサの口から「バースで若い女性と何をしていたんですか？」という質問が今にも飛び出しそうだと察したかのように、スメドリーは急いでつけ加えた。「もちろん、手付金を返してもらうつもりはありませんし、必要経費はどうぞ請求してください」

「ありがとうございます」アガサはバースへ行った経費を請求するかどうか迷ったが、

やめておくことにした。すでに彼は大金を支払っていたし、そもそもアガサは夫ではなく妻を調べるように依頼されていたのだ。それにしても、どうして彼は金を返せと言わないのだろう？

「ご夫妻にとって万事丸くおさまって、とてもうれしいです。コーヒーでもいかがですか？」

「いいえ、もう行かなくてはならないので」スメドリーは上機嫌だった。

ハリー・ビームは無気力状態から復活したようだった。「腕にひどい痣《あざ》ができていますね、ミセス・スメドリー」

彼女は薄手のジャケットを手にしていたが、すばやくそれをはおった。ハリーに向けたスメドリーの目の奥で、一瞬、不穏な光がぎらついた。

「失礼だが、あんたは誰なんだね？」

「ハリー・ビーム、探偵です。ぼくは潜入捜査をしているんですよ」

「あんたの外見からすると、実にぞっとする仕事のようだな。行くぞ、メイベル」

二人が帰ってしまうと、アガサはたずねた。「本当に痣があったの？　わたしには見えなかったけど」

「ものすごくでかいやつですよ。誰かが腕をつかんでねじりあげたみたいな」

「夫が暴力をふるっているなら、警察に行くべきだわ」パトリックがやってきたので、スメドリーの案件は終了したことを伝えた。続いてフィルもやってきて、トリクシーとフェアリーのいい写真があったと報告した。

「よかったわ、フィル。これからショッピングモールに行きましょう。パトリック、最新情報だと、ジェシカはレイプされていなかったのに、犯人はそう見せかけようとしたの。ボーイフレンドは確実なアリバイがあるようだけど、可能なら彼のところに行って話を聞いてきて。ジェシカのことで、興味深いことを思い出すかもしれないわ」

「この殺人は素人のしわざのようだな」パトリックが言った。「最近じゃ、たいていの人がDNAについて知っているし、彼女がレイプされていないことはすぐにわかるはずだ」

「そうとも限らないわよ。コンドームを使ったと警察が考えるのを期待したのかもしれない。ともあれ犯人は彼女がバージンだってことを知らなかったのよ」

「ぼくはどうしたら？」ハリーがたずねた。

「とびきりの離婚案件がふたつあるの。どっちも上流階級よ。だから、溶け込んで目立たないようにしないと。別の服に着替えて、ピアスはとってね」

アガサはハリーが嫌だと言うかもしれないと思っていたが、あっさりと「了解」と答えた。

「ミセス・フリードマンからファイルをもらってちょうだい」

「カメラマンはあなたが連れていくんですよね」ハリーが言った。「ぼく、カメラを持っていった方がいいですか？」

アガサはフィルを連れていきたかった。彼はこれまでいろいろな面で鋭い考察をしている。

「おれの車のところに来てくれ」フィルが言った。「適当なカメラと望遠レンズを選んでやるよ」

「やった」

アガサとフィルはショッピングモールに出発した。さっきまでの雨はあがり、空は灰色で、蒸し暑くて息が詰まりそうだった。

大時計のところまで戻り、トリクシー、フェアリー、ジェシカの写真を手に、順番に店員たちにたずねていった。四人が女の子たちを覚えていたが、またもや同じ話だった。待ち合わせしているのを見かけたが、その後は何も気づかなかった、と。

「そろそろ戻って、親に会った方がよさそうね」アガサは言った。「ご遺体は埋葬のためにまだ返されていないでしょうから、たぶん何をすることもなくぼんやりしていると思うし。バート・ハヴィランドについて訊いてみたいの。まるでロマンス小説に登場するような名前よね。でも、改名したんなら、興味深いことがわかるかもしれない」

ドアを開けたミセス・ブラッドリーはゾンビのようだった。おそらく精神安定剤を処方されているのだろう。「ああ、ミセス・レーズン。ジェシカを殺した犯人を見つけると言ってくださって、ご親切に感謝しています。どうぞ入ってください」

彼女はグロスターシャーのやわらかいなまりがあった。

二人は居心地のいいリビングに入った。サイドボードには大きなジェシカの写真が飾られていたが、どこから見てもイギリスの品行方正な高校生だった。

開いた窓ではかわいらしいレースのカーテンがはためき、部屋には家庭的な品々が散らばっている。本、雑誌、ビデオ、うっちゃられた編みかけの編み物。

「ご主人はいらっしゃいますか？」アガサはたずねた。

「アイスクリーム工場の仕事に戻りました。仕事をしていると、ぞっとすることを考えなくてすむと言って」

「死別カウンセリングを受けた方がいいと思いますよ」アガサはやさしく言った。「精神安定剤は悲しみを麻痺させるだけで、しばらくして悲嘆がもっとひどくなって再燃するかもしれません。いちばん近い場所でやっているカウンセリングを探させてください」

「ありがとう」涙があふれ、次から次に静かに流れ落ちた。

「お茶を淹れてこよう。キッチンをお借りしますよ」フィルが言った。

ミセス・ブラッドリーはティッシュで涙をふいた。

「ジェシカにはボーイフレンドがいたことをご存じでしたか?」

彼女は茫然としてアガサを見つめた。「いいえ、学校の男の子ですか?」

「三十五歳のバート・ハヴィランドという男性です。スメドリー・エレクトロニクスの営業担当として働いています」

「あの子は何も話してくれませんでした」

「彼がずっと年上なので、会うのを禁じられるのではないかとジェシカは恐れていたようなのです。彼は本気でジェシカに恋をしていたようです。アリバイがあります。ミセス・ブラッドリー、お嬢さんはレイプされたのではありません。警察からもいずれ知らされると思いますが、ジェシカはバージンだったんです」

「かわいそうな子」また泣きだした。

さっと立ち上がって近づいていき、ミセス・ブラッドリーを抱きしめて慰められるような女性だったらよかったのに、とアガサはいたたまれなかった。しかし、彼女はそういうタイプではなかったので、同情がこもっているように聞こえることを祈りながら相づちを打った。

フィルがお茶を運んできた。「とても甘くしておきましたよ」ミセス・ブラッドリーに言った。「ショックを受けたときは甘いものがいいんです」

ミセス・ブラッドリーは弱々しい笑みを浮かべて、お茶を飲んだ。

少し落ち着いたのを見計らって、アガサはたずねた。「ジェシカの部屋を見せていただいてもかまいませんか？」

「どうぞ、二階に上がっていってください。上がって左側です。わたしはごいっしょできませんけど。どうしても無理なんです」

アガサとフィルは階段を上がり、ジェシカの部屋のドアを押し開けた。それぞれラテックス製の手袋をはめた。壁にポップスターのポスターが貼られ、ありふれたティーンエイジャーの部屋に思えたが、普通の子よりも本がたくさんあった。壁際にはパソコンデスクがあったが、パソコンはなかった。インターネットで誰かとやりとりしていたかどうか調べるために、警察が押収していったのだろう。

デスクの引き出しを開けた。「日記があっても、警察が持っていったわね。隠していない限り。ティーンエイジャーって、どこに日記を隠すもの？」

「知らんな。捜してみよう」

二人は部屋のいたるところを捜した。タンスがあったので、アガサはすべての引き出しを開けて、底を探った。何もない。

「デスクを調べてみましょう」引き出しは三つあった。一段ずつ開けていった。底の引き出しが何かにひっかかったので、思い切りぐいっと引っ張った。引き出しは床に落ち、引き出しの裏側に貼りつけてあった手紙の束が床に散らばった。

二人は手紙をかき集めた。すべてソマーズ方、ジェシカ宛になっていた。「トリクシーの住所ね。ボーイフレンドからの手紙を受けとるのに、トリクシーを利用していたにちがいないわ」デスクに封筒をそっと広げた。

「半分ずつにしましょう。十二通あるから、わたしが六通、残りはあなたが読んで」

それらはハヴィランドからの情熱的なラブレターだった。ジェシカが学校を卒業したらすぐに結婚したいと、ハヴィランドが思っていたことは確かだった。

「気になることが書いてあるぞ」フィルが言った。「ジェシカが友人たちに脅されて、クラブに無理やりつきあわされているんじゃないかと心配だって書いてある。『トリクシーとフェアリーが先生にぼくたちの関係を言うと脅すなら、そうさせればいい。きみにあの派手な二人組と行動をともにしてほしくないんだ。あいつらとの別の件は冗談だよ、ただの仕事だ』」

「興味深いわね。別の件？　放課後、あの女の子たちと話してみる必要があるわね」

「手紙はどうする？　警察に渡す？」

「いいえ、警察の役に立ちそうなことは何も書かれてないわ」

「いや、あるよ。彼女がどうしてトリクシーやフェアリーとつるんでいたか、新たな手がかりを与えている。それに、『別の件』がとても気になるんだ」

「少しはジェシカのプライバシーを守ってあげましょうよ。元に戻しておきましょう。この時代にメールじゃなくて手紙を送るなんてすごくロマンチックね」

二人は一階に行き、アガサはミセス・ブラッドリーに「ジェシカがクラブに行くことは心配ではなかったんですか？」とたずねた。

「ええ、心配でした。だけど、あの子は変わってしまったんです。どの女の子も行っていると言ってました。最後の晩以外は、いつも門限までに帰ってきました」

「警察はパソコンを持っていったんですか？」

「インターネットで誰かと連絡をとっていたか確認したい、と言ってました。だけど、主人は娘がいわゆるチャットルームに入って変質者と知り合うことを警戒していたので、常にメールをチェックしていたんです」

ブラッドリー夫妻はアガサが想像していたよりも厳格だったようだ。

「ジェシカは携帯電話を持っていましたか？」

「主人のフランクが持たせませんでした。ほしいと泣きつかれましたが、主人は変質者がメールしてくると言ったんです。それもあってクラブに行くことは許可したんだと思いますけど、週に一度だけでした。何でもかんでも禁止したくなかったので。近頃の子はとても成長が早いですから」

何かわかったら連絡すると約束して、二人はいとまを告げた。

「ねえ」フィルの古いフォードの助手席に乗り込みながら、アガサは言いだした。「トリクシーとフェアリーは彼女を脅して、いっしょにクラブに行っていたのかしら？」

「嫉妬だよ」フィルは言った。「優等生だったんだろ。おそらく、自分たちのレベルまで引き下げたかったんだろう」

「おなかがぺこぺこだわ。どこかで食事をしましょう」

ランチを食べ終えたとき、アガサの携帯が鳴った。ビル・ウォンからだった。

「どこにいるんですか？」ビルはたずねた。

「ミセス・ブラッドリーの家を出たところよ。どうして？」

「スメドリー夫妻が今朝あなたに会いに来たでしょう？」

「ええ、二人そろって。ラブラブって感じだった。スメドリーは依頼を中止してほしいって言ったわ。何かあったの？」

「スメドリーがオフィスで死んでいるのが発見されたんです。毒殺だと思われます。署に来て、供述してもらった方がよさそうです」


アガサとフィルはビル・ウォンとウィルクス警部に聴取された。

アガサはスメドリー夫妻の訪問について語った。さらにハリーがミセス・スメドリーの腕に痣があるのに気づいたことも思い出した。「彼がメイベルを殴っていたのかもしれない。それに、他にもあるんです」アガサはロイとバースにいたときに、スメドリーが若い女性といっしょだったのを目撃したことを話した。

「外見は？」ウィルクスが険しい声でたずねた。

「ボリュームのある赤毛、たいしてかわいくもなくて、青白い顔でウサギみたいな口元。スタイルはいい」

「調べてみます。従業員の一人かもしれない。秘書の女性らしく思えるな。わかりました。では最初から。二人は今朝オフィスに入ってきて……」

「一度で聴取できないの？」アガサはむっとして言った。だが、ビル・ウォンが警告の視線を送ってきたので、また最初から話を繰り返した。

ようやく帰宅を許された。「メイベルがかっとなって、毒殺したにちがいないわ」アガサは警察署の外に出ると言った。

「彼女がオフィスにいなかったのなら、それを証明するのは大変だろうな。もしかしたらそのウサギに似た女の子かもしれない。ともあれ、もう警察の仕事だよ」

二人はオフィスに戻った。パトリックが電話してきた。「バート・ハヴィランドがオックスフォードの店にいるところをつかまえて、いっしょにコーヒーを飲んだ。誓ってもいいが、あの男は真剣だったし、悲嘆に暮れて哀れなありさまだ」

「ふたつ気になることがあるの、パトリック。彼ともう一度会って、赤毛でウサギみたいな口元の女性がスメドリー・エレクトロニクスで働いているか訊いてみて。日曜にバースでスメドリーといっしょにいるところを見かけたの。スメドリーが毒殺されたのよ。もうわたしたちとは関係がないけど、彼女が何者なのかどうしても知っておきたい。それからフェアリーとトリクシーについてもたずねて。どうやらジェシカがクラブにつきあわなかったら、学校に彼氏のことをばらすって脅していたみたいなの。それから、『ただの仕事』って呼ぶようなことを二人とやっていたみたいなのよ」

「調べてみる」

アガサは電話を切ってたずねた。「さて、どうする？」

「二人組が学校から帰ってくるのを待っている間、トリクシーの親と話したらどうかな？」フィルが言った。

「いい考えね。さ、行ってみましょう。ミセス・フリードマン、死別カウンセリングについて調べて、ミセス・ブラッドリーに電話で知らせてあげてくれる？　それから、ハリーから連絡は？」

「ありません。死別カウンセリングはすぐに調べます」

アガサはミセス・ソマーズは図太くてだらしのない女性だろうと予想していたが、小柄で気弱そうで怯えた顔つきをした女性だった。青い目で、きちんと髪を整えている。

「ジェシカの死について調べているんです」アガサは切りだした。「それで、いくつか質問をさせていただきたいと思いまして」

「わかりました。かわいそうにね」

リビングはブラッドリー家とほぼそっくりだった。ソファの三点セットとコーヒーテーブル。だが本はなかった。

全員がすわると、ミセス・ソマーズは不安そうにたずねた。「わたしでお役に立つかしら？」

「ジェシカにはボーイフレンドがいました。ずっと年上のボーイフレンドです」アガサは言った。「このボーイフレンドから受け取った手紙だと、トリクシーとフェアリーはジェシカが自分たちと遊ばなかったら、この男とつきあっていることを教師にばらす、と言っていたようなのです」

アガサは「うちの娘はそんなことをしません」とか、きっぱりした否定が返ってくるものと思っていた。しかし、ミセス・ソマーズは悲しそうな顔になった。「娘のことでは、ほとほと手を焼いているんです。正直申しまして。主人は娘の欠点には一切耳を貸しません。お小遣いをふんだんに与え、クラブに行ったりメイクをしたりすることにわたしが反対しても、笑い飛ばすだけなんです。『おまえは暗黒時代にいるのか』って。『若いうちに楽しませてあげろよ』って」

「では、トリクシーはジェシカを脅迫していたかもしれない、そうお考えなんですね」

「そう言うと、だいそれたことになりますけど、そのことで、ジェシカをからかったかもしれないとは思います」

玄関のドアが開いた。「トリクシー？」母親が声をかけた。トリクシーとフェアリーがどたどたと入ってきて、アガサとフィルを見てぴたっと立ち止まった。

「どうしてこんなに早く帰ってきたの？」ミセス・ソマーズがたずねた。

「学校のスポーツ大会のせい。あたしたちはスポーツをしないから」トリクシーが言った。

「ジェシカがいっしょに遊びに行かなかったら、年上の男とつきあっていることを先生に言うって脅したのは本当なの？」アガサがたずねた。

「まさか。まあね、ちょっとからかったかもしれないけどさ。友達だったんだよ。だよね、フェアリー？」

フェアリーはガムを口の反対側に移動させてから、答えた。「そうだよ」

「あなたたち、放課後にジェシカと何かの仕事をしていたの？」

二人は表情のない目でアガサを見つめた。

「彼女を傷つけたがっていた人間を知っている？」アガサは追及した。

「たぶんボーイフレンドかな」

「彼には鉄壁のアリバイがあるの。他には？　学校の男の子は？」

「いないよ。あの子は彼氏に夢中だったから。結婚するつもりだって言ってたよ。もう部屋に行ってもいい、ママ？　いい加減うんざり」

この子たち、無表情な死んだような目をして、なんて老けてるの、とアガサは暗い気持ちになった。ドラッグをやっているのかも。あのクラブは手入れを受けたことがあるのか、ビルに訊いてみよう。

「行きなさい」ミセス・ソマーズは言った。彼女はアガサに力なく微笑みかけた。「強がっているだけなんです。トリクシーはじきに大人になると思います」

「ちょっと待って」アガサは女の子たちに声をかけた。「殺された晩にジェシカをクラブで見かけた？」

「もちろん」フェアリーが言った。「来てたけど、すぐに家に帰らなくちゃってぐずぐず言いはじめたから、好きにさせたよ」

そう言い捨てると、二人ともだらけた歩き方で部屋を出ていった。

「あまり手がかりをつかめなかったわね」外に出るとアガサは言った。「これからどうする?」

「ハリー青年をまたクラブに送り込むのがいいかな」フィルが言った。「もっといろいろ探ってこられるだろう」

アガサはストウ＝オン＝ザ＝ウォルドのマッサージ師、リチャード・ラズダールに夕方の予約を入れた。腰はちょっとマッサージをすれば回復するはずだ。マッサージ店は〈ハニー・ポット〉というお菓子屋の二階にあった。

リチャードのきれいな奥さん、リン・ラズダールはチョコレートを包む手を休めて声をかけた。「部屋はご存じですね。もうお待ちしてますよ」

アガサが店の奥の急な階段を上っていくと、リチャードは踊り場に立っていた。彼が退室している間にアガサはパンティだけになり、大きなバスタオルで体を覆って施術台に横たわった。

リチャードが入ってくると、アガサは言った。「腰がちょっと痛いの」

「関節炎ですか?」

「もちろんちがうわよ! そんな年じゃないわ!」

「どんな年齢だってかかりますよ。ぼくなら腰のレントゲンを撮ってもらいますね。でも、できるだけのことをしてみましょう」

彼にマッサージされながら、アガサはジェシカを殺した犯人を見つけようとしている話をした。

「たんに道路で彼女を拾った見知らぬ人間かもしれませんよ」リチャードは言った。

「知らない人だったら、車に乗らなかったと思うの。このご時世じゃ、ありえないわよ」

「刺されたんですよね？　無理に乗せられたのかもしれない」

「銃を突きつけられれば、もしかしたらあるかも。だけど、ナイフではどうかしら？」

「誰が犯人にしろ、彼女が道路を渡ろうと待っているところを見かけた。夜のその時間なら歩道橋を使わなかった、と言いましたね？　とても安全そうな男だったのかもしれない。中年で。車を降りてきて、こう声をかける。『大丈夫かい？』彼女は家に帰るところだと答える。男はたずねる。『家はどこ？』彼女が教えると、『おや、たまたまそっちに行くところなんだ。乗りたまえ』彼女は車内で殺されたんですか？」

「わからない」

「調べるべきですよ」

帰るときには腰の痛みは消えていた。関節炎なんてとんでもないわ！　アガサは携帯電話を取りだして、ビル・ウォンに電話した。

「ジェシカは車内で殺されたの？　鑑識はどう言ってるの？」

「そのようですね。現場にはそれほど血痕が残っていなかった。どこか別の場所で殺されて捨てられたんです。今夜テレビに出て、彼女を目撃した可能性のある運転手に呼びかけてみるつもりです」

「もうひとつ。ミセス・スメドリーは夫を殺した罪で告発された？」

「スメドリーはオフィスで毒殺されたんです。彼女は午前中ずっとアンクームの教会にいて、真鍮《しんちゅう》を磨いたり、花を活けたりしていた。逮捕する理由がまったくありませんよ」

「彼がバースでいっしょにいた女性は？」

「秘書でした。バースに住んでいる母親の見舞いに彼が車で連れていってくれたと言っています」

「ふざけないでよ！　バンド演奏を聴いていたのはなんなの？」

「きちんと調べました。お母さんはバースの老人ホームに入っているんです。ええ、確かに訪問していましたよ。たぶん日差しを楽しもうと考えたのでしょう。落ち着いて、アガサ、これはあなたの事件じゃないんですから」

アガサは電話を切ると、家に帰って猫にえさをやった。掃除をしてくれているドリス・シンプソンがたぶんもうあげていたが、えさをやることで、二匹を留守番させてばかりいる罪悪感が少しは和らぐのだ。

自分のディナーを温めようとした。そのとき、はっとした。二階で物音がする。武器になるものはないかと見回し、スプレー洗剤のボトルをつかんだ。階段の下まで行った。「そこにいるのは誰なの？」

「わたしだ、チャールズだよ」声がした。「すぐに下りていく」

彼から鍵を取り戻そう、とアガサは心に誓った。来ることをまえもって電話で知らせてくれてもよさそうなものなのに。

チャールズが階段を下りてくると、そう文句をつけた。

チャールズはアガサの頬にキスした。「ごめん。今度から電話するよ」

「ゴージャスな彼女はどうしたの？」

「とうてい信じてもらえそうにないな」

「話してみて」

「まさにとどめを刺そうとしたら、わたしを押しのけて、こう言ったんだ。それはできない、なぜなら神を見つけたからって」

「見事ね」アガサは皮肉を飛ばした。「今度、わたしもそのせりふを使ってみよう。すごく破壊力があるわ！　だって、こちらはぐうの音《ね》も出なくなるもの」

「あなたをベッドに誘おうとして、男性たちが列を作っているとは気づかなかったよ」

二人がにらみあっていると、ドアベルが鳴った。

アガサがドアを開けると、ミセス・メイベル・スメドリーが戸口に立っていた。

「どうぞ」アガサは言った。

彼女はメイベルをキッチンに案内した。チャールズはリビングにぶらぶら行ってしまった。

「コーヒーでも？」

「いえ、けっこうです」

「どうぞ、すわって。さぞショックだったでしょうね」

メイベルは動揺しているようには見えなかった。目は乾いていたし、落ち着き払っている。アガサは向かいにすわり、煙草に手を伸ばして思い直した。

「実は主人はオフィスで毒殺されたんです。警察に一日じゅう取り調べを受けていました――まるでわたしが関わっているみたいに！　あなたに主人を殺した犯人を見つけもらいたいんです」

「承知しました。ミセス・フリードマンに契約書を作らせます。さて、ご主人には敵がいましたか？」

「いいえ、ロバートはみんなに愛されていました」

アガサは小さくため息をもらした。「ねえ、あなたの悲しみに塩をすりこむ真似はしたくないけれど、ミスター・スメドリーがみんなに愛されていたとは思えないんです。だいたい、誰かが毒殺したいほど憎んでいたってことでしょ。どうやって毒を盛られたのかわかりますか？」

「モーニングコーヒーに入れられて」

「で、誰がコーヒーを持っていったの？」

「秘書のジョイス・ウィルソンです」

「ジョイスって赤毛の？」

「そうです」

「先週の日曜に、バースでジョイスがご主人といるのを見かけたわ」

一瞬、メイベルの目がぎらついた？　しかし、答えた声は平静だった。「ロバートからそのことは聞きました。ジョイスはお母さまの面会に行ったんです」

「じゃあ、ご主人は浮気していなかったの？」

「まさか。彼はわたしに夢中でしたから——だからこそ、あなたを雇ってわたしを探らせたんでしょ」

「そのことで、腹は立たなかった？」

「それどころか、とても得意な気持ちだったわ。オーブンから煙が出てますけど、気づいてます？」

「大変！」アガサは飛び上がり、スイッチを切ると、裏口ドアを開けて煙を追い出した。ふだんは電子レンジ調理をするのだが、ディナーに買ったラザニアはオーブンで調理するタイプのものだった。

「ミセス・スメドリー……」

「メイベルと呼んでください」

「じゃあ、メイベル、アシスタントがあなたの腕にひどい痣があるのに気づいた件についてだけど」

陽気な小さい笑い声をあげた。この陽気な小さい笑い声はさんざん練習したものだ、とふいにアガサは確信した。「わたし、とても不器用なんです。いつも、いろんなものにぶつかっちゃって」

「そのことはしばらくおいておきましょう。どこから調べてほしいですか？」

「会社はわたしが所有しています。もちろん、売るつもりです。スタッフにはあなたに話をするようにと伝えてあります」

「まずジョイスに話を聞くわ。ご主人にコーヒーを出したのだから、当然容疑者になっているんでしょうね」

「いいえ、戸棚から新しいインスタントコーヒーの瓶を出した、って言っているんです。主人はいつもコーヒーに角砂糖を四つ入れます。それで毒の味がわからなかったにちがいありません」

「明日から仕事にとりかかるわ。だけど、会社には警察がうようよしているでしょ」

メイベルは立ち上がった。「あなたにお任せします。できるだけのことをしてください。ロバートを殺した犯人が罰せられずにすむなんて許されないわ」

「ジョイスの住所はご存じ？」

彼女はバッグを開けて、ノートを出した。「書いていきますね」アガサはメモ用紙とペンを渡した。

「明日、自宅に行ってみるわ。仕事は休んでいそうだから」

アガサはメイベルを見送ると、リビングに行った。チャールズはテレビの前のソファに寝そべっていた。

「好奇心がないのね、あなたらしくもない」アガサは言った。

「彼女にはコケにされたからね、先入観があるんだ。ドアのところで聞き耳を立てていた。彼女がやったんだよ。そうに決まってる。『主人を殺した犯人を見つける』っていうのはただの目くらましだよ」

「どうかしらね。ジョイスがどう説明するのか、興味があるわ」

「いっしょに行くよ。退屈しているんだ」

「わたしの方は写真が必要なさそう。これからフィルに電話して、ハリーに同行するように言うわ」

彼女はフィルの携帯電話にかけた。彼が電話に出てくると、背後で騒々しい音楽が鳴っていた。

「どこにいるの？」

「ディスコだよ。ハリーといっしょに」

「ものすごく目立つじゃない！」

「みんな、おれがハリーといっしょに来たということは知らないんだ。地元紙のために写真を撮っているって説明したから。いろんな顔を撮っておけば便利だからね」

「外に出られない？　ろくに声が聞こえないわ」

「わかった」

彼女はフィルにミセス・スメドリーの訪問について話し、最後にこう指示した。

「明日、あなたとハリーは別の案件にあたって。パトリックにはジェシカの件を続けてもらう。じゃ、明日会いましょう」電話を切った。

「このひどい臭いは何だ？」チャールズがたずねた。

「ディナーになるはずだったものよ」

「ピザを注文するよ。どこにも出かける気になれないから」

「わたしも。ジョイスがどう弁解するのかが楽しみだわ」

6

翌朝、チャールズとアガサは調査に出かけた。「これ、どういう車なんだ？」チャールズは文句をつけた。「地球温暖化のまっただなかにいるっていうのに、エアコンのない車を買ったとは」

「小さいけど頑丈なの。誰も盗もうとも傷をつけようともしない。CDプレイヤーすらないから、盗もうとして窓を割られることもないわ。ところでジョイスは一人暮らしかしら。それとも両親と同居？」アガサは考えこんだ。「一人の方が話をしやすいわね」

「かなり若いのかい？」

「いいえ、たぶんアラサー」

「そんな年なのか」チャールズはアガサに悪意のこもった視線を向けた。アガサはこのごろ身なりにかまわなくなったとチャールズは感じていた。恋愛関係ではなかったたが、もう少し身ぎれいにしてもいいのにと不満だった。ウエストはたるみ、メイクをするのも忘れている。これまでメイクをしていないアガサは記憶になかった。

「着いたわ」アガサが言った。「チェリー・ロード。ジェシカの家のすぐ近くね。こういう地味な住宅地だとしても、秘書が一戸建てを借りられると思わないけど。ああ！　きっと両親と同居しているにちがいないわ」

家の外に駐車した。「さ、行くわよ」

二人は玄関まで歩いていき、ドアベルを鳴らした。ジョイス・ウィルソンがドアを開けた。その目はついさっきまで泣いていたせいで、髪と同じぐらい赤かった。

アガサは自己紹介をすると言った。「少しお話しできますか？」

ジョイスは二人を中に通した。リビングはきちんと片付いていたが、妙に個性がなかった。新しい三点セットのソファ、低いコーヒーテーブル、テレビ、マッシュルーム色の絨毯《じゅうたん》。マッシュルーム色のカーテン、それだけだった。

「ここに住んで長いんですか？」全員が腰をおろすと、アガサはたずねた。

「いえ最近です」ジョイスはやせた指を握りしめたりほどいたりしている。「借りたんです」

胸くそ悪いあのスメドリーが家賃を払っていたのかしら、とアガサは思った。

「ミスター・スメドリーのコーヒーに毒がどうして混入したのか、あなたに何か考えがあればお聞きしたいと思いましてね」チャールズが切りだした。

彼女はかぶりを振った。「新しい瓶を開けて、上のアルミを破りとったんです」

「ブラックで飲んでいましたか？」

「いいえ、ミルクとお砂糖をどっさり」

「お砂糖は？　角砂糖ですか？」

「ええ。コーヒーにはいつも四つ入れていました」

「警察はお砂糖に毒が入っていたかもしれないと考えたのでは？」

「そうじゃないようです。大量の毒なので、角砂糖に注入するのは無理だと思っているみたい」

「ミルクは？」

「その可能性はありますね。冷蔵庫には一回分だけ残ってました。新しい瓶も入ってました。少し残っていたミルクを使い切って、その瓶をお湯で洗ってゴミ箱に捨てました。警察はミルクに毒が入っていたので、あたしが証拠を隠すために瓶を洗ったのだと思っているみたいです。だけど、あたし、彼を殺してません！　やってません！」

アガサはその機会をとらえた。「ミスター・スメドリーが家賃を払わなくなったら、ここに住み続けられるの?」

「あたし……彼が払っていたんじゃ……」いきなり、わっと涙に暮れた。

チャールズがコーヒーテーブルのティッシュの箱を見つけ、彼女に渡した。ジョイスはしゃくりあげながら、洟《はな》をかんだ。

「バースでミスター・スメドリーといっしょのところを見かけたわ」アガサは言った。

「あなたたち、不倫していたのね」

「離婚するまでのことでした」ジョイスは低い声で言った。

「だけど、彼は奥さんに夢中だったみたいだよ」チャールズが指摘した。

「あの人、奥さんのことを憎んでいたわ」ジョイスの声にふいに憎悪がにじんだ。

「あたしも大嫌いだった。いつもオフィスに現れては、あの甘ったるい声でなんだかんだと意地悪なことを口にした。『まだ結婚していないの、ジョイス? いい夫を見つけてあげなくちゃね。そうでしょ、ロバート?』みんな、彼女のことを完璧だと考えていたけど、本当は嫌な人間だったのよ」

「どのぐらい関係を続けていたの?」アガサはたずねた。

「半年」

「だけど、どうしてなの? やたらもったいぶった中年男じゃない」

「あたしにはやさしかった。あたしのことを気にかけてくれていたのよ！」

「彼を亡き者にしたがっていた人を思いつかない？　奥さん以外で」

「わかりません。彼は人気者じゃなかったけど、みんな、給料がいいから我慢しているって言ってました。そろそろ帰ってもらえます？　もうたくさん。あとで警察にまた行って、さらに聴取されることになっているんです」

　アガサはジョイスに名刺を渡し、何か重要なことを思い出したら電話をくれ、と言った。


　カースリーに戻ると、ビル・ウォンが二人を待っていた。「あなたを雇ってご主人を殺した犯人を見つけてもらうことにした、とミセス・スメドリーから聞いたところです。警告しておきますよ、アガサ、警察に情報を隠さないこと。過去にそういう真似をして、危うく殺されかけたでしょう」

「あらあら、入ってちょうだい。お小言はやめて。よけい暑くなるわ。移動式エアコンを注文したの。今日の午後には届くはずよ」

「かなりお金がかかったでしょう」ビルは言うと、アガサのあとからキッチンに入ってきた。たちまち猫たちはビルの膝に飛び乗って歓迎した。

「庭にすわりましょう」アガサは言った。

全員がすわってコーヒーのカップを手にすると、アガサは言った。

「どういう毒薬だったの？」

「除草剤です。大半を吐いてしまったので助かる可能性もあったんですが、心臓が悪かったんですよ。コーヒーは全部飲みませんでした。ほんのひと口だけ。でも、それで充分だった。とても苦かったにちがいない」

「パソコンには何か手がかりがなかったのかい？」チャールズが質問した。「メールがあったはずだろう」

「それがおかしいんですよ。オフィスのパソコンには仕事関係のものしか残っていなかったんです。しかも、家のパソコンはデータがすべて消去されていました。ですからハードドライブを持ち帰って、鑑識の所有するハードドライブのデータを引き出せる機械にかけました。すると、すべて初期化されていたんです」

「となると、奥さんが怪しいわね」アガサが言った。

「ミセス・スメドリーはコンピューターのことは何も知らないと言っているし、初期化ソフトのディスクにはスメドリーの指紋しか残っていなかった。スメドリーは幼児ポルノとか、その手のものにはまっていて、それを消去したのかもしれません」

「ミセス・スメドリーは除草剤を持っている？」

「いや、まったく」

「どんな人でも除草剤を持っていると思ったわ」

「彼女はちがう。オーガニックな手法を利用し、化学薬品は一切使わないんです。あの人は見たとおりの人間だと思いますよ、アガサ。とてもいい人です。フェアリー・ケーキを焼いて警察署に差し入れてくれた。ケーキを焼いていると、悲しみがまぎれるんだそうです」

「あなたって信じやすい人ね」アガサがからかった。「署員全員を毒殺することだってできたのに」

「ジョイス・ウィルソンについて、もっと調べるつもりでいます」ビルは言った。「だけど、ぼくは彼女だとは思えないんです。だって、彼女がコーヒーを出したんですよね。殺人者はすぐさま疑いをかけられるような真似はしないでしょう」

「たった今、ジョイスと話してきたところなの」アガサは言った。「半年前からスメドリーと不倫していて、彼女が住んでいる家の家賃もスメドリーが払っていた。スメドリーは結婚すると約束してくれたそうよ」

「でまかせの可能性もありますよ。彼は終わりにしようと言ったのかもしれない」

「会社の方はどう？」

「スタッフ全員に話を聞いているところです。さらにジェシカの殺害もある。メディアは結果を出せとうるさいんです。さて、もう行かなくては。いいですか、情報を隠さないでくださいよ」

ビルは帰りかけて、戸口でためらった。「大丈夫ですか、アガサ？」

「元気よ。どうして？」

「いつもとちがうみたいだから」

「どういう意味？」

「いつもみたいにきちんとしていないから。それに、メイクもしていないし。あなたがメイクをしていないのって、これまで見たことないですよ」

「ああ、お肌に休息を与えているだけよ。じゃ、またね。さよなら」

彼が帰ってしまうなり、アガサは二階のバスルームに行き、拡大鏡をのぞきこんだ。思わず悲鳴がもれた。髪の毛はぺたんとなり、顔はてかり、鼻の頭に吹き出物ができている。おまけに、唇の上にうっすらと口髭《くちひげ》まで生えかけていた。

階下に行き庭に出ていくと、チャールズは芝生に寝そべり、猫たちと遊んでいた。

「イヴシャムに行かなくちゃいけないの。悪いけど、ここにいて、エアコンの作業員を入れてあげてくれる？」

「どうしてイヴシャムに？」

「美容院よ」


アガサは午後じゅうフェイシャルエステと海藻パックを受けて、さらに髪をセットしてもらった。

カースリーに車を走らせながら、アガサはエアコンが届いていることを願った。空気はスープのようにどろりと熱かった。

リビングに入っていくと、冷たい空気に迎えられた。「すごいよね？」ソファに寝転びながらチャールズが言った。彼は体を起こしてアガサを見た。「ほう、前よりもずっとよくなった。ジェームズが戻ってきて、身なりにかまわなくなっているあなたを見たらどうするつもり？」

「個人的なことを言うのはやめて。閃いたことがあるの。明日、バート・ハヴィランドを訪ねてみない？」

「それ、誰だっけ？　教えてくれ」

「ジェシカのボーイフレンドよ。わずかな可能性かもしれないけど、彼はわたしたちを助けたいと思うんじゃないかしら」

「パトリックたちがそっちを担当しているんじゃなかったっけ？」

「そうだけど、ハヴィランドなら、会社内でスメドリーに恨みを抱いていた人間を知っているかもしれないわ」


その晩、アガサとチャールズは移動式エアコンをアガサの寝室に運んでいった。

「ドアを開けておくから、あなたのところまで涼しい風が行くわよ」アガサは言った。

アガサは服を脱ぎ、ベッドにもぐりこんだ。たちまち眠りこみ、真夜中に落雷の音で目を覚ました。また眠りに落ちると、ロバート・スメドリーに凍った南極大陸で追われる夢を見た。夢でアガサは滑ってころび、悲鳴をあげて目を覚ました。雨が激しく降りしきっていて、部屋は冷凍室のように冷えていた。雨が茅葺き屋根をたたき、滝のように庭にざあざあ流れ落ちている。エアコンのスイッチを切り、またベッドにもぐりこむと、上掛けを頭の上までひっぱりあげた。

再び目が覚めたとき、まだ家じゅうが冷えきっていた。「イギリスの気候はうんざり」アガサはつぶやくと、セントラルヒーティングをつけた。「エアコンなんて買わなければよかった」

アガサはパトリックに電話し、バート・ハヴィランドが数日休暇をとっていることを確認してから、彼の自宅に出かけた。雨は小降りになっていたが、肌寒い。

「こういう天候のときは、探偵事務所なんて開かずに、どこか暖かいところに行って海辺でのんびりすればよかったと思うことがあるわ」

「暑さにはもううんざりなのかと思った」

「海辺の暑さは内陸の暑さとはちがうのよ」

二人は無言で車を走らせ、ハヴィランドの家に着いた。「ここだわ」

バート・ハヴィランドはとてもハンサムな男性で、豊かな黒い巻き毛に、軽く日焼けした肌をしていた。いいお給料をもらっているにちがいないわ、とアガサは思った。外には高価なバイクが停められ、リビングには巨大な薄型テレビが鎮座し、高そうなパソコンや周辺機器が置かれていたからだ。

アガサはロバート・スメドリーの殺害事件を調べていると説明してから、社内で彼を憎んでいた人を知らないかとたずねた。

「全員が彼を憎んでいましたよ」ハヴィランドは言った。「だが、給料ははずんでくれた」

「どうして憎まれていたの?」

いばりちらしてましたからね。人の弱点を見つけて、それを攻撃するのが大好きだったんです」

「それでも社員は辞めなかった？」

「ぼくの知る限りでは。ぼくはここで働くようになってまだ二年ですが。ああ、エディ・ギブズは辞めたな」

「どうして？」

「奥さんが筋ジストロフィーで車椅子生活になったんです。スメドリーはとってつけたように陽気に、彼にこう言ったんですよ。『奥さんとやれなくてつらいだろうな』エディはあいつの口にパンチを食らわせました」

「それはいつのこと？」

「二カ月ぐらい前です」

「エディの住所を知っている？」

「ジョイスなら知ってますよ。彼女の電話番号はメモしてあります」

アガサの携帯電話が鳴った。パトリックからだった。「大至急、こっちに戻った方がいいよ、アガサ。ハリーがとても重大な発見をしたんだ」

「失礼しないといけないわ」アガサは言って、戸口に向かった。「本名がバート・ハヴィランドなの？　本当にそれが本名？」

彼は赤くなった。「数年前に改名したんです」

「何から？」

「バート・スメリー（嫌な臭いがするという意味）だ。名前のことでからかわれることに、もううんざりだったから。当時のガールフレンドが、読んでいたロマンス小説から新しい名前を選んでくれた」

外に出ると、アガサは言った。「急いでオフィスに戻らなくてはならないわ。ハリーが何か見つけたらしいの」

「つまり、鼻ピアスをした穴居人のことかい？」

「そうよ。ただし、あの子は頭が切れる」

アガサはチャールズを従えてオフィスに飛びこんでいった。

「何があったの？」彼女は叫んだ。「何を見つけたの？」

ハリーはパソコンのところに行った。「見せますよ。メールをするためにネットカフェに行ったら、高校生が画面を凝視していたんです。肩越しにちらっと見たら、これを見つけました」

彼はインターネットに接続し、「hotsugarbabes.com《ホットシュガーベイブズ・ドット・コム》」と打ち込んだ。画面に現れた画像に、アガサは叫び声を押し殺した。制服姿のジェシカ、トリクシー、フェアリーの画像だった。「もっと見たければ、ここをクリックして、クレジットカードの番号を入力するんです。番号は？」

アガサはカードケースを取りだして、ＶＩＳＡカードの番号を読み上げた。新しい動画が現れた。

フェアリー、トリクシー、ジェシカはベッドでくつろいでいる。全員がレースのテディに網タイツ。くすくす笑いながら、カメラに向かって唇を尖らせたり、ときどきお互いにキスをしたり、胸を愛撫しあったりしている。「もっと見たいですか？」ハリーがたずねた。

「いいえ。とりあえずこれで充分よ。もっと過激になるの？」

「いいえ、あんまり。制服姿が多いかな。ブラウスをウエストぐらいまではだけたり、ストッキングの上の方まで見せたり」

「さよなら、無垢の時代」チャールズがつぶやいた。

「三人にはウェブサイトを作る技術はないと思います」ハリーが言った。

アガサはバート・ハヴィランドのリビングにあった値の張るパソコンを思い出した。

「この件で警察に電話した方がいいわね。ビルに電話するわ」

ビルはすぐに行くと言った。アガサはハリーにたずねた。「これ、どういう仕組みなの？」

「セクシーな高校生の動画を見たがる男たちがいて、金を支払う。通常、女の子たちにとっては安全です。クライアントと連絡をとる必要がありませんから。そういう男の一人が道路脇でジェシカに気づき、連れ去ったのかもしれない」

「だけど、性犯罪じゃなかったんだぞ」チャールズが指摘した。

ドアが開き、ビル・ウォンが入ってきた。「警察に無駄足を踏ませないでくださいよ。何を発見したんです？」

アガサは無言でパソコンを指さした。

ハリーがビルのために動画を映しだした。「そこで止めて！」いきなりビルが言った。アガサはハリーの肩越しにのぞいた。三人の少女たちはビキニ姿で、庭で追いかけっこをしている。ジェシカは抵抗しているようだったが、他の二人が彼女の髪を引っ張り、地面にひきずり倒した。

「どうやってこれを手に入れたんですか？」ビルがたずねた。

アガサは自分の手柄ではなくてくやしかった。「ハリーのおかげよ。どうやってこれを見つけたか、ビルに話してあげて」

ハリーが説明し、ビルは熱心に耳を傾けた。それからアガサは言った。「バート・ハヴィランドは家に高価なパソコンや周辺機器を置いていたわ。本名はバート・ハヴィランドじゃなくて、バート・スメリーよ」

「その名前を警察のデータベースで調べてみます。彼の部屋の捜索令状を手に入れた方がよさそうだ」

「ビル、この情報をあなたのために入手したんだから、忘れずに結果を教えてね」

「今夜、家に寄るようにしますよ。じゃ、ハリー、きみはいっしょに来て。供述をとりたいから」

ビルとハリーが行ってしまうと、まもなくフィルとパトリックが入ってきた。二人にネットの動画について報告した。「そうか」フィルが言った。「ジェシカみたいなちゃんとした子がどうしてあんなひどい殺され方をしたのか、不思議だったんだ。これでわかった。誰が犯人でもおかしくないな」

「そこから調べ直そう」パトリックが言った。「トリクシーとフェアリーに会って、おまえらが何をやっていたのかばれたぞと言う。聴取のためにすでに警察に連れていかれていたら、両親に話を聞こう」

パトリックとフィルが行ってしまうと、チャールズが言った。「午後はちょっと出てくるよ、アガサ。家でやることがあるんだ。じゃ、また」

アガサはソファにすわりこんだ。疲れてへとへとだった。「ミセス・フリードマン、あなた、メイクをしていないわね？　ご主人はメイクするように言わない？」

「いいえ、まさか。ほとんど気づいてませんよ」

「メイクをしていなかったら、ビルは気づいたわ」

「いつもみたいに潑剌《はつらつ》としていないって言いたかったんじゃないですか？　ランチは食べましたか？」

「時間がなかったの」

「出かけて、何か召し上がってきてください。わたしはここで電話なんかに応対していますから」

「助かるわ」

アガサは角のカフェに行き、ソーセージとフライドポテトを注文した。そしてケチャップをどっさりかけた。じわじわと心に広がりはじめている虚無感を振り払えたらいいのに。

とりわけ男性のこととなると執着してしまうのが自分の根本的な問題だということ

に、アガサは気づいていなかった。彼女は恋愛中毒だった。誰かに夢中になっていると、夢を見ることができるから。でも今は夢中になる対象がいないので、夜眠っていても、頭の中にブラックホールがあるみたいな気がした。そのブラックホールの縁では、いまいましいあれやこれやの心配事が渦巻いているのだった。

チャールズがデスクで農場の帳簿を調べていると、執事のグスタフが告げた。

「フレディ・チャンピオンという方がお目にかかりたいと訪ねていらっしゃいました」

チャールズは顔を輝かせた。「フレディか！　ずいぶんひさしぶりだ。通してくれ」

ブロンズ色に日焼けし、白髪で茶色の目をした長身でスリムな男が部屋に入ってきた。

「アフリカから？」チャールズはたずねた。

「ジンバブエから追い出された」

「これからどうするつもりなんだい？」

「ナイジェリアが農地を提供すると言っているんだ。そっちに行くかもしれない」

「まったくじっとしていないんだな」二人は古い友人たちの消息や昔の思い出を語り

合い、チャールズはアガサと殺人事件について話した。

「めったにいない女性みたいだね。ぜひ会ってみたいな」

「今夜、何も予定がなければ、彼女の家に連れていくよ。奥さんはどこにいるんだ？」

「気分転換に南アフリカに行ってるよ」


アガサはその晩、自宅で仕事をすることにして、スメドリー事件についてわかっていることを書きだしていった。夜になって冷えこんできて湿っぽく、エアコンに出費をしなければよかったと後悔した。パソコンの電源を落とした。古いパンツとセーターに着替えていた。ビルやチャールズのためにおしゃれする必要はない。

猫にえさをやったが、自分のために何か用意する気力がなかった。たぶん、ビルが来るだろうから、帰ったあとでチャールズといっしょにパブに行けばいい。

ドアベルが鳴った。アガサが応じると、そこにはチャールズだけではなく、長身のハンサムな男が立っていた。フレディだとチャールズは紹介した。アガサは急に古ぼけたパンツとセーターのことが気になってきた。

すぐにでもアガサは二階のバスルームに飛んでいき、メイクを直して下りてくるだろう、とチャールズは内心で皮肉っぽく考えていた。案の定、アガサはそのとおりの行動をとった。

アガサはジンバブエの生活についてフレディにあれこれ質問した。チャールズはアガサが生き生きした顔で目を輝かせているのを眺めて、うめき声を抑えた。フレディの奥さんの話を持ち出そうとしたとき、ドアベルが鳴り、ビルがやってきた。

「どうだった？」アガサは熱心にたずねた。

ビルはキッチンのテーブルについた。ビルがフレディに訝《いぶか》しげな視線を向けたので、アガサはあわてて彼を紹介した。

「バート、アルバート、スメリーという名前を検索してみました。あなたに本名を教えたのは意外ですよ。どうして気づいたんですか？」

「ちょっと頭を使ってみて。バート・ハヴィランドはロマンス小説の主人公みたいな名前よ」

「ともあれ、彼には強盗罪で前科がありました。刑務所でAレベル試験を受けたんです。出所してから、電子工学で学位をとった。頭のいい男です。担当の保護観察官は彼をとても誇りにしていました。家宅捜索をした結果、庭の物置にビデオ一式が隠されているのを発見しましたよ。もっとも、動画から彼の寝室と庭であることは確認されています。ただのお楽しみのためだったと憤慨し、抗弁していますよ。女の子たちはポルノのようなことを何もしていないし、簡単に薄汚い老人から金を搾りとれたんです。さらに聴取するためにもう一日勾留するつもりですが、ジェシカが殺された夜のアリバイをもう一度確認しています」

「親たちはこのことを知っていたの？」

「心から驚いています」

「三人とも、そんなことをする時間をどうやって作ったのかしら？」

「週末、夜、学校の休暇。動画視聴にお金を払った男をすべて追跡するつもりです」

「ふと思ったんだけど」アガサは急に興奮して言いだした。「この二件の殺人はなんらかの形で関連しているのよ。ロバート・スメドリーの自宅のパソコンは、どのウェブサイトにログインしていたか痕跡を消すために初期化されていたんでしょ」

「鋭いですね。彼のクレジットカードの詳細を調べてみますよ。ミセス・スメドリーはとても協力的です。それどころか、めったにないほど魅力的な女性ですね」

「ふうん」アガサはつぶやいた。「だけど、バート・ハヴィランドの方は？　相変わらずジェシカに夢中だったと証言しているわけ？」

「ええ、そうです。動画はただのお楽しみだった。ジェシカと豪華な結婚式を挙げるために貯金していたんだとか」

「あなたはそれを信じたの？」

「何を信じたらいいのか、何が真実なのかわかりません。情報をありがとう、アガサ。事件がすっかり片付いたら、ぜひディナーに来てください……片付けばいいんですけどね」


ビルが帰ってしまうと、チャールズはみんなでディナーに行こうと提案した。アガサが勢いづき、事件についてかなり脚色した話をする様子を、チャールズは落ち着かない気持ちで眺めていた。フレディの奥さんについてひとこと言うべきだと思ったが、以前みたいに溌剌としたアガサを目にするのはとてもうれしかった。フレディの口から言わせればいいだろう。

だが、フレディは言わなかった。そこでチャールズは今夜を限りにアガサは二度と彼と会うこともないだろう、と考えて自分の良心をなだめた。

そして予想どおり、請求書が来たとたんチャールズがトイレに立つと、フレディが支払いをしながら言った。「今夜はとても楽しかった。今はぶらぶらしていて暇なんです。今度二人だけでディナーをどうかな、土曜日にでも？」

アガサは顔を輝かせた。「ええ、ぜひ」

「よかった。八時に迎えに行きますよ」

フレディはアガサと約束したことをチャールズに言わなかったし、アガサもチャールズがいっしょに行きたいと言いだすと困るので黙っていた。

その晩、アガサは薔薇色の夢に包まれて眠りに落ちた。


翌朝、オフィスでアガサは言った。「警察はすでに親たちと話をしているけど、動画の件で何かつかめないか探りを入れてみて、パトリック。フィルといっしょに行ってちょうだい。女の子とは会った？」

「いいや、警察に追い払われた」

「ハリー」アガサは言った。「あなたは学校の友人たちに質問を続けて。ネットカフェの男の子がウェブサイトを見ていたなら、他の子も三人がやっていたことを知っていた可能性がある。チャールズとわたしはエディ・ギブズを訪ねてみるわ」

「それ、誰なんだ？」パトリックがたずねた。

「スメドリー・エレクトロニクスを辞めた人。スメドリーを憎む当然の理由があるの。そうそう、まずジョイスに住所を訊いてみないと。彼女、まだ自宅にいるかしら？」

ジョイスは家にいた。赤毛なので顔の白さがいっそう際立ち、両手は震えていた。

「どうぞ。警察にひどいことをいろいろ訊かれたわ」

「どんなこと？」アガサはたずねた。

「信じられないでしょうね。彼が若い女の子に興味があったのか知りたがっていた。あたし、腹が立って。ロバートはそんな変態じゃないわ」

「エディ・ギブズの住所はわかる？」

「ああ、彼のことは覚えてるわ。穏やかな小男よ。悲劇よね。奥さんが車椅子生活になるなんて。住所はオフィスに行けば調べられるわ。行ってもかまわないわよ。警察がまた来るかもしれないけど、ちょっと外出したいわ。ここに隠れ続けているなんて馬鹿みたい。できたら仕事に戻りたいの。ミセス・スメドリーは会社を売るらしいけど、もしかしたら新しい会社で雇ってもらえるかもしれない。ジャケットをとってくるわ」

二人は彼女を会社に送っていった。入り口でジョイスは身震いした。

「そこらじゅうに指紋採取の粉がついているわ」アガサは言った。「光線とかを使うのかと思ってた」

「触っても大丈夫かしら？」ジョイスがたずねた。

「もちろん。会社の入り口に立ち入り禁止のテープがもう張られていなかったでしょ」

ジョイスはジャケットをかけると、パソコンの前にすわった。忙しくキーをたたいてから、言った。「わかったわ。ミスター・エドワード・ギブズ。マルヴァーン・ウエイ七十八番地」

「マルヴァーン・ウェイってどこだい？」チャールズが言った。

「ミルセスターの反対側のイヴシャム・ロード沿い。幹線道路を走っていって、二番目の環状交差路でチェリー・ウォークに入ると、右手の三番目の通りがマルヴァーン・ウェイよ」ジョイスが教えた。

「どうしてそんなに正確に知っているの？」

「オフィスのパーティーでエディが飲みすぎて、わたしが家まで車で送ったことがあるの」

「彼がミスター・スメドリーとけんかをした話は耳にしたことがある？」

「ああ、あるわ」ジョイスは気まずそうだった。「だけど、ロバートはとても心配していたのよ。奥さんの病気のこと、とても気の毒だ、って言っただけなの」

二人はジョイスを自宅に送り届け、それからエディ・ギブズに会いに出発した。

「仕事に行ってるんじゃないかな？」チャールズが言った。

「奥さんと話せるし、彼の勤め先もわかる。たぶん、昼休みに彼をつかまえられるかもしれないわ」

マルヴァーン・ウェイの家は小さな平屋建てでこぢんまりした庭があった。アガサがドアベルを鳴らすと、ウェストミンスター寺院の鐘の音が響いた。ドアを開けたのは車椅子の女性で、面長の美しい顔をしていた。モディリアニの絵に出てくるような女性だ。

「何か？」彼女は言った。

アガサは自己紹介をして、ロバート・スメドリーを殺した犯人を捜しているのだと言った。ミスター・ギブズとぜひともお話ししたいと。

「どうしてですか？」ミセス・ギブズはたずねた。

「ご主人はミスター・スメドリーを好きではなかったし、彼の人柄について的確に話していただけそうだからです。殺された人間を知れば知るほど、殺したいと考えていたのが誰なのかを推測するのが楽になるんです」

「でも、エディはやってませんよ。そんなことをするには親切でいい人すぎますから。とりあえず中にどうぞ。夫は今夜六時までは帰ってきませんけど」

彼女は車椅子で室内に戻っていき、二人はそのあとから日当たりのいいリビングに入っていった。

「かけてください」アガサとチャールズは鮮やかな柄のカバーがかけられたソファにすわった。

「スメドリーは卑劣な人間だと思います」彼女は言った。「わたしの体が不自由なことで、エディにとても残酷な言葉を投げつけたんです。でも、奥さんは聖女です」

「ミセス・スメドリーを知っているんですか?」アガサはたずねた。

「彼女にはとてもお世話になりました。ご主人に逆らうようなことはひとことも言わなかったけど、ある日、ここに来てくれたんです。エディはわたしをベッドに連れていこうとしてぎっくり腰になってしまって。彼女はヘルパーさんを頼んで、朝はわたしを起こし、体をふいて服を着せ、夜はベッドに寝かせつけるように手配してくれました。わたしにランチとディナーを届けるように、ミールズ・オン・ホイールズにも依頼してくれました。おかげでエディは帰り道に自分の食事をすませればすむようになった。あの冷酷なスメドリーはエディに推薦状をくれようとしなかったんですけど、奥さんが会社の便箋に書いてくれ、夫に代わってサインしてくれたんですよ」

「それでご主人は今、どこで働いているんですか?」

「ハーレー工業団地にあるバックスフォード・エンジニアリングです。いい仕事ですし、楽しく働いています。彼はいつも〈ペグのパントリー〉でランチをとっています、一時から二時に。すぐにわかりますよ。団地で唯一のレストランですから。スメドリーが死んでうれしく思っているのに、どうしてあなたたちを手助けしているのかしらね」

「もうご面倒はおかけしません」チャールズが言った。

「もう一人、殺されたあのかわいそうな女の子、ジェシカについては何かわかったんですか？」

「それも調べているところです」アガサは答えた。

二人は工業団地に車を走らせ、ランチの時間まで待ってから〈ペグのパントリー〉に行った。「写真をもらってくればよかった」アガサが嘆いた。「彼の外見すらわからないのよ」

「わかるよ」チャールズが得意そうに言った。「あなたがぺちゃくちゃしゃべっている間、隣のサイドテーブルにある彼の写真をじっくり見ておいたから」

「すごいじゃない」

「どうしてそわそわしているんだい？」

実を言うと、アガサは土曜の夜にチャールズをどうやって追い払おうか悩んでいたのだった。だが、こう答えておいた。「かわいそうなミセス・ギブズについて考えていたの。気が滅入るときは自分よりも気の毒な人のことを考えろ、ってよく言うでしょ。でも、そうすると、人生ってとても不公平だって感じてしまう。他人の不幸をだしにして喜ぶような人間は、ひと昔前だったら絞首刑にはしゃいだタイプだったんだと思うわ」

「彼が来た」チャールズが知らせた。

薄い髪をした小柄な男性がレストランに入ってきた。チェックのシャツ、古ぼけたツイードのジャケット、ぴしっと折り目がついたジーンズという服装だった。

チャールズが立ち上がり、彼に近づいていった。二人が話している様子をアガサが見ていると、チャールズはエディをテーブルの方に連れてきた。

アガサを紹介すると、チャールズは言った。「せめてランチをごちそうさせてください。何がいいですか？」

「ソーセージ、卵、豆、フライドポテトの盛り合わせとコーヒーをいただきます」

チャールズがウェイトレスに手を振り、全員に同じものを注文した。

「それで、どうしてあの卑劣なロバートのことを訊きたいんですか？」

「あなたには彼を嫌う理由があると思うんです」アガサが言った。「いえ、あなたが彼を殺したと言ってるんじゃありません。でも、社内でそういうことをやりかねない人間を誰か知りませんか？」

エディは首を振った。「大勢の人間が彼を嫌ってました。ぼくも大嫌いでした。でも、コーヒーに毒を入れそうな人間は思いつきません。彼を憎んでいる人間の大半が拳で殴りかかるでしょうね。毒はどっちかと言えば女性のやりそうなことですよ」

「小説の中だけですよ。あら、料理が来たわ」

エディとチャールズが食べている間、沈黙が続いた。アガサは皿の料理を突いているだけだった。ふだんなら脂っこい料理は大好物なのだが、土曜の前に吹き出物をこしらえたくなかったのだ。

「というわけで、ぼくはあまりお役に立てません。ただし、奥さんは話が別です。あの人は聖女ですよ」エディは言った。

「何をしてもらったのか奥さまから聞きました」アガサは言った。

「すばらしい人です、あの人は。オフィスのパーティーでも一人で全部料理を作ったし。みんなに親切で、いつもやさしい言葉をかけてくれます」

「夫とも仲がいい？」

「ああ、そうですね。あのろくでなしに夢中でした」

「ロバート・スメドリーは秘書と不倫していたって、知ってましたか？」チャールズがたずねた。

「え、ジョイスと？　だけど、なぜ？　彼女は何のためにそんなことをしたんだろう？」

「家賃を払ってもらっていたし、おそらく、いくつかプレゼントももらっただろう。それに、スメドリーは離婚して彼女と結婚するつもりだと言っていたらしい」

「じゃあ、ジョイスが毒を入れたのかもしれない。だってそういう機会があった人は、他にいないんじゃないかな？」

「それを調べようとしているんです」

アガサがお勘定を払い、エディにお礼を言うと店をあとにした。

「単純明快な事件かもしれないわ」アガサが車の中で言った。「だって、あきらかにジョイスが容疑者よ。もしかしたら彼は結局自分と結婚する気がないってわかったのかもしれない」

「しかも」とチャールズが言った。「メイベル・スメドリーが彼女を訪ねてきて、それを伝えたのかもね」

「いい推理ね。彼女に訊いてみましょう」


二人が会社に着いたとき、ジョイスはオフィスの掃除をしているところだった。

「会社はとても静かね」アガサは言った。

「ミセス・スメドリーが賃金は全額払うから、家に帰るようにってみんなに言ったんです」

「いつ？」

「あなたたちが出ていってからすぐに電話してきたわ」

「ジョイス、ミセス・スメドリーはあなたと夫の関係を知っていたの？」

「いいえ、バースで週末を過ごしたあとに、彼から奥さんに話すつもりだったから」

チャールズが言った。「何者かが夜中にビルに忍びこんで、冷蔵庫の残っていた少量のミルクに毒を入れたとする。ここには防犯カメラが設置されているんだよね？」

「ええ。ミスター・ベリーの仕事です。保安部の」

「どこに住んでいるんだ？」

彼女はパソコンの電源を入れた。「住所を探しますね。これだわ。イヴシャムのテリー・ロード四番地。税務署の近くね。税務署の場所はわかります？」

アガサは身震いした。優秀な会計士を雇っていたが、最近、付加価値税と従業員の給料の計算が複雑になっていてとまどうばかりだった。

車を乗りつけると、ベリーは狭い前庭で穴を掘っているところだった。土曜の夜のことで頭がいっぱいだったアガサは、紹介と説明をチャールズに任せた。

ベリーはたくましい男だった。青いオーバーオールを着て丸い赤ら顔で、頭のてっぺんの禿げを隠すように灰色の髪をなでつけている。

「ちょっと訊きたいと思って」チャールズが切りだした。「警察では防犯カメラの映像に何か発見したのかな？」

「押収される前に、自分で再生してみた。仕事に来て帰っていくスタッフしか映っていなかったよ。夜中は警備員だけだった」

「警備員って誰なんだ？」

「ウェイン・ジョーンズってやつだ。ウスター・ウェイの方に住んでるよ」

「ウスターのどこか知らないか？」

「電話帳に載ってるんじゃないかな。調べてくるよ」

「あちこち走り回って疲れちゃったわ」待っている間アガサがぼやいた。

「がんばらないとだめだよ、アギー」

「アギーって呼ばないで」アガサは落ち着かなくなっていた。チャールズはとても勘が鋭い。その鋭いチャールズは、土曜の夜にもまだコテージにいるだろう。

ベリーが住所を書いたメモを手に戻ってきた。「こいつのはずだ。電話帳にフルネームが載っていて、ウェイン・ジョーンズってのは一人だけだから」

二人はアガサの車に戻った。彼女はトランクを開けた。「ここに地図帳がたくさんあるの」そう言いながら、箱を引っ張り出した。「きっとウスターもあるはず」

目当ての地図を見つけると、住所を調べた。「当たり、あったわ」アガサは地図を指してチャールズに言った。「ウスターのこっち側よ。あなたが道案内して」

「彼は若い男にちがいない」チャールズが言った。「ウェインというのは最近の名前だからね」

「もうそれほど新しくないわよ。カイリーが流行になった時代からあったと思うわ」

しかし、ウェインを訪ねてみると、二十代後半だということがわかった。長身で青ざめた顔をしたぶっきらぼうな青年で、スキンヘッドにして落ちくぼんだ目をしている。

またもや自己紹介と事情説明のあとで、アガサがたずねた。「ミスター・スメドリーが殺された前の晩、誰かがうろついているのを見かけた？」

「静かだったよ。警察にもおんなじことを訊かれたよ。なんで、あんたたち首を突っ込んでんの？　警察の仕事だろ」

「言ったでしょ」アガサが声を荒らげた。「ミセス・スメドリーに雇われて、ご主人を殺した犯人を見つけようとしているって」

「で、おれはいつもと同じような夜だったって言っただろ。じゃ、さっさと帰ってくれ」

「何か隠そうとしているわ」アガサは走り去りながら言った。

「たぶん仕事中に寝てたんだよ」

「どうやって証明するの？」

「彼のパトロールの様子は防犯カメラの録画に残っているはずだ。ベリーのところに戻ろう」

アガサはうめいた。

「今度は何だ？」ベリーはまだ前庭にいて、鋤《すき》に寄りかかりながらたずねた。

「ミスター・スメドリーが殺害された前夜の防犯カメラの録画は、警察が調べたのよね？」

「ああ、調べてたよ」

「じゃあ、ウェインがパトロールしているのを確認したのね？」

ベリーはにやっとした。「あのアホは映ってなかった。たぶん眠りこんでたんだろ。さっき言うのを忘れたけど」

「じゃあ、誰でも彼の前を通り過ぎることができたわけね」

「会社の門は鍵がかけられていたし、夜間は警報装置がセットされている。そこらじゅうに防犯カメラが何台もあるしな。誰の姿もなかったよ」

二人は彼に礼を言って引き揚げた。「今日はこれで調査を打ち切りましょう」アガサが言いだした。「オフィスに戻って、みんなの成果を見てこないと」しかし、アガサはその間もずっと、どうやってチャールズを土曜の夜に追い払うかを考えていた。

フレディ・チャンピオンはその晩、旧友のバーキントン＝タリー夫妻と食事をしていた。フレディはチャールズとアガサの調査について詳しくしゃべった。

「そういえばここしばらく、チャールズと会っていないわ」ミセス・バーキントン＝タリーが言った。「ディナーに呼びましょうよ」

「土曜の夜はどうかな？」フレディが提案した。「たまたま彼は空いているって知ってるんだ」

「このアガサっていう女性は？」

「いや、彼女は週末も仕事しているよ」


フレディとのデートについてチャールズに本当のことを言うべきだろうかと思案しながら、アガサがバスタブに浸かっていると、電話が鳴った。

チャールズが電話に出るのが聞こえたが、何を話しているのかはわからなかった。お風呂から出て、体をふき、服を着ると下に行った。「誰からの電話だったの？」

「わたしの旧友たちだ。土曜の夜のディナーに来ないかっていうお誘いだったんだ。かまわないよね？」

「あら、かまいませんとも！」

「いっしょに来たくないってこと？」

「ついていくつもりはまったくないわ」アガサはうれしそうに言った。「ええ、どうぞどうぞ、一人で行ってらっしゃいな！」

「わかった。ちょっと落ち着いて」チャールズは疑わしげにアガサを見た。「何か企んでないよね？」

「え、まさか、もちろん何も企んでないわ」

7

いよいよ土曜日になると、アガサは朝から落ち着かず、チャールズが出かけたら夜の外出の支度をしようと考えていた。

ようやくチャールズが六時に出かけると、寝室に上がっていってクロゼットから服をひっぱりだした。いちばんいい服を何着か試したとき、どれもウエストがきつくなっていることに気づいてぞっとした。三十分もあれこれ悩んだ末、ウエストがゴムになっている黒いシルクシフォンのスカートと、白い光沢のあるパーティー用のトップスに決めた。

八時直前になって、ドレスアップしすぎたのではと、はらはらしはじめた。だが、八時ちょうどにやってきたフレディは、ダークスーツにシルクのシャツとストライプのネクタイというフォーマルな服装だった。

「一杯飲んでから行きます？」アガサはたずねた。

「ええ、いいですね。ウィスキーのソーダー割りを、氷はなしで」

二人はリビングに入っていった。アガサが飲み物を作りかけたとき、ドアベルが鳴った。「出ない方がいいわ。だけど、ビル・ウォンかもしれない」アガサは迷った。

結局出ていき、ドアを開けた。メイベル・スメドリーが立っていた。「調査がどんな具合かと思って」彼女は言った。

「どうぞ」アガサはしぶしぶ彼女を招き入れた。メイベルをフレディに紹介する。

「調査は進展がまだあまりなくて」と言いかけたとき、フレディが口をはさんだ。

「ご主人の痛ましい死についてはうかがっています。ちょうどディナーに行くところだったんです。よかったらいっしょにいかがですか？　そうすれば、アガサも詳細を話せるし」

「まあご親切に、喜んで」

「よかった、ではわたしの車で行きましょう」

アガサは心の中で罵《ののし》った。かたやフレディはほっとしていた。ふだんはさほど鋭敏ではない良心に悩まされていたからだ。アガサは美人ではないがセクシーだったので、欲望をそそられたのだった。

彼女と寝てみたかったが、結婚していることはじきにチャールズが話すにちがいなかった。すでに話したかもしれない。ともあれ、メイベルが付き添い人として加われば、抑止力になるだろう。

ブロードウェイのレストランでアガサはメイベルに対する怒りをどうにかこらえながら、これまでに発見したことを報告した。なにしろレストランに行くとき、メイベルはフレディの隣の助手席にちゃっかりすわり、アガサは後部座席に追いやられたのだ。もっともロバート・スメドリーがジョイスと浮気していたことは黙っていた。メイベルと二人だけのときにその情報を伝え、反応を見たかった。

それから会話は一般的なことになった。というか、メイベルとフレディの間の一般的なことに。ネイビーのウールのドレスを着たメイベルはきちんとしていてこぎれいで、ジンバブエと向こうの状況について詳しいらしく、知的な質問を次々にしたものだから、フレディは嬉々としてそれに答えた。アガサは文字どおり無視されていた。メイベルはわざとわたしを仲間はずれにしているのかもしれない、という疑いがアガサの頭をよぎった。

食事が終わった。フレディは二人をアガサのコテージまで送ってくると、メイベルを彼女の車までエスコートしていった。アガサはメイベルにさよならと声をかけると、コテージに入っていきドアを乱暴に閉めた。数分後、ドアベルが鳴った。フレディが笑顔で立っていた。「おやすみと言う暇がなかったから」

「おやすみなさい」アガサはそっけなく言って、ドアを閉めかけた。

「待って」フレディが言った。「彼女に親切にして、あなたの仕事の役に立てたらと思ったんです。今度、二人だけで夜を過ごしましょう」フレディはふいにアガサにキスをしたくなった。アガサはわずかに唇を尖らせて立っている。

「そう、いいわよ。わたしたちだけで。いつ？」

「水曜の夜は？」

「チャールズは？」

「チャールズなしで」

「どう説明したらいいの？」

「事件の調査をするって言えばいい」

「それじゃ通らないわ。どうして彼を連れていかないのか不思議に思うでしょう。そうだわ、その晩、婦人会の会合があるの。そこに行くって言うわ」

「いいね」フレディはアガサの唇にキスをしようとして、身をかがめたが、アガサはさっとあとずさった。「おやすみなさい」ディナーの間じゅう、フレディがメイベルとしゃべっていたことをまだ許せずにいた。

真夜中過ぎにチャールズが帰ってくる物音が聞こえたので、アガサは狸寝《たぬき》入りをした。

翌朝ビル・ウォンが電話してきて、アガサとチャールズを日曜のランチに自宅へ招いた。

「招待されるのは名誉だし、それを受けたのはたんにビルのためよ」アガサは説明した。「あんなにひどい親なのに、どうしてビルはあんなにいい人に育ったのかしら？しかも、両親を崇拝している。どんなに無礼な人たちか、まるっきり気づいていないの」

ビルの父親は香港系中国人で、母親はグロスターシャーの生まれだった。

ミセス・ウォンは小柄で猫背で毒舌家で、すぐに機嫌をそこねた。二人が訪ねていくと、彼女がドアを開け、挨拶代わりに顎《あご》をぐいっとしゃくってみせた。二人が彼女のあとからリビングに入っていくと、ビルが立ち上がって出迎えた。

最後にアガサが来てから、リビングは模様替えがされていた。保護ビニールがかかった新しいソファの三点セットと低いガラスのコーヒーテーブルが置かれ、窓辺にはぬいぐるみのオウム、巨大なテレビ。床にはショッキングピンクのシャギーカーペットが敷かれている。

「あのオウムはどこから来たの？」アガサはたずねた。

「すごいでしょう？　父さんがガレージセールで買ってきたんです」

ミセス・ウォンが銀メッキのトレイに甘いシェリーの入った小さなグラスを三つのせて運んできた。それをコーヒーテーブルにドスンと乱暴に置いたので、粘ついた液体が飛び散った。「だらだら飲んでないでよ」不愛想に言った。

ビルは母親のあとから部屋を出ていき、キッチンペーパーのロールとシェリーのボトルを持って戻ってきた。トレイをふくと、シェリーを注ぎ足した。

三人はグラスを掲げた。「乾杯」チャールズが言った。

ドアが勢いよく開いた。「そこにすわって一日じゅう飲んでいないで」ミセス・ウォンがどやしつけた。「食事の用意ができたよ」

三人はあわててグラスを置くと、彼女についてダイニングルームに行った。テーブルにはピンクのかぎ針編みのカバーがかかっている。ナイフとフォークは金メッキだ。ミスター・ウォンがいつものみすぼらしいグレーのカーディガン姿で、テーブルの主人席にすわっている。挨拶はうなり声のみ。顔はくすんだ黄色い肌で、下向きの口髭をたくわえている。分厚い眼鏡の奥の目だけがビルに似ていた。

スープが運ばれてきた。缶詰めのトマトスープだ。アガサのいちばん嫌いなものだった。しかし、威圧的な母親を怒らせるのが怖くて、大半を飲み干した。事件について話そうとしたが、ビルが穏やかに制止した。「あとにしましょう、アガサ。母さんはテーブルで話をするのが嫌いなんです」

「そのとおり」ミセス・ウォンが同意した。

次の料理はローストビーフで、肉は革靴並みの硬さになるまで火が通されていた。添えられているのは、ほとんど形がなくなるほどゆでられたべちゃっとしたじゃがいもとスプラウト、それに缶入りの豆で、豆の汁が皿全体を緑色に染めている。

アガサは肉を必死に嚙みながら、びっくりしてチャールズの皿を眺めた。あっという間にすべてを食べ終えている。

最後に食べ終わったのはアガサで、その間じゅうミセス・ウォンのぎらつく目に観察されているのを感じていた。

ミセス・ウォンはバタバタと皿を集めて回った。

「あんたたちのせいで、母さんは仕事がずいぶん増えちまったな」ミスター・ウォンが言った。

アガサはビルの家を初めて訪ねたときのことを思い出した。てっきりおいしい中華料理が出されるものと期待していたのだった。

ミセス・ウォンがキッチンとの間の仕切りを開け、叫んだ。

「デザートだよ。お皿を回して、ビル」

デザートは塊だらけのカスタードクリームをかけたスポンジケーキだった。アガサは何口か食べて、降参した。「ごめんなさい、ミセス・ウォン。もうおなかがいっぱいで」

「世界には飢えている人がたくさんいるから、それをあげたら喜ぶだろうね」ミセス・ウォンは嫌味たっぷりに返した。

アガサは頭の中で叫んだ。「じゃあ、それを包んで、その人たちに送ってあげて！」だが、しかられた子供のように、うなだれてすわっていた。

ようやくつらい試練が終わった。「庭に行きましょう」ビルが言った。「コーヒーを運んでいきますよ」

「雨が降ってるわ」アガサはようやく言葉を発した。

「小さな温室を作ったんです」ビルが誇らしげに言った。「案内しますよ」

ビルはキッチンを抜けて歩いていった。だが、彼がダイニングのドアを閉めたとたん、ウォン夫妻がにぎやかにしゃべりだす声が聞こえた。どうやら、食卓でしゃべってはならないという規則は、お客だけに適用されるようだ。何を話しているのかしら？　たぶんわたしの悪口ね。

温室は鉢植えの植物がいくつか並んだ小さな部屋で、鉄製のテーブルとそれを囲むように椅子が置かれていた。

「全部自分で作ったのかい？」チャールズがたずねた。

「土台とレンガ積みは自分でやって、残りは建設会社に頼みました。コーヒーをとってきます。テーブルに灰皿がありますから煙草を吸えますよ、アガサ」

ビルがいなくなるやいなや、チャールズはジャケットの内ポケットからビニール袋を取りだした。温室のドアを開けて庭に出ていくと、袋をぐるぐる回して隣の庭に投げこんだ。

戻ってくると、アガサはたずねた。「あれ、さっきのランチだったの？」

「ああ」

「どうやったの？」

「ミセス・ウォンはあなたをずっとにらみつけていたし、ビルと父親は皿からまったく目を上げなかったからね。誰も見ていない隙に、袋を膝の間に広げて、すばやく皿の料理をそこに放りこんだんだ。デザートだけは入れられなかった。カスタードが皿にこびりついているから。しいっ！　ビルが来た」

ビルがコーヒー一式をトレイにのせて運んできた。アガサは煙草に火をつけた。

「それで、捜査の方はどうなっているの？」アガサはたずねた。

「女の子たちのウェブサイトにお金を払った男全員を調べているところです。経営者と従業員という立場以外でハヴィランドと関係があったのかどうか、ロバート・スメドリーの記録もいちおう調べました。でも、支払いの記録はありませんでした」

「女の子たちの親が動画について何も知らなかったというのは信じられないわ」

「親というのはみんな考えが甘いんですよ。学校の方も調べました。大半の親が子供をほとんど監督してませんでしたよ」

「トリクシーとフェアリーがジェシカの髪の毛をひっぱっている動画があったけど、あれは遊びには見えなかった。無理やり、ああいうことをやらされていたんじゃないかしら」

「たぶんハヴィランドへの愛情と、頼みを聞かなかったら彼を失うんじゃないかと不安だったからでしょう。スメドリーの案件の方は進んでますか？」

「全然。まちがいなくジョイスが容疑者に思えるわ。たぶん除草剤はミルク瓶に入れられたのよ。金曜の仕事を終える前に、誰か別の人間がそのミルク瓶に近づけたなら別だけど。たとえ瓶を洗っても、鑑識で空の瓶から成分を検出できるのよね？」

「今、瓶を捜しているところなんです」

「え？　ゴミ箱になかったの？」

「ジョイスは空瓶はいつも熱湯で洗うって言ってました」

「ちょっと待って」チャールズが口をはさんだ。「つじつまが合わないよ。彼女はコーヒーを注ぎ、ミルクを加え、スメドリーに運んでいく。まさか、その後オフィスのキッチンで空のミルク瓶を熱湯でゆすいでいたんじゃないよね？　ボスが隣の部屋で騒々しく苦しみもだえているのに」

「ええ。彼女が言うには、コーヒーのお湯がちょうど沸いたので、残りのお湯を瓶を洗うのに使い、それからコーヒーをスメドリーに持っていったそうです。瓶は水切り台に置いておいたと」

「どうしてもっと前にミルク瓶のことを話してくれなかったの？」アガサが言った。

「なくなっていることを知らなかったんです。その金曜に、スメドリーは数人のスタッフと会議を開き、コーヒーとビスケットを食べていることがわかっています。ミルク瓶一本が空き、もう一本もほぼなくなった。というのも二人のスタッフはコーヒーを断り、ミルクを飲んだからです。ジョイスは少し残った方のミルク瓶を冷蔵庫に入れ、もう一本を熱湯でゆすいでキッチンのゴミ箱に入れた。もちろん、彼女が嘘をついている可能性はあります。しかし、証拠がないんです。外のすべてのゴミ箱を捜しました。いくつかにはミルク瓶が入ってたので、全部、調べました。スタッフ全員の指紋も採取してあります。しかし、ゆすいだ二本の瓶のうち一本はまだ見つけられずにいます」

「だけど、ジョイス以外に瓶を片付けられた人間がいるかしら？」

「スメドリーが苦しんでいる声を聞くと、悲鳴をあげ、みんなが駆けつけてきたそうです。配達されたミルク瓶をまだ隠し持っている人間が犯人ですよ。グロスターシャーではミルクは昔風の酪農場から瓶で届くんです」

「ミセス・スメドリーに、ご主人がジョイスと不倫していたと話した？」

「ええ。まったく知らなかったと言ってました」

家の玄関が乱暴にドンドンたたかれ、怒った声が聞こえてきた。

「ちょっと行って見てきた方がよさそうですね」ビルが席を立った。

「隣の庭に投げこんだ残飯のことじゃない？」アガサがチャールズに言った。「絶対、その件よ」

「逃げよう」

「無理よ」

「ミセス・ウォンがどんなに怒るか、想像してごらん」

二人は温室から出て庭を走り、裏の野原に出た。

「車は少し先の道に停めてあるわ」アガサが息を切らしながら言った。「ビルに見られずに、車までたどり着けるわよ」

野原のわきのフェンスを乗り越え、家の正面に通じる小道をたどっていった。

「ほら！」アガサは言った。「キーもある。車まで走って」

だが車まで来ると、ビルが反対側から現れ、腕組みをした。

「なんて恥知らずな真似を！」アガサはビルがこんなに怒っているのを見たことがなかった。

「わたしがいけないんだ」チャールズが言った。「胃潰瘍ができているみたいなんだよ。お母さんの気持ちを傷つけたくなかったものだから」

「母を傷つけたばかりか、恥をかかせたんだ」

「戻って謝りましょう」アガサが言った。

「いや、もう帰ってください。二人とも、顔も見たくない」

アガサは車を発進させた。涙が次から次に頰を転がり落ちた。

「ちょっと！」チャールズが言った。「車を停めて。わたしが運転するよ」

二人は席を交換し、チャールズがハンドルを握った。「彼はわたしの初めての友人だったのよ」アガサはすすり泣いた。

「ミルセスターに寄って、あのばあさんにお詫びの手紙をつけて花を贈ろう」

「それじゃ、うまくいかないわよ」ふいにアガサは顔を輝かせた。「そうだ、効果がありそうな品物を思いついたわ。警察署の外の広場で停めて。ご機嫌を直してもらえそうな物を売っている店が小路にあるの」

「日曜は開いていないだろう」

「開いている店もあるわ。その店はやっていると思う」


「まさか、それのこと？」十五分後、二人でウィンドウをのぞきこむと、チャールズがたずねた。

「きっと気に入ってもらえるわ。わたしを信じて」

チャールズがぞっとしながら見ていたのは、円筒状のプラスチック製フロアランプで、筒の中で金色の泡が噴き出し、小さなプラスチックのキラキラしたタツノオトシゴといっしょに筒を落ちてくる仕掛けになっていた。

二人で店に入っていった。アガサはそれを買って、ただちに届けてほしいと頼んだ。

「今日は誰も配達の人間がいないんです」販売の助手が言った。

「じゃ、それを包んでギフトカードをちょうだい。タクシーで届けてもらうから」

アガサが支払いをし、チャールズがお詫びのカードを書いた。二人がかりでランプの入った箱をタクシーのトランクに積むと、運転手にビルの家までの料金を支払った。

「本当に自分のやっていることがわかっているんだよね」チャールズが言った。「そのランプは修復不能の侮辱を与えることになるかもしれないぞ」

「大丈夫よ。戻ってミセス・ブロクスビーを訪ねましょう。しばらく会っていないから」


二人はミセス・ブロクスビーがメイン・ストリートを歩いているのを見つけたので、車を停めて声をかけた。

「元気だった？」牧師の妻はたずねた。「お茶を飲みに家に帰ろうとしていたところなの。ごいっしょにいかが？」

「車に乗って」チャールズが陽気に言った。「いっしょに行きましょう」

ミセス・ブロクスビーがお茶の支度をしている間、アガサは牧師館のリビングでくつろぎ、部屋を見回した。ミセス・ブロクスビーのリビングはみすぼらしいのに、自分のリビングに比べ、どうしてこうも心を癒やしてくれる力があるのだろうと不思議だった。すべてがすりきれ、ソファのシルクのクッションにいたっては、ところどころ今にも裂けそうだ。窓際には小さな丸テーブルがあり、野の花を活けた青い水差しが置いてある。部屋の隅には傷だらけの古い家具がいくつかあった。しかし、全体としてとても調和がとれていた。

ミセス・ブロクスビーがお茶とショートブレッドの皿を運んできた。

「ミスター・スメドリーの事件の調査は進んでいるの？」彼女はたずねた。

アガサは発見したことを洗いざらいしゃべった。話し終えると、ミセス・ブロクスビーは言った。「なんとなく、この秘書だとは思えないわ」

「どうして？」

「どこから見ても容疑者でしょ。犯人ならそれは避けたいと思うんじゃないかしら」

「同じところをぐるぐる回っている感じなの。高校生の動画の件にはショックを受けなかった？」

「もうどんなことにもショックを受けない気がするわ」ミセス・ブロクスビーは悲し

げに言った。「前回、美容院に行ったとき、本を持っていくのを忘れたの。美容院には十代前半の少女向けの雑誌が積んであったけど、どれもセックスの特集だった。本当に胸が悪くなるわ。このハヴィランドっていう人は少女たちにそういうことをさせていた。少女たちの方もちょっとした気晴らしだと思っていたんでしょうね」

「ジョイスが犯人じゃなければ、ミセス・スメドリーの仕業かもしれないわね。夫がジョイスと不倫していたことを知らなかったと言ってるけど、二人の間に何かあるって絶対に感づいていたと思う」

「そうねえ、必ずしもそうとは限らないんじゃないかしら。ところで、刑事のお友達はどうしているの？」

アガサは嗚咽をもらした。「彼はもう友達じゃないかもしれない」

「どうして？　何があったの？」

「チャールズのせいなのよ」アガサは忌まわしいランチの席で何が起きたかをまくしたてた。

アガサが話し終えると、ミセス・ブロクスビーはハンカチを口元にあてた。

「失礼」そう断って部屋から飛び出していった。廊下から苦しげな声が聞こえてくる。

「彼女、気分が悪くなったの？」アガサはたずねた。「行ってみた方がいいかしら？」

「笑っているんだと思うよ」

「笑っている？　わたしがたった一人の親友を失ったというのに、笑っているですって？」

ミセス・ブロクスビーが部屋に戻ってきた。ただ、チャールズの目がふいに冷たくなったことに、アガサは気づかなかった。「ごめんなさい」ミセス・ブロクスビーは謝った。「だけど、あんまりおかしくて」

アガサはまじまじと彼女を見つめてから、ゆっくりと笑いだした。

「たしかに、そうよね」

チャールズが立ち上がった。「申し訳ないが失礼させてください。アガサ、たった今気づいたんだけど、家でやらなくてはならない用事があったんだ。いや、立たないで。歩いて帰るよ」

彼はドアをバタンと閉めて帰っていった。「彼、どうしたのかしら？」アガサは言った。

「わたしが部屋から出ていたときに、何を話していたの？」

「ええと、声が聞こえたから、チャールズにあなたの様子を見に行った方がいいかとたずねた。彼はあなたが笑っているんだと思うと答えた。わたしはそのときは滑稽だとは思えなかったんだけど。それぐらい。たぶん、本当に急ぎの用を思い出したのよ。ああ、殺人にはもううんざり。教区のニュースを話してちょうだい」

「ミス・シムズのことは結婚後もミス・シムズと呼んでいたけど、彼女、パトリックと離婚するらしいわ」

「わたしには何も言ってなかったわ！」

「たぶん、騒ぎ立てたくなかったのよ。お互いに同意したんですって。二人とも身を固めたいと思っていたけど、いざ結婚したら、パトリックは結婚には向いていないとわかったそうよ。ミス・シムズは気楽な恋愛が恋しくなったんだと思うわ」

その晩、アガサはチャールズに電話して、どうしていきなり帰ったのか訊くべきだと思った。しかし、チャールズが帰ったということは、水曜の夜もうまくいけばここにいないということだ。猫にえさをやり、パソコンの電源を入れて、ジンバブエについてあれこれ調べはじめた。数ページをプリントアウトしたとき、電話が鳴った。

チャールズだと思って受話器をとったが、ビル・ウォンだった。

「あなたは悪い子ですね、アガサ。だけど、母はあのすばらしいプレゼントのおかげですっかり舞い上がっています。両親とも、じっとすわって飽きずに眺めてますよ」

「改めて、心からお詫びするわ」

「実際にはチャールズがいけないんです。ぼく、女性警官のハリエットというガールフレンドができたんです。彼女に電話して、チャールズがやったことと、あなたたち二人がさっさと逃げ出したことを話したら、もう笑って笑って、しまいには母の料理がひどいって言いだすんですよ。全然気づきませんでした。そうなのかな？」

「慣れるとおいしく感じると思うわ。ねえ、ビル、また友達に戻れてうれしいわ」

「そうですね。それと、気をつけてくださいよ。殺人犯を見つけても一人で追いかけちゃだめですよ」

その晩、アガサはなかなか寝つけなかった。殺人事件当日の朝のアリバイを調べる代わりに、金曜から月曜までのアリバイに注目するべきだったのだ。誰でも社内に入って、ミルクに毒を入れられただろう。しかし、社内の至る所にある防犯カメラに映らずに中に入れるものだろうか？　しかも、門には錠がかかっていた。

バート・ハヴィランドだ。彼には前科がある。アガサは明日、フィルを連れて彼に会いに行くことに決めた。二件の殺人には、何かつながりがあるかもしれない。

メイベル・スメドリーがスタッフに出勤しないように指示しておいてくれたおかげで、アガサは助かった。話を聞きたい相手を自宅に訪ねることができたからだ。バート・ハヴィランドの家は留守のようだったが、フィルといっしょに外に停めた車で待つことにした。

「おかしなものだね、インターネットって」フィルが考えこみながら言った。「リサーチにはとても便利だけれど、誰でも簡単にポルノにアクセスできる。あの女の子たちが出ていたのはソフトポルノに分類されるかもしれないが、あれも若者を堕落させるもののひとつだよ。近頃は外見すら変わってきた。おれの若い頃、女の子は働きはじめるまではとてもやせていて、胸も平らだった。だが今じゃ、十一歳にしてバストもお尻も肉がついている。そのうち夢中になってダイエットするか、とんでもなく太るかだ。性感染症が急増していることは言うまでもないがね」

アガサは顔をしかめた。頭の中でフレディと深い関係になってもいいと思いかけていたのだ。しかし、むずかしい時代だった。もはや気楽にベッドをともにすることは不可能だ。ベッドの相手が病気の時限爆弾ではないかどうか、常に不安に駆られてしまう。

「おっと、彼が帰ってきた」フィルが言った。

バート・ハヴィランドは食料品の袋を持って通りを歩いてきた。二人は車から降りた。

「また、あんたたちですか。しじゅう、警察が目の前に現れるだけじゃまだ足りないんですか?」

「二、三、質問したいだけです」アガサは言った。

彼はアガサの車に寄りかかった。「さっさとすませてくれ。中に入れるつもりはないよ」

「会社の鍵を持っているのは誰なの?」

「警備担当のベリーだ。彼が開け閉めを担当している。スメドリーも一組、持っていただろうね」

「ねえ、あなたに疑いをかけているわけじゃないんです」フィルが言った。「ただ、鍵がなくても社内に入る方法があるのかな、たとえば夜間に?」

「ああ、あるよ。ベリーはときどきまだ早い時間に施錠してしまうんだ。ある晩、社員が一人、建物に閉じ込められてしまった。非常口からどうにか外に出たけど、警備員のウェインはどこにもいなかったらしい。敷地のフェンスに沿って歩いていったら、下の方の金網がゆるんでいる箇所があったので、そこを押し広げて外に出たと言っている」

「電流は通っていないの?」アガサはたずねた。

「ああ、電流はメインゲートだけだ。噂が広まったが、スメドリーにもベリーやウェインにも何も言わなかった。みんな、万一あのろくでなしに閉じ込められたとき、外に出る方法がある方がいいからね」

「その人が出口を探していたとき、ウェインはどこにいたんだい?」フィルが質問した。

「さあね。詰め所にはいなかったらしい。メインゲートのすぐ脇にあるんだが」

「じゃあ、フェンスがゆるんでいる場所を教えてもらえる?」

「自分で見つけてくれ」ハヴィランドはそっけなかった。「あんたたちにはうんざりだよ」

「とにかく試してみましょう」アガサは会社に車を走らせながら言った。「いったいどうしてメイベルはベリーを休職させたのかしら? 会社が強盗に入られるかもしれないのに」

「すでに株を手放したんじゃないかな」

「こんなに早く？　まさかそれはないんじゃない？」

会社に着くと駐車し、フェンス沿いに歩きはじめた。アガサはフレディのことを夢想していたので、もう少しでその箇所を通り過ぎるところだった。だが、フィルがいきなり叫んだ。「ここだ。見てくれ。草がつぶれているのがわかる」フィルがしゃがんでフェンスの下側を力を入れて引っ張ると、金網が上に折れ曲がった。「ほら！こうやれば出入りできる。中に入って見て回ろう」

「どうしても？」アガサは泣きそうになった。黄色のリネンのスーツを着ていたし、草は濡れている。

「ここまで来たんだぞ。オフィスのドアを確認して、簡単にピッキングできるような錠かどうか調べたいんだ」

フィルは地面にかがみこむと、反対側にするっと通り抜けた。「ほら、アガサ。簡単だよ」

アガサは通り抜けようとすると半分ぐらいでつっかえ、フィルはフェンスをさらに上に持ち上げねばならなかった。

アガサは立ち上がって、服をはたこうとした。スーツは濡れて、緑色の草の染みがあちこちについてしまった。

「止まれ！」声がした。「さもないと犬を放すぞ」

二人はその場に凍りついた。

「こっちに来るんだ」一人が言った、「警察に電話する」

「わたしたちはミセス・スメドリーにご主人の事件を調査するように雇われている の」アガサは言った。彼女はバッグから名刺を出した。「彼女に電話して」

彼は名刺をじっくり検分すると、携帯電話を取りだした。胸にバッジのついた黒い制服を着ている。バッジには「ミルセスター警備」と記されていた。

もう一人が見張っている間、彼は少し離れたところで電話をかけていた。

ようやく戻ってきた。「ミセス・スメドリーはあんたを雇ったことを認めたが、会社に押し入る権利はないと言っている。もう行ってもいい。来たとおりに戻って、どうやって侵入したのか見せてくれ」

二人はフェンスのゆるんでいる場所まで警備員を連れていった。

「そこは補強しておこう。じゃ、帰ってくれ」

「正門から出してもらえない？」

「いいから行け」

二人は順番にくぐり抜けた。フィルはアガサに手を貸して立たせた。そのとたん腰にひどい痛みが走り、悲鳴を押し殺した。

「大丈夫か？」フィルがたずねた。「関節炎なのかい？」

「いいえ、ただつっただけ。これからメイベル・スメドリーに会って、どうしてベリーを休職させたのか訊きましょう。彼を疑っているのかもしれない。まず家に寄って、着替えるわ」


メイベルは愛想よく二人を出迎え、お茶を出してくれた。アガサは何か手がかりがないかとリビングを見回したが、趣味のいい家具が置かれ、とてもいい絵がかけられた居心地のいい部屋だった。

メイベルはおいしいコーヒーを注ぎ、お手製のビスケットを勧めてくれると、こう言った。「会社に行くって、言ってくだされればよかったのに」

「フェンスに出入りできるところがあるとわかったんです。バート・ハヴィランドから聞いて。オフィスのドアが簡単にピッキングできるかどうか調べたかったの。保安係のベリーを休職させたので、誰もいないのかと思っていたわ」

「民間の保安会社を雇いました」

「どうして？」

「ベリーのことは信用していませんでしたから。酒飲みなんです。全員を休職にした方が無難かなと思って。新しい経営者が彼らを雇いたければ、そうすればいいだけのことですから」

「もう買い手を見つけたんですか？」

「弁護士が探しているところです。小さな会社ですけど、優良企業ですし、じきに見つかるでしょう。もちろん、新しい経営者にはバート・ハヴィランドと女の子たちのことは話すつもりです。ショックでした。残念だわ。バートはとても優秀な営業マンでしたから」

「きっとジョイス・ウィルソンには推薦状を出さないんでしょうね」

「主人があんな馬鹿な娘と不倫していたなんて、とても信じられません。警察から話を聞きました。コーヒーのお代わりをどうぞ」

「さぞ腹が立ったでしょう？」

「主人はもう亡くなってますから」静かな威厳のこもった声だった。「主人を心から悼んでいます。怒りは何の助けにもならないわ」

「そのとおりですよ」フィルはたちまち同情に駆られたようだった。「このビスケットはとびきりおいしいですね」

「よかったら、もっとどうぞ」

「オフィスの鍵は簡単にピッキングできるものかご存じ？」アガサがたずねた。

「ただのエール錠です。電子部品が置かれたところは厳重に鍵がかけられています」

「誰も会社に押し入る必要はなかったのかもしれないわ」アガサは言った。「ご主人は金曜に会議を開き、そのあと月曜に使う分だけミルクが残った。でも、彼は朝いちばんでコーヒーを飲まなかった。あの朝、お二人でわたしに会いにいらっしゃいましたからね」

「わたしは家に帰り、主人はまっすぐ会社に行きました。いつもの習慣で、コーヒーを持ってきてくれとジョイスに言ったんでしょうね」

「ジョイス・ウィルソンを疑っているんですか？」

「全然。あの子にはそんな根性はありませんよ。殺人犯っていうタイプじゃないわ」

メイベルの家を出ると、フィルが言った。「こんなこと言って悪いけど、ジェシカを殺した犯人を見つけるためにもっと努力した方がいいんじゃないかと思うんだ。あの子は殺されるようなことをしていなかったんだから。だけど、スメドリーの死は当然の報いだ。奥さんを殴っていたと言ってただろう」

「わたしは毀っていたと思っている。本当は食事をしたかったのに、あのビスケットで消化不良になったわ」アガサは嘘をついた。おいしいビスケットは一枚しか食べなかったが、周囲の男性全員がメイベル・スメドリーをほめそやすのが気に食わなかったのだ。

8

その後の二日間、アガサはできるだけたくさんのスメドリー・エレクトロニクスの社員に話を聞くことに忙殺された。かたやパトリックとフィルはジェシカの殺害事件を調べていた。ハリーを雇ってよかった、とアガサは思った。彼は二件の離婚案件をうまくさばいているようだ。大学進学はやめてフルタイムでここで働いてくれないだろうかとすら、アガサは思うようになっていた。

チャールズはまだ現れなかった。フレディと二人だけでディナーをとりたかったので、チャールズのことは頭の片隅に追いやった。しかし、水曜に家に車を走らせているとき、いきなり、背筋が凍るようなことを思い出した。ミセス・ブロクスビーの家で、ビルはたった一人の親友だと口にしたことを。以前アガサは友人たちに利己的で傲慢な態度をとった、とチャールズに責められたことがあった。電話をして誤解を解こう。でも、今夜のデートが終わるまではだめだ。

とても短いスカートに黒いジャージのトップスを合わせ、ハイヒールをはくと、アガサはわくわくしながらフレディが迎えに来るのを待った。フレディがドアベルを鳴らそうとしたとき、アガサの電話が鳴った。電話は無視することにした。

フレディはアガサの頰に心のこもったキスをした。「すてきだね」

フレディは以前と同じレストランに連れていってくれ、事件についてあれこれたずねた。アガサはわかったことを意気込んで詳細に話したので、ジンバブエについて訊こうと思っていたことをすっかり忘れてしまった。

アガサが話し終えると、フレディは彼女の目を見つめた。

「あなたは舌を巻くほどすばらしい人だね」

アガサはしおらしく見せようとして目を伏せた。睫《まつげ》には黒いマスカラをたっぷり塗ってある。「いえ、そんなことないわ」

「いや、本当だよ！　殺人やら調査やら。とても勇気があるにちがいない」

アガサはジンバブエについて訊かなくてはと思った。

「アフリカでは恐ろしい目に遭いました？」

「ぞっとするようなことがあったよ。ギャングに農場を襲われたんだ。連中はすでに農場労働者の大半を殺していた。われわれはどうにか裏口から着の身着のままで逃げたんだ」

「われわれ？」

「つまり、わたしと下働きの子だ。身の毛もよだつできごとだった。ムガベ大統領が農場の人間をすべて追い払ったので、作物は収穫されないまま畑で腐っていったし、国じゅうが飢えていた。ああ、それで思い出した。明日から短い休暇をとるつもりなんだ」

アガサはがっかりした顔になった。「どのぐらい？」

「二週間だけだよ」

「あなたが帰ってくるまでに、この事件が片付いているといいわね。どこに行くの？ジンバブエに戻るんじゃないでしょう？」

「いや、海辺に行くつもりなんだ。南アフリカにいる、ええと、友人たちに会いにね。だけど、戻ってきたらすぐに連絡するよ。ともあれ、今夜はいっしょに過ごせる」フレディはアガサの目をじっとのぞきこんだ。アガサはそこに言葉にされないメッセージを読みとった。「夜更けまでね」

そのとたん、アガサはパニックに襲われた。きのう脚の毛は剃っておいたが、ワックス脱毛もしておくべきだった。湿度が高かったので、今にも黒い薄手のストッキングを突き破ってニョキニョキ毛が生えてくるような気がする。勇気がなくて、自分の全裸の体をしばらく鏡で見ていない。それに、彼がコンドームを持っていなかったらどうしよう？　アガサも用意していなかった。

しかし、無理やり心配を抑えつけた。ひさしぶりに魅力的な男性と出会ったのだ。もしかしたら結婚するかもしれない。だけど結婚して、彼がナイジェリアの農場に行ったら、自分もついていかねばならない。

そこで、心配を吹き飛ばすために心づもりよりも飲みすぎてしまい、家まで送ってもらったときには頭がぼうっとしてふわふわした気分になっていた。

そんなつもりはなくても何かが起きそうだわ、とアガサは思った。

「ナイトキャップはいかが？」アガサは誘った。

「もちろん」

彼は運転席を降り、彼女のためにドアを開けてくれた。アガサはコテージのドアを開け、防犯装置を解除した。

「猫たちを庭から入れるわ」ふいに神経が高ぶってきてアガサは言った。「好きなお酒をどうぞ。わたしにはジントニックを作ってくださる？」

アガサは猫たちをキッチンに入れてなでてやった。

いつのまにか彼が後ろに立っていたので、ぎくりとして飛び上がった。

「本当にお酒が必要かな？」彼はたずねた。

アガサは振り返って彼を見つめた。フレディは両手でアガサの顔をはさみ、かがんでキスをした。

その瞬間、甲高い鋭い音でドアベルが鳴った。

「出ないで」彼がささやいた。

もう一度ドアベルが鳴った。「警察だ！　開けてください！」声が叫んだ。

フレディはぎくりとして、身を引いた。

アガサはドアに飛んでいって開けた。ビル・ウォンと女性警官を従えて、ウィルクス警部が立っていた。

「どうぞ」アガサは言った。「何があったんですか？　長くかかります？」

「必要なら今晩じゅうでも」

アガサのあとから玄関に出てきたフレディはあわてて言った。

「わたしは帰った方がよさそうだ」

「あなたは誰ですか？」ウィルクスがたずねた。

「アガサの友人です。ディナーをとって帰ってきたところです。では、失礼します」

「いや、だめだ。住所を控え、今日、何をしていたのか説明するまでは残っていただきます」

「何があったんですか？」全員でキッチンのテーブルを囲むとアガサはたずねた。

「いずれ話します」ウィルクスは重苦しい口調で答えた。

「ああ、いい加減にしてよ」アガサが言い返した。「警察ドラマの見すぎじゃない？　何があったんですか？」

「バート・ハヴィランドが殺害されているのが発見された」

「なんですって！　どんなふうに？」

「自宅で刺殺されていた。凶悪な犯罪だ。こちらの友達から話を聞こう。ミセス・レーズンの事件を手伝っているんですか？」

「いいえ。ただの友人ですから。フレディ・チャンピオンといいます」

「そしてお住まいは？」

「ジンバブエから来たばかりなんです。今はチッピング・ノートンの友人のところに滞在しています」

「友人の名前と住所を」

「ジョン・ハーヴェイ大尉、オーチャード農場。チッピング・ノートンのオックスフオード側のところです」

「あなたは結婚している？」

「いいえ」フレディは答えた。

「それで、今日の昼間はミセス・レーズンといっしょでしたか？」

「いや、八時にディナーのために迎えに来ました。ブロードウェイのフレンチに行った。あなたたちが来たとき、ちょうど帰ってきたところだったんです。もう失礼してもいいですか？」

「ええ、かまわないでしょう」

フレディはうしろめたそうにアガサをちらっと見ると、急いで出ていった。

「いつ発見されたの？」アガサはたずねた。

「六時です」

「それで、発見者は？」

「警察です。亡くなる前に緊急電話にかけてきたんです。あなたはどうしてわれわれの電話に出なかったんですか？」

「出かけていたから。静かな夜を過ごしたかったので、携帯の電源も切っていました」

「最後にバート・ハヴィランドと会ったのは？」

「月曜」

「何を話しましたか？」

「鍵がなくても会社に入る方法はあるのかってたずねたわ。フェンスにゆるんでいる箇所があると言うので、わたしとミスター・ウィザースプーンで見つけて、中に滑りこんだ。オフィスに行って、そこの鍵が簡単にピッキングできるものかどうか確認しようとしたの。でも、ミセス・スメドリーが警備会社の警備員を雇っていたので、つかまって放り出されたけど。フェンスのことを話したあとはバートとは話してない。もちろん、わたしを疑ったりしてないわよね？　六時にはまだオフィスにいて仕事を片付けていたわ」

「こちらが疑っているのは、あなたが情報を隠していることですね」

「それはないわ」アガサはむきになって言った。「少女のウェブサイトのことだって教えたでしょ。近所の人が何か聞くとか見るとかしていないの？」

「小さなマンションなんです。全員が外出してました。最上階の老婦人はいましたが、まったく耳が聞こえないので」

「ちょっと、わたしは何ひとつ隠していないのに、デートをだいなしにされたのよ」

「あまり紳士的なデート相手じゃありませんよね」ビル・ウォンがつぶやいた。「あんなふうに逃げるように帰ってしまい、あなた一人で警察に対応させたんだから」

「そのとおり」とウィルクス。「明日の朝十時に警察署に来てください。供述をとりたい。バート・ハヴィランドについてわかっていることを洗いざらい話してもらいますよ」

「でも、もう話したわよ！」

「反論はなし。とにかく来てください」

「助けを求めて電話したとき、バートは誰に刺されたか言わなかったの？」

「ええ。彼はこう言ったんです。『刺された。バート・ハヴィランドだ。助けてくれ』それで電話は切れました」


警察が帰ってしまうと、アガサは惨めな気持ちですわりこんだ。また殺人。わたしは探偵として無能だし、女性としても魅力がないのだ。そのときチャールズのことを思い出した。

彼の番号にかけた。グスタフが電話に出た。アガサがチャールズを呼んでほしいと言うと、「忙しいので」とぶっきらぼうに答え、受話器を置いた。

アガサは腕時計を見た。まだ十一時になったばかりだ。また戸締まりをすると車に乗り込んだ。慎重に運転しながら、途中で警察に止められて呼気検査をされないように祈った。チャールズの屋敷に着くと、ドアをノックした。

アガサはグスタフの前を強行突破するつもりだったが、ドアを開けたのはチャールズ本人だった。

「おや、あなたか。何があったんだ？」

「本当にごめんなさい、チャールズ。ビルがわたしの唯一の親友だなんて無神経なことを言ったけど、あれは彼が初めての友達だっていう意味だったのよ」

「ロンドンで働いていたときは友達がいなかったっていうこと？」

「ちがうわ」アガサは嘘をついた。「コッツウォルズに越してきて初めてできた友達っていう意味よ。ごめんなさい」

「入って。やれやれ、わたしたちはときどき子供みたいな振る舞いをするみたいだな。だけど、あなたは過去に友人たちに失礼なことをしたからなあ。書斎に来て」

「バート・ハヴィランドが殺された、刺殺されたのよ」

「いつ？」

「午後遅く。六時頃」

「どうして警察はそんなに正確にわかったんだ?」

「彼が緊急電話にかけたの、死ぬ直前に」

「凶器は見つかった?」

「ショックが大きくてたずねなかった」

「一杯やる?」

「いいえ。すでにけっこう飲んでるから。本当は運転するべきじゃなかったけど。家に帰ったら警察が来たの」

「お酒を飲んでいて、やたらにめかしこんでいる。何をしてたんだい?」

アガサはフレディのことは言いたくなかった。言ったら、フレディを失うかもしれないし、そうなると、ひとつ夢を失うことになる。自分には夢が不足しているのだ。

「婦人会の会合よ」

チャールズは皮肉っぽい顔つきになった。「女性たちのために、そんなに着飾ったのかい?」

「あなたは時代遅れなのよ。最近の女性は女性のためにおしゃれするのよ。ともあれ、なんだか気が滅入ってるの。三件の殺人が起きたのに、どの事件の手がかりもつかんでないんですもの。朝、警察署に行くことになっているわ」

アガサはあくびをこらえた。

「もう帰った方がいいよ」チャールズは言った。「警察署に迎えに行くよ。何時頃、解放されると思う？」

「連中のやり方からすると、正午頃じゃないかしら。十時に行くから、たぶんさんざん待たされて、それから何度も何度も話を繰り返させられるんでしょうね」

「無理強いさせることはできないよ。逮捕されたわけじゃないんだから」

「言われたとおりにした方がいいわ。警察の不興を買うわけにはいかないもの」

「たしかに。受付で待ってるよ」

アガサは慎重に運転して家に帰った。車から降りると、バッグから鍵を取りだし、いきなり凍りついた。誰かに見られているのを感じたのだ。ゆっくりと振り返る。

丸石敷きの小道には人気《ひとけ》がなかった。通りの名前になったライラックの木がそよ風にざわざわ鳴っている。

疲れているのね。それだけのことよ。アガサは自分にきっぱりと言い聞かせた。家に入ると二階に上がっていった。猫たちもついてきて、ベッドの上に体を伸ばした。フレディが逃げるように帰っていったことを思い出すと、不安がこみあげてきた。チャールズだったら、絶対にそんなことはしなかっただろう。だが、彼女には夢が必要なのだ。眠りに落ちたときには、フレディはまたアガサの夢の中で未来の夫の地位を獲得していた。

アガサが予想していたとおり、聴取は実にうんざりさせられるものだった。これまでの事件とはちがい、アガサは何ひとつ隠さなかったし、隠す必要もないと感じていたが、途中でバートがジェシカに書いた手紙のことをふと思い出して、うしろめたくなった。

チャールズが待っていてくれたので、安堵が胸に広がった。いとしいチャールズ。いつも、とても忠実だわ、と思った。これまでかわいい女の子が登場するたびに、アガサを放り出していそいそと去っていったことはすっかり忘れていた。

「みんなに電話して、オフィスに集まってもらうわ」アガサは言った。携帯電話を取りだすと、チャールズを待たせて、みんなにオフィスに来るように告げた。最後の電話を切ると言った。「作戦を立てる必要があるわね。あなたの車はどこ?」

「グスタフが乗って修理工場に行ってる。どこかがおかしいんだ。あることをずっと考えていたんだけど」

「どんなこと?」

「フィルは年はいってるが、人好きのする魅力的な男だってことだ」

「気づかなかったわ」アガサは鼻でせせら笑った。チャールズはわたしを老人とくっつけようとしているの？

「いや、そうだよ。それから、ジョイス・ウィルソンはハリーと会ったことがあるかな？」

「いいえ。この話、どこに向かってるの？」

「メイベルは事件を通じてフィルを知っているから、彼が訪問しても不自然じゃない。たぶん、親しくなれるんじゃないかな。彼女はわれわれに話している以上に、夫の敵についていろいろ知っているかもしれない。ジョイスはハリーと会っていないよね」

「ええ、そうだけど」

「彼が鼻ピアスをはずして、ちょっとこぎれいな格好をすれば、彼女を誘えるかもしれない。絶対に、あの女は何か知ってるよ。行方不明のミルク瓶のことを言ってたよね。鑑識班が到着する前にジョイスならどこかに瓶を隠し、あとで捨てることが簡単にできたはずだ」

「彼女が犯人だと考えているの？　メイベルを第一容疑者にしているのかと思ったわ」

「ジョイスはまちがいなく容疑者だ」

「ジェシカの殺害は？　それにバート・ハヴィランドは？　もちろん、みんなつながっているのよね？」

「どうかな。一度にひとつの殺人事件に神経を集中した方が効率がいいんじゃないかな？　ジェシカの事件で、メディアはいまだに警察にプレッシャーをかけ続けている。だから、警察はあの事件を解決するために全力を注ぐだろう。さらにバートの事件にもだ」

「わかった。あなたのやり方でいきましょう。みんなに話すわ」

「そして、そのことを考えついたのは自分だと言うんだろうな、きっと」チャールズはつぶやいたが、アガサは聞こえないふりをした。

その日遅く、鼻や耳からピアスをはずしたハリーは、やわらかな茶色のスエードのジャケット、格子縞模様のシャツ、あつらえのズボンという保守的な格好で、親のアウディをジョイスの家がある通りのはずれに停めていた。両親は裕福だったし、一人っ子のハリーに甘かったので、お小遣いはたっぷりあった。

徒歩圏内にスーパーがあったので、ジョイスはそこに行くのではないかと予想していた。しかし、やっと家から出てきたジョイスは外に停めてあったおんぼろのミニに乗ると、走りだした。

ハリーはあとをつけた。ジョイスはミルセスターの中心まで行き、駐車した。ハリーも駐車し、気づかれない距離をとりながらつけていった。彼女は〈アビー・ティールーム〉に入っていった。ハリーも数分待ってから中に入った。ケーキが有名なティールームは混雑していた。ジョイスは隅のテーブルに一人ですわっている。他に空いているテーブルはなかった。幸運に感謝しながら、ハリーはジョイスに近づいていった。

「ごいっしょしてもかまいませんか？　ここしか空いてないみたいなんで」

「いいわよ、どうぞ」ジョイスは言った。ウェイトレスがやってきた。ジョイスはお茶とキャロットケーキ、ハリーはコーヒーとトーストしたレーズン入りパンを頼んだ。かなり慎重にやらねばならない。ジョイスはロマンス小説のペーパーバックを取りだすと読みはじめた。そこで、ハリーはジョイスの家を見張るときに顔を隠すために買っておいた新聞を広げ、読むふりをした。

ウェイトレスが注文の品を運んできた。さて、どうしよう？　コーヒーを彼女にこぼして、会話のきっかけにしようかと思ったが、ただちにその思いつきを却下した。

そんなことをしたら、彼女を怒らせるだけだ。

テーブルはとても狭かった。ジョイスのお茶は金属製ポットに入れて出された。この手のポットは、注ごうとすると決まってカップ以外の場所にお茶がこぼれてしまう。はたしてソーサーがお茶で一杯になって、ジョイスは困惑の声をあげた。

ハリーは威厳たっぷりの手つきでウェイトレスを呼んだ。

「こちらの女性のティーポットはちゃんと注げないようだ。ちゃんとしたポットを持ってきてもらえないかな」

「まあ、ありがとう」ジョイスは言った。「でも、わざわざ気を遣っていただいて悪いわ」

ハリーはにっこりした。めったにそういう笑顔を浮かべないが、笑ったとたんに顔がぱっと明るくなった。「きれいなご婦人のために、せめてそれぐらいはしないと」

それから、あまり押しつけがましく思われないように、再び新聞を手にとった。

彼女の新しいお茶のポットが運ばれてくると、ハリーは新聞を置いた。

「よかったら、ぼくが注ぎましょう」手を伸ばして、巧みにカップにお茶を注いだ。

「ありがとう」ジョイスは言った。

ハリーは自分のコーヒーを飲み、レーズン入りパンを食べはじめた。向こうから仕掛けてこさせようと考えたのだ。

案の定、ジョイスが話しかけてきた。「最近ミルセスターに越してきたの?」

「いいえ、両親とビュードリー・ロードに住んでいるんです」

ジョイスは感心したようだった。ビュードリー・ロードは町でいちばん高級な家々が並ぶ通りなのだ。彼女は高価なスエードのジャケットを値踏みするように眺めた。

「最近、若い男性が親と住んでいるのを見ると、妙な気がするわ」

「大学に行く前で、今、ギャップイヤーなので」ハリーは言った。年齢は偽らないことにした。ジョイスは若い男が関心を持ってくれたことで、鼻高々になるだろう。

新聞をまた手にとろうとした。しかし、ジョイスはがぜん好奇心をそそられたようだった。ハリーがロレックスをはめているのに気づいたのだ。ジョイスは鼻先で富をちらつかされると、必ず飛びついた。

「それで、ギャップイヤーには何をするつもりなの?」彼女はたずねた。

「フリーでコンピューターのプログラミングの仕事をしています」

「じゃあ、大学を卒業したらそういう仕事をするの?」

「もしかしたら。物理を専攻するつもりなんです」

ジョイスはため息をもらした。「ただの秘書なんかにならずに大学に行けばよかったわ」

「どこで働いているんですか？」

「スメドリー・エレクトロニクス」

ハリーは目を丸くした。「ええっ！　殺人が起きたところだよね？」

「ボスだったの」ジョイスは泣きだした。

「ああ、泣かないで」ハリーは椅子を彼女の方に近づけると、大きな白いハンカチを渡した。

ジョイスが最後にしゃくりあげて泣き止むまで、ハリーは彼女の肩に軽く腕を回していた。

「ごめんなさい」ジョイスは小さな声で言った。「すごくストレスになっていて」すっかりメイクで汚れたハンカチを返そうとした。「とっておいて」ハリーは言った。

彼女が落ち着きを取り戻したのを見はからい、椅子を戻した。

ジョイスはうつむいてキャロットケーキを食べ、紅茶を飲んでいる。

「ごめんなさい」また謝った。

「謝ることないよ。つらい目に遭ったんだから」ハリーは元気づけるように言った。

「もっと悪いことがあったの。営業マンの一人が殺されたのよ」

「本当に？」

「新聞に出ていなかった？」

ハリーは心の中で舌打ちした。実際には新聞を読んでいなかったのだ。「別の記事を探していたから。ちょっと待って。きみの言うとおりだ！　ここに出ているぞ。一面だ。わあ、ずいぶん大変だったんだね」

「すごく怖いのよ。社内じゅうの人間を誰かが殺そうとしてるんだったら、どうしたらいいの？」

「それはないんじゃないかな。ミスター・スメドリーには敵がいたんですか？」

「みんなに愛されていたわ」そう言うと、また泣きだした。

彼女がまた落ち着くまで、ハリーは辛抱強く待った。「ねえ、ときには気晴らしをした方がいいよ。実は今夜の『ミカド』のチケットを二枚買ったんだけど、ガールフレンドと別れちゃって。よかったらいっしょに行きませんか？　元気を出してもらいたいだけだから、ほんと気楽に」

ジョイスは涙目で笑顔をこしらえた。「ぜひ行きたいわ。一人きりで家にこもっているのがつらいの」

「そうでしょうとも。じゃ、決まりですね。ここのお勘定もぼくに。いえ、ぜひ」ハリーはウェイトレスを呼び、お札でふくらんだ財布を取りだして支払いをした。テーブルには気前のいいチップを置いた。

「七時に迎えに行きますね」

「あたしの家を知らないでしょ。名前も。ジョイス・ウィルソンよ」

「ぼくはジェームズ・ヘンダーソンです」

ハリーはテーブル越しに身をのりだした。

「実を言うと、ずっと前からきみを知っているような気がするんだ。家はどこ？」


「お茶のお代わりは、ミスター・ウィザースプーン？」

「ええ、お願いします。どうかフィルって呼んでください。このスポンジケーキは羽根のようにふんわりしてるね」

「食欲旺盛な男性っていいわね」

フィルはアンクームのバザーで撮影したうちで、とびぬけてよく撮れているメイベルの写真を見つけた。ジャムの屋台の後ろに立つメイベルに、高窓からの日差しが注いでいるものだ。メイベルの頭の周囲には光の輪ができている。彼はその写真を訪問の口実に利用したのだった。

とてもリラックスし、くつろいでいたので、フィルは殺人のことは話題にしたくなかった。メイベルの家のリビングはとても居心地がよく、彼女の手作りのお菓子は絶品だ。メイベルはまさにフィルの思い描く理想の女性だった。正直に言って、アガサ・レーズンにはときどき気圧《けお》されることがある。

しかし、仕事は忘れていなかったので、彼はこうたずねた。

「バート・ハヴィランドを殺した犯人に心当たりはある?」

「さんざん考えていたんです。警察から聞いたぞっとする動画のことしか思いつかないわ。インターネットであいうものを視聴している人たちは、病的だし危険でしょ。その頭のいかれたお客の一人が彼の居場所を突き止めて、怒りのあまり殺したんじゃないかと思うわ」

「警察ではウェブサイトにログインした連中全員に話を聞いているようだ。たぶん、何かつかめるかもしれない」

「もちろん、スタッフのパーティーで、彼が女たらしだっていう噂は聞いたことがあるわ。もしかしたら捨てられた女性かもしれない」

「彼はジェシカを心から愛していたと思ったけど」

「まあ、フィルったら。本気で誰かを愛していたら、その人をけがらわしいウェブサイトに出演させたりしないわよ」

「最初はバートがジェシカを殺したと思ったんだ。でも、彼には鉄壁のアリバイがあった」

「わたしは鉄壁のアリバイなんて信じないわ。でも、もっと他の話をしましょうよ。あなたのことを話して」

三十分後、フィルは顔を赤らめて謝った。「申し訳ない。ふだん自分のことを話す機会なんてめったにないんだ。あなたがとても聞き上手なものだから」

「それに、あなたがとても興味深い男性だからよ。ギルバート・アンド・サリヴァンはお好き？」

「とても」

「わたし、ミルセスター・オペラ協会の理事をしているの。ちょうど『ミカド』を上演しているのよ。ごらんになりたい？」

「ぜひとも」

「ここに、そうね、六時半に迎えに来てくだされば、お連れするわ。チケット売り場にいつも自分用のチケットを確保しているの」

アガサとチャールズは一日じゅうバートと同じ通りに住む人々に片っ端から話を聞いて回り、へとへとになった。アガサは四時半にスタッフ全員をオフィスに招集した。バートのマンションの隣人が仕事から帰ってきたところで話を聞くために、アガサとチャールズはまた引き返すつもりでいた。警察が隣人たちの仕事先を突き止め、すでに話を聞いていることを祈った。そうでないと、彼女がいきなり現れたら不審に思われるだろう。

「どうだった?」アガサはフィルにたずねた。

フィルは『ミカド』に誘われたことをアガサに言いたくなかった。主婦の鑑だというメイベルの評判に、アガサが嫉妬していると感じていたからだ。メイベルがハヴィランドのアリバイに懐疑的だったということ以外、たいした情報は得られなかったと答えた。

「今になって?」アガサは言った。「もしかしたらわたしたちでアリバイをもう一度検討した方がいいかもしれないわね。あなたの方はどうだった、ハリー?」

彼はジョイスとの偶然の出会いを装い、『ミカド』に誘うことにこぎつけたと報告した。フィルはあせった。今になって自分もメイベルと行くとアガサに言うわけにはいかない。内心で罵った。正直なところ、メイベルを訪ねたのは彼女と親しくなりたかったからだった。もはや遅すぎる。彼がどうしてその情報を隠していたのか、アガサは不審に思うだろう。ハリーにこっそり耳打ちしなくてはならない。

「じゃ、みんな、また明日の朝、ここに集まって」アガサは言った。

「おれは無理だと思う」パトリックが言った。「ウェブサイトにログインした男たちの名前を手に入れたんだ。どうやって手に入れたかは言わない方がいいだろう。今夜、その何人かと話してみるつもりだから深夜までかかりそうなんだ。朝はちょっと遅れるかもしれない」

「いいわよ」とアガサ。

ハリーは驚くほどの敏捷《びんしょう》さで帰っていったので、フィルは階段を駆け下りてつかまえた。「待ってくれ、ハリー」フィルは声をかけた。「『ミカド』に行くのはだめだ」

「どうして？」

「メイベルがおれを連れていくことになっているんだ。彼女はきみの外見を知っているし、もちろんジョイスのことも知っている」

「どうして上でそのことを言わなかったんですか？」

「わからない」フィルはもごもごつぶやいた。

「ちぇ、ジョイスを連れていくのに、どこか別の場所を考えなくちゃ」

9

ハリーはジョイスの家のドアベルを鳴らした。ミニの黒いドレスにとても高いヒールをはき、カシミアのストールを肩にかけて現れた。とても安っぽい匂いの香水を浴びるほど噴きつけているようだ。

ハリーはすてきだとお世辞を言うと、車に乗せながら、この人はなんてウサギそっくりなんだろうと考えていた。

「がっかりしないでほしいんだけど」とハリーは切りだした。「『ミカド』はキャンセルした」

「まあ、どうして？」

「実は、ぼくは伝統的な舞台が観たかったんだけど、この上演は現代の工場を舞台にしていて、コーラス全員がデニムのオーバーオールを着ているって聞いたんだ。だから、その代わりにクラシック・シネマに行こうかと思って。『逢びき』をやっているんだ。観たことある?」

「ないわ」

「そこで映画を観てから、〈ロイヤル〉でディナーをとろうかと思っているんだけど」

ジョイスの出っ張り気味の目が丸くなった。〈ロイヤル〉はミルセスターで最高のホテルで、レストランはとても高かった。何度かロバート・スメドリーに連れていってとねだったが、いつも断られたのだ。

「なんてすてきなの」

ハリーは用心のために大きなハンカチを二枚持ってきた。予想したとおり、ジョイスは白黒映画の間じゅうずっと泣いていた。

「馬鹿みたいだと思われるかもしれないけど」映画館から出るとジョイスは言った。

「たくさんの悲しい思い出が甦《よみがえ》ってきちゃって」

「結婚している男に恋をしていたっていう意味?」ハリーはさりげなくたずねた。

「あら、まさか、そんなんじゃないわ。ホテルに着いたら、お化粧室に行ってメイクを直してくるわね」

じゃあ、スメドリーとの不倫を認めるつもりはないんだ、とハリーは思った。

ジョイスが化粧室から戻ってきた。彼女は大きなメニューを手にとった。「お魚が好きなの」前菜にエビのアボカド詰めを、メインにはまるごと一匹のロブスターのグリルを頼んだ。味よりも値段で選んでいるのではないかとハリーは思った。おそらくジョイスにとってのスメドリーの魅力は金だけだったのだろう。ハリーはパテとブフ・ブルギニヨンを選び、さらに自分には赤ワインのハーフボトル、ジョイスには白ワインのハーフボトルを頼んだ。

ジョイスは食事の前にドライマティーニを飲むのが好きなの、ときどったことを言った。「ダブルにしてもらえるかしら？　気持ちを落ち着かせたいの」

ハリーは食事は無言のうちに進むのではないかと予想していた。どうやらジョイスはスメドリーのことを話すつもりはなさそうだったし、彼は自分自身の背景について、できるだけ言葉少なにやりすごしたかったからだ。しかし、ジョイスは二人分ぐらいおしゃべりだということがわかった。彼女は両親についてぺらぺら話した。父は亡くなり、母はバースの老人ホームに入っている。以前の仕事はスーパーマーケットの店長の秘書。「自分で買う食料品ですら値引きしてもらえなかったのよ」ハリーは退屈のあまり、死んだ目にならないように必死にまばたきしなくてはならなかった。

何度も会話を殺人事件に引き戻すたびに、ジョイスは別のことを話題にした。

ジョイスは食事の最後にクレープシュゼットを食べ、それからブランデーとコーヒーを飲んだ。ハリーは勘定を現金で支払った。偽名を伝えていたので、クレジットカードの名前をジョイスに読まれる危険を考え、カードは使わなかった。

家まで送ると、ジョイスは上がってコーヒーをどうかと勧めた。ハリーは仕方なく承知した。

もしかしたら手早く部屋を調べる機会があるかもしれない。

「じゃ、ちょっとくつろいでいてちょうだい」ジョイスは言った。「やかんを火にかけてくるわね。すぐに戻るわ」

ハリーはそっと部屋を歩き回って、事件の手がかりを与えてくれるものがないかと、あちこちを調べた。


フィルはその夜を心から楽しんだ。ときおり何も手がかりを見つけずにいることをうしろめたく感じたが、メイベルみたいにすばらしい女性が隠し事なんてしているわけがない、と考えて良心をなだめた。

コーヒーはどうかと彼女が誘ったときには、二人は旧友同士のようにしゃべっていた。とうとう立ち上がっていとまを告げたとき、フィルは後ろ髪をひかれる思いだった。ふいに高校生のようにはにかみながら、フィルは戸口でためらった。

「とても楽しかったよ。またこういう機会が持てたらいいんだけど」

メイベルは微笑んだ。「土曜日はいかが？　田舎にドライブして、ピクニックをしない？」

「いいね」

「一日のんびりしましょう。朝の十時に迎えに来てくださいな」

「いいとも」

一方、ハリーは数分たっても、ジョイスが戻ってこないことに気づいた。

「ジョイス！」彼は叫んだ。

「こっちよ」ハスキーな声が答えた。

あわてて振り向くと、ジョイスが戸口に立っていた。透けた黒いネグリジェしか身につけていない。片手を差しのべた。「コーヒーのことは忘れましょ」

ああ、アガサ・レーズン、とハリーは心の中でうめいた。こんなことをぼくにやらせるなんて！

彼は導かれるまま、二階の寝室に上がっていった。ジョイスは少し足下がおぼつかないようだ。さんざん飲んだ酒が回りはじめているのだろう。

「バスルームはどこ？」ハリーは時間を稼ごうとしてたずねた。「シャワーを浴びたいんだ」

「ドアを出て、右に曲がったところよ。待ってるわね」

ハリーはバスルームに行き、ドアを閉めた。バスタブに湯をためる。服を脱ぎ、温かい湯の中で落ち着こうとした。どんな女が相手だろうと興奮する男だったらよかったのに、と思った。

できるだけ長くお湯に浸かってからバスタブを出て、体をふいた。服を手にして、寝室に入っていく。

ジョイスはぐっすり眠りこみ、派手ないびきをかいていた。安堵の吐息をもらしながら、手早く服を身につけた。

急いで出ていこうとした。だが、ベッドからいちばん遠い壁際に戸棚があるのに気づいた。

忍び足で近づき、そっと引き出しを開けてみる。もっとも、手紙があるとは思っていなかった。このメール全盛の時代に、手紙を書く人など誰もいないだろう。

銀行の取引明細とクレジットカードの利用明細控えが見つかった。あきらめかけたとき、いちばん下の引き出しの奥に押し込まれた封筒に気づいた。ひっぱりだす。ジョイスはベッドの両脇のスタンドをつけっぱなしにしていたので光にかざした。

封筒はジョイス宛で、いちばん上に「手渡しのこと」と書いてある。

手紙を抜き出した。やった！　ざっと見たところ、その手紙はバート・ハヴィランドからだった。ポケットに突っ込んだ。

ハリーは階段を下り、そっと玄関から外に出た。両親と暮らしているとジョイスには嘘をついておいた。用心のため、住まいの場所もでたらめだった。実際はミルセスター中心部に小さな部屋を借りていた。

家に帰るなり、手紙をじっくり読んでみた。ハヴィランドはこう書いていた。「いとしいジョイス、これ以上きみとは会えない。なぜならスメドリーはぼくのボスだし、ぼくらが関係を持っていることを知られたら、ぼくは仕事を失うし、きみは家を失うからだ。いろいろありがとう。でも、何もかもこれっきりにしてほしい。愛をこめて、バート」

ハリーは低く口笛を吹いた。「アガサはこれを見て、どうするだろう」

翌朝、フィルはハリーよりも早くやってきた。「ゆうべ、メイベルと出かけたんだ」フィルは言った。情報をアガサに隠しているのは危険だと判断したのだ。

「どうだった？」アガサはたずねた。

「何も見つけられなかった。なあ、おれの意見だと、メイベル・スメドリーは本当にすてきな女性だよ。外見どおりの中身だと思う。だけど親しくなったから、土曜に二人で出かけることになってるんだ。何か口を滑らせるかもしれないな。もっとも、そういう秘密があればだけど」

「調査を続けてちょうだい」アガサはうさんくさそうにフィルを見た。フィルはやけに幸せそうで、年よりもずっと若く見えた。「彼女に気があるんじゃないわよね？」アガサは追及した。

フィルは顔を赤くした。「馬鹿なこと言わないでくれ。おれの年で！」

「わかった。あら、ハリーだわ」

ハリーが誘惑されそうになり、手紙を発見した顛末《てんまつ》に、アガサは熱心に聞き入った。それから彼女はこう言った。「どうして警察は見つけられなかったのかしら？　彼女の家を捜したはずでしょ」

「たぶん見落としたんでしょう」

「それはないでしょ。ジョイスは手紙をどこかに隠しておいて、警察が引き揚げてから戻したのかも。それにしても、別れの手紙をとっておきたい人がいるなんて、わたしには理解できない。警察に話した方がよさそうね。まったくもう！　昔のようにはいかないのよね。警察と敵対しないようにしているから。ビル・ウォンが情報を何かくれるかもしれないから、連絡してみるわ。他の人には話さないつもり。警察署に行ってくる。いっしょに来て、ハリー。で、フィル、パトリックに電話するから、二人で組んで。パトリックがウェブにアクセスした男たちについてすごい手がかりを見つけていなかったら、スメドリーの会社の元スタッフにあたって、他にもバート・ハヴィランドの恋の相手がいなかったか調べてもらいたいの」

アガサはパトリックに電話して指示を与え、それからフィルに告げた。

「十五分後に広場で落ち合うって」

ビルは事件で外出していると言われた。アガサはハリーといっしょに受付で待つことになった。

待っている間に男女の警官がヘルメットをかぶりながら出ていった。

「どこに行くんだ？」受付の巡査がたずねた。

「ビュードリー・ロードの住人から、ヒステリーを起こしている女がうるさいって通報があったんだ。はっきり言って、高級住宅地じゃなかったら放っておくところさ」

二人が行ってしまうと、ハリーがささやいた。「ちょっと外に出られますか？」

アガサはハリーの後から外に出ていった。

「どうかしたの？」

「ぼくはジェームズ・ヘンダーソンという名前で両親とビュードリー・ロードに住んでいるって、ジョイスに話したんです。実際には田舎のコテージで暮らしていますけど。ジョイスは金に目がないので、若い金持ちの男に逃げられたと思って頭にきているにちがいありません。絶対に、今の通報は彼女のことだと思います」

「欲張りだから罰が当たったのよ」

「今朝は姿が見えませんでしたが、チャールズはどうしたんですか？」

「寝坊することにしたらしいの。ああ、ビルが来た。ビル、至急、話したいことがあるの。重要な情報があるのよ」

ビルは二人を取調室に連れていき、アガサが手紙について話すと熱心に耳を傾けた。

それから、手紙を読んだ。

ビルは椅子に寄りかかった。「アガサ、どうやってこの手紙を手に入れたかを知ったら、ウィルクスがどう言うでしょうね？　それ、一瞬でも考えたことがありますか？　ここにいるハリーは名前と仕事について嘘を言い、彼女が寝ている間に手紙を盗んだんですね？　ウィルクスは一トンのレンガさながら、きみにのしかかるでしょう」

「わたしたちが手に入れたけど、情報源は明かせないと言えないの？」

「あなたはジャーナリストじゃない」

「今朝、匿名でオフィスに届けられたって言ってください」とハリー。

「お願いよ、ビル」アガサが頼んだ。「とても重要な情報だから隠しておくわけにいかないわ。あなたが真実を言って、わたしたちがやっかいなことになったら、ハリーはどうなるの？」

「だけど、真実を話しても、部分的にはまったく問題ないですよ」ハリーが言った。「ジョイスがティーショップでぼくに声をかけた。ジョイスはぼくが誰のために働いているか知らなかったし、ディナーに連れ出せば情報を得られると思ったから、ぼくは彼女とデートをした。彼女は飲みすぎた。ぼくは家に送っていった。ジョイスはコーヒーでもどうかと誘って、コーヒーを淹れに行ったまま姿を消した。ぼくが捜しに行ったら、彼女は寝室でぐっすり眠っていた。ぼくは戸棚を捜した。それがぼくの仕事だから。そして手紙を見つけた」

「そこまでは問題ないな。でも、手紙を持ち去ったことで、ウィルクスは激怒するだろう」

「一時間もらえれば元に戻しておきます」ハリーは言った。

「どうやって？」

「なんとか方法を見つけますよ。お願いです」

「同意するなんて、ぼくはとことんまぬけかもね。わかった。ただし、つかまっても、ぼくは一切関係ないってことで」

「ありがとう」ハリーは手紙を持って、立ち去った。

「ねえ、ビル」アガサが言った。「情報を教えてくれるっていう話は？」

「ぼくから聞いたって言わないなら」

「もちろんよ」

「ハヴィランドの銀行口座を調べたら、過去半年で二万ポンドが二回入金されていることがわかったんです」

「恐喝？」

「たぶん。現金で入金されていた。入金を扱った窓口係は銀行をすでに辞めてしまっていて、今はトルコで休暇中。彼女に連絡をとろうとしているところです」

「わたし、すべての殺人はなんらかの形で関連しているんじゃないかと思うの」

「かもしれない。あなたは関わらない方がいいですよ。みんなにも、挨拶に寄っただけだと言っておきます。ああ、そうそう、両親はあのフロアランプをいまだにほめそやしています」

「よかった」

「ただ、もうひとつの方も買いたいねって言い合ってますよ」

「もうひとつの方って？」

「今、青いものが店に置かれていて、母さんは家にあるランプと対になっているんだって言うんです。だけど、ぼくは今、ちょっと懐が寂しくて」

アガサはため息をこらえた。「わたしから、お二人に贈るわ」

「いえ、そんなのもらいすぎです。そんなつもりじゃなかったんですよ」

もうひとつのフロアランプの支払いをして、それをタクシーで送り出したとき、そういえばミスター・ウォンはクリーニング業で成功したからフロアランプのひとつぐらい、やすやすと買えたということに思い至った。だが、ビルがどんなに喜ぶだろうと考えただけで、アガサは温かい気持ちになれた。


ハリーはまず自分の部屋に戻った。薄いラテックスの手袋をはめ、手紙の入っているものと同じ封筒を取りだし、「手渡しのこと」という文字を偽造した。警察は彼の指紋は登録していないだろうが、アガサの指紋は登録しているだろう。もちろん、封筒にひとつも指紋がないのはおかしいと思うだろうが、それはささいな問題だ。それから、自分の指紋もアガサの指紋も手紙にべたべたついていることに気づいた。コピーと交換するしかない。自分のプリンターで手紙をコピーした。それから部屋のペンキ塗りをしたときに一度だけ着た作業用つなぎに着替えた。頰に詰め物をしてふくらませ、学校の演劇サークルで使った衣装箱を探して、大きなつけ口髭を見つけた。それを専用の接着剤で貼り付ける。黒いサングラスをかけ野球帽を目深にかぶって、家を出ると途中の金物店で工具箱を買った。バイクに乗っていったが、バイクはジョイスの家の通りの突き当たりに停めた。

ジョイスの家の玄関にすたすたと歩いていき、ドアベルを長く押した。彼女はドアを開けた。泣いていたせいで目が真っ赤だったので、ハリーは一瞬、罪悪感で胸がチクリとした。「何なの？」ジョイスは言った。

ジョイスは連棟住宅に住んでいた。ハリーは誰にもはっきり見えないほどすばやく学生用鉄道割引カードを見せた。「役所から派遣されて来ました。この近隣は地盤沈下のおそれがあります。壁をちょっと調べたいんですけど」

「どうぞ。さっさとすませてね。出かけなくちゃいけないから」

ハリーは大げさに壁をたたき始めた。やっかいなことに、どこに行ってもジョイスが後をついてくる。どうやって彼女に気づかれずに手紙を元に戻そうかと考えていたとき、ドアベルが鳴った。

いかめしい声がこう言うのが聞こえた。「ウィルクス警部だ。この家の捜索令状を持っている」

ジョイスが文句を言っている。「入れるわけにはいかないわ。もうすでに捜索したでしょ」

「入れてもらえないなら、署に同行してもらおう」

ハリーはすばやく階段を駆け上がった。手紙を引き出しに滑りこませ、寝室の窓を開けると裏庭に工具箱を放り投げ、窓をまたいで雨樋《あまどい》につかまりながら窓を閉め、雨樋を滑り下りた。運のいいことに、ジョイスの家の裏側はどこの家からも死角になっている。伸び放題の木々や藪が両側の隣人から彼の姿を隠してくれた。草をかきわけて裏庭の門までたどり着くと、小道を進んでいき表側の道路に出た。

ウィルクスはどうしてこんなにすばやく行動に出られたのだろう？

実はビルがあの後すぐ、ジョイスはハヴィランドと関係を持っていたという噂を聞いた、その証拠は最初の捜索のときに見落とされたかもしれない、とウィルクスに話したせいだった。ビルは捜索令状をとるのに時間がかかるだろうと予想していたのだが、ウィルクスは最初の捜索令状はまだ有効だと言い、すぐに捜索チームを招集して乗り込んできたのだ。

おそらくハリーは通りで家を見張りながら、ジョイスが出かけるのを待っているだろうと、ビルは思った。ビルはハリーが見つからないことを祈った。

ジョイスは捜査員たちを追って二階に行こうとしたが、ウィルクスが連れてきた女性警官にリビングに連れていかれ、すわって待つように指示された。

捜査員たちは戸棚の前まで来た。一人が言った。「この中は銀行の取引明細とクレジットカードの利用明細控えだけです。前回おれが調べました」

「もう一度調べるんだ」ウィルクスが怒鳴った。

刑事は下の引き出しを開けた。ハリーは手紙をいちばん上に放りこんだだけだった。彼は封筒をとり、手紙を取りだして読んだ。「これを見てください、警部」刑事はウィルクスに手紙を渡した。

ウィルクスは手紙を読んだ。「妙だな。コピーみたいに見える。下に行って、ミス・ウィルソンがどう釈明するか見てやろう」

手紙を突きつけられたジョイスはわんわん泣きだした。女性警官がコーヒーテーブルにあったティッシュの箱を渡し、全員が無表情に黙りこくって待っていると、ようやく泣き止んだ。

「短い火遊びだったんです」彼女は白状した。

「警察署に来てもらった方がよさそうだ」

「建物検査官の人は？」

「何のことだね？」

「あなたたちが来たとき、ここにいたんです」

彼らは家じゅうを捜し、ジョイスのところに戻ってきた。

「誰の姿もない。どうしてここに来たんだ？」

「近隣で地盤沈下の恐れがあるので、壁を調べたいって」

「身分証を見せたかね？」

「カードみたいなものをちらっと」

「たぶん、われわれが来たので泥棒が逃げていったんだろう。いちおう近所に訊いてみてから、ミス・ウィルソン、署までご同行いただこう」

ジョイスが署に連行されてくると、受付の警官が振り向き、まじまじと彼女を見つめてから、ウィルクスを追いかけた。「警部」彼は呼びかけた。

「彼女を二番取調室に連れていけ」ウィルクスは指示した。「ああ、フェルプス、何だね？」

「たった今、連行されたあの女。今朝早く、ビュードリー・ロードに現れた女と人相が一致するんです。住人たちを脅して、ジェームズ・ヘンダーソンという男と会わせろと要求したようです」

「ありがとう、フェルプス。それについても訊いてみるよ」

あきらかにウィルクスの最初の質問は、ジョイスにとってきわめて意外だったようだ。

「ミスター・ロバート・スメドリーは恐喝されていたと話したことがあったかな？」

「いいえ！　だったら話したはずです。何もかもあたしに話してくれていましたから」

「じゃあ、バート・ハヴィランドについて話してもらおう。彼がもともとはバート・

スメリーという名前で、強盗罪で刑務所に入っていたことを知っていたかい？」

もともと出目気味の目がまさに飛び出そうになった。

「信じられない。優秀な営業マンだったんです。あたしを愛してたんです」

「きみが上司と不倫をしているのを知っているのに、きみを愛することができるのかね？」

「男たちはあたしの虜《とりこ》になっちゃうんです」ジョイスは言うと、背筋を伸ばしてすわり直した。この女は自由自在に泣けるのかもしれない、とウィルクスは思った。思っていた以上にずる賢い女かもしれない。

「この手紙はコピーだ。本物はどこだ？」

ジョイスは心から驚いたようだった。「知りません」

何度か休憩をはさみながら、尋問は一日じゅう続いた。ジョイスは時間がたつにつれ、しだいに冷静さを取り戻していった。ハヴィランドと短い間だけつきあったが、それはスメドリーに結婚するつもりがないと思ったからだ、とかたくなに言い張った。しかし、ハヴィランドと別れてすぐに、今月中に離婚を進めるつもりだとスメドリーに言われた、という説明だった。

一度だけ動揺したように見えたのは、ビュードリー・ロードで何をしていたのか、とウィルクスにたずねられたときだ。住人たちはヒステリーを起こした女が現れたと言っていたが、と。

「ジェームズ・ヘンダーソンという男とゆうべ外出したんです。彼に声をかけられて。飲み物にレイプドラッグとかいうものを入れられたんだと思います。今朝、目が覚めたら、いなくなっていたので頭にきました。両親とビュードリー・ロードに住んでいると言っていたので、とっちめてやろうと思って出かけたんです。彼が手紙を持っていってコピーしたにちがいないわ」

「あなたはレイプされたんですか？」

「いいえ、きっと怖《お》じ気づいたんでしょ」

「ドラッグ検査をさせていただきます」

「そんな必要はないわ」

「ミス・ウィルソン、ジェームズ・ヘンダーソンと名乗る男があなたにドラッグを仕込んだと言っているのに、検査はしたくないんですか？」

「誤解だったのかも」ジョイスはしぶしぶ譲歩した。金持ちの男にまんまと逃げられたので頭がおかしくなっていたのだと、今になってみると自分でもわかっていた。

アガサはハリーを二件の未解決の離婚案件に戻し、その日はずっと殺人事件についてメモを作っていたが結論は出ないままだった。そこへチャールズがふらりと姿を見せた。二人はメイベル・スメドリーにあたってみることにした。フィルは連れて行かず、メイベルにフィルは友人だと思わせておくことにした。

アガサは質問を始めた。「ミセス・スメドリー……」

「メイベルと呼んでください」

「じゃあ、メイベル、すでにジョイス・ウィルソンがご主人と不倫していたのは知っているわね」

「警察はずっとそう説明しているわ。それでも信じてません。主人はたんに彼女に親切にしてあげたくて、お母さんに会いにバースに連れていっただけ。主人からすべて聞いてるわ」

「ジョイスがバート・ハヴィランドとも関係を持っていた証拠があがったことは知っていた？」

「それはありえるわね。バートは女たらしだという噂があったから。たぶん、あのジエシカを殺したのは彼で、報復のために誰かがバートを殺したのかもしれない」

「家を売りに出しているんですね」チャールズが口をはさんだ。「入り口に不動産会社の看板があった」

「ええ、一からやり直すことにしたんです。会社は別のエレクトロニクス会社に売却したわ。スタッフを継続して雇用するかは向こうに任せるつもりです」

「ご主人の葬儀はいつでしたか？」

「ええと、先週の金曜」

「新聞には何も出ていなかったけど」

「古いニュースだからでしょ。警察が遺体を返してくれたので、火葬しました。そこにあるわ」メイベルはサイドボードを指さした。黒い骨壺がのっていた。「いっしょにいてもらいたいんです。ときどき話しかけています。だけど、こんなおしゃべりをしていても、主人を殺した犯人を見つけるのに役に立たないでしょう？」

「もしかしたらジョイス・ウィルソンかもしれないと思いはじめているの」アガサは言った。

「ジョイスはまぬけよ。秘書として見れば悪くないかもしれないけど、とても頭が鈍いわ」

「ミルク瓶に除草剤を入れるには、それほど知性を必要としないわ」

「殺人事件の取り調べに耐えるには、かなり図太い神経が必要よ。もしジョイスがやったなら、今頃涙に暮れて洗いざらい白状しているにちがいないわ、絶対に」

「あの気の毒な女性、本人がかなりストレスにさらされているね」帰りの車でチャールズは言った。

「冷静そのものだったじゃないの」

「ボディランゲージから、相当緊張しているって感じた。もうおいしいコーヒーを出してくれもしなかったし」

「なんとなく、すべてジェシカの事件につながる気がする」

「ただの偶然かもしれない。まずいときに、たまたま、まずい場所にいただけかも」

「だから、性犯罪だと考えかねなかった。でも、そう見せかけただけなのよ。素人の殺人よ」

「あるいは、たんに時間を稼いでいるだけかもしれない」

アガサは腕時計を見た。「六時過ぎだわ。ゆうべは警察がそこらじゅうにいてハヴィランドの隣人たちに話を聞けなかった。もう一度、行ってみましょう」

しかし、通りには移動交番が設置され、まだ警官たちが話を聞きに一戸一戸、回っているところだった。

「二本通りを戻ったところにパブがあったよ。あそこに行こう。地元の連中が殺人について噂しているのを聞けるかもしれない」チャールズが提案した。

パブは〈プリンス・オブ・ウェールズ〉という名前だった。この店と手を組んで現代的なパブにしようと考えたビール醸造所はなかったらしい。床の緑のリノリウムは煙草の焼け焦げだらけだ。片方の壁際にはビリヤード台があり、反対側にはずらっとマシンが並んでいる――ビデオコンピューターゲーム、スロットマシン。

パブはものすごく混んでいた。「どこから始める?」アガサがたずねた。

「バーだ。いつものでいい?」

「いいえ、トニックウォーターだけでいいわ」

チャールズはアガサにトニックウォーターを、自分にはコークを頼んだ。

「警察は何をしているんだ?」彼はバーテンダーにたずねた。

「聞いてないんですか? 男が殺されたんだ。刺されたって」

「怖いわねえ」アガサが言った。「犯人はわかってるの?」

「おれの知る限りじゃ、まだみたいだね。ミスター・バーデンに訊くといいよ、あの隅にすわってる帽子をかぶったお客さん。警察にさんざん質問されたんで、自分がやったような気になりかけたって言ってたよ」

「彼、近所なの？」

「被害者の隣の部屋だよ」

ミスター・バーデンは小さな丸テーブルに一人ですわっていた。小柄なこざっぱりした男で、黒いビジネススーツに襟カラーをつけてネクタイをしめ、ツイードの帽子をかぶっている。

「ミスター・バーデン？」アガサがたずねた。

「ああ、そういうあんたたちは？」

チャールズとアガサは隣にすわった。「わたしたち、私立探偵でバート・ハヴィランドの殺害事件を調べているの。何か聞かなかった？」

「あなたは何を飲んでいるのかな？」チャールズがたずねた。

ミスター・バーデンの前に、空のビールのハーフパイントグラスが置かれていた。

彼はにわかに元気づいた。「そりゃどうもありがたい。スコッチをダブルでもらうよ」

チャールズは期待をこめてアガサを見たが、彼女は視線を合わせようとしなかった。たまには彼に払わせてやる。

二人はチャールズが戻ってくるまで待っていた。

「さて、何か聞かなかった？」アガサが改めてたずねた。

「悲鳴をあげているのを聞いたよ。今になると彼だったとわかるが、そのときはテレビかと思ってた。それからドアがバタンと閉まり、階段を下りていく足音がした」

「警察は耳の悪い最上階の老婦人しかいなかったと言ってたわ」

「おれは病気欠勤してたんだ。最初に警察が来たとき、ドンドン、ドアをたたいているのが聞こえたけど、出なかった。気分が悪かったしベッドにいたから。食中毒だ」

アガサはミスター・バーデンがたった今飲み干したグラスを見て、アルコール依存症と言った方が近いのではないかと思った。

「どんな足音だった？」彼女はたずねた。

彼は空のグラスを手の中でひねくり回している。

「ミスター・バーデンはきっともう一杯召し上がりたいんじゃないかしら、チャールズ」アガサは急いで言った。

チャールズはため息をついて、またバーカウンターに行った。

彼が戻ってくると、ミスター・バーデンはうれしそうにグラスをつかみ、ぐいっとウィスキーをあおった。「どんな足音だったの？」アガサがうながした。

「どういう意味だい？」

「重い足音だったか、軽やかだったか、ヒールだったか?」

彼は眉をひそめた。「早足で軽くて、カツカツカツって音だったな」

「ハイヒールみたいな?」

「それだ」

チャールズとアガサは目を見合わせた。捜すべき相手は女性だった。

10

その晩、アガサとチャールズはアガサのコテージで、三件の殺人について思いつくことを片っ端から列挙していった。

「これは女性がからむ事件だな」チャールズが言った。「ジョイスがいるし、メイベルもいる」

「ただし、どちらもジェシカとはつながりがないわ」アガサが指摘した。

「いや、あるよ。ジェシカはバート・ハヴィランドと恋愛関係にあった。ハヴィランドはスメドリー・エレクトロニクスで働いていた。さらに彼はジョイスとも関係を持っていた」

「疲れちゃった」アガサはぼやいた。「頭が働かないわ。パブに行って、何か食べましょう」

ドアを開けると、雨が激しく降りしきっていた。「どうしてエアコンなんて買っちやったのかしら？」アガサが嘆いた。「ともかく歩いていきましょ。おいしくて強いお酒をきゅっと飲みたい気分だわ」チャールズがドアのわきから大きな傘をとって広げ、二人はパブに急ぎ足で歩いていった。

〈レッド・ライオン〉はジョージ王朝時代の古いパブで、階段で店内に下りていくようになっていた。アガサは一段目に足をかけたとたん、鋭い痛みが腰に走り、チャールズの腕にしがみついた。

「どうしたんだ？」彼はたずねた。

「なんでもないの」嘘をついた。「足首をちょっとひねっただけ」

アガサは地元の人たちに出迎えられた。「こんばんは、ミセス・レーズン。あなたとお連れのお若い方に会えてうれしいよ」

アガサはたちまち気が滅入った。アガサは五十代前半、チャールズは四十代。年齢の差がそこまであからさまに出ているの？　もしかしたら、わたしはもう長くないのかもしれない。どんどん年老いているのだ。チャールズの話を聞き流しながら、アガサは自分の葬式について計画を立てはじめた。ジェームズ・レイシーも葬式のために戻ってきてくれるだろう。彼は「これまで出会った最高の女性を失ってしまった」と慟哭《どうこく》するだろう。涙が一粒、アガサの頬を転がり落ちた。

「ちょっと！」チャールズが叫んだ。「泣いているのかい？」

アガサは涙を振り払った。「ただ疲れただけ」と弁解した。

「もしかしたら、この探偵の仕事はやめた方がいいのかもしれないよ。素人で調べていたときの方が気楽だっただろ」

「あら、どうにかがんばるわ。何を食べる？」

「エビとフライドポテト、ラザニアとフライドポテト、カレー味のチキンとフライドポテト、あるいは終日オーケーの朝食メニューだな」チャールズがカウンターの向こうにある黒板のメニューを読み上げた。「朝食メニューがいちばん無難な気がするよ」

「そうね」

チャールズは二人前注文した。暖炉のそばのテーブルがちょうど空いたので、二人は飲み物を運んでいった。

「考えてみよう」チャールズが言った。「飲み物を待っているときに、わたしが言ったことを聞いていた？」

「いえ、あまり」

「フィルとハリーについて話していたんだ。フィルは土曜日にメイベルと一日過ごす予定だ。どんなにメイベルがすてきな女性に見えても、しっかり目と耳を働かせるようにフィルに釘を刺しておく必要があるよ。ハリーとジョイスの方はどうかな？」

「噂をすれば」とアガサがバーカウンターの方を見た。ハリーがパブに入ってきた。

「ほぼ人間らしく見えるわ」

ハリーの髪は少し伸びていた。相変わらずピアスははずしていて、ジョイスにティーショップで声をかけたときに着ていた服装だった。アガサはハリーに手を振って呼び寄せた。彼は椅子をひいてすわった。

「どうしてここに？」チャールズがたずねた。「何かわかったのか？」

「いいえ、それを聞きたいと思って」

「電話すればよかったわね。あの手紙を戻せたの？」

「かろうじて」ハリーは警察がいきなりやってきたことを話した。「飲み物を頼んできます。あなたたちは？」

「今のところ大丈夫」チャールズが言った。「食べ物を待っているところだ」

ハリーはバーカウンターに行き、ハーフパイントのビールを手に戻ってきた。

「ジョイスをまた誘えそうだと思う？」アガサがたずねた。

「無理です。彼女にはジェームズ・ヘンダーソンだと名乗り、両親とビュードリー・ロードに住んでいると言った。また現れたらおかしいと思って、警察に言うかもしれない。それに、あの手紙のことがある。持ち帰ったのは馬鹿でした。誰がコピーをとったのかと警察が考えたら、まっさきに探偵事務所が疑われるだろうな」

「警察はこれまでにメイベルの家を捜索したのかな？」チャールズがたずねた。

「鑑識が徹底的に調べたとは思わないわ」アガサが言った。「メイベルは夫の書類や自宅のパソコンを調べさせただけだと思う」

ハリーが言った。「まさかあの美徳を絵に描いたような女性を疑っているんじゃないでしょうね？」

ミスター・バーデンが殺人現場でハイヒールらしき音を聞いたことをチャールズが話した。

「メイベル・スメドリーがフラットシューズ以外のものをはいているのを見たことがありますか？」ハリーがたずねた。「メイクすらしてませんよ」

「フィルが明日、彼女と過ごす予定なの。フィルにちゃんと目を光らせておくように念を押しておくつもりよ。そうそう、スメドリーが恐喝されていたかもしれないって話したかしら？　もしかしたら別人からかもしれないけど、二万ポンドが二度にわたってハヴィランドの口座に入金されているの――現金で」

「それだと……」ハリーは言いかけた。「あ、食事が来た」

「きみは何も食べないのか？」チャールズがたずねた。

「その手のものは。あとで食べます。スメドリーが恐喝されていて、自宅のパソコンが初期化されていたんなら、女の子たちのウェブサイトを見ていた可能性があるって言おうとしてたんです」

「だけど、お金を払ったのがスメドリーなら、引き出しが銀行口座に記録されていたはずだ」チャールズが指摘した。

「ただし、お金が会社のものだったら別ですよ」ハリーが言った。「そしてジョイスはそれを隠すために帳簿を改ざんしていた。ああ、スメドリーがあのウェブサイトにログインした記録はなかったんだ」

「何かあるにちがいないわ」アガサが言った。「じゃなきゃ、コンピューターを初期化しないわ。ねえ、ひとつ思いついた。わたしの知る限り、彼の自宅のパソコンはすべて死ぬ直前に初期化されたのよ」

「つまり、メイベルがやったかもしれないってことだ。もっとも彼女はパソコンのことはまったくわからないって主張しているが」

アガサの携帯電話が鳴り、彼女はバッグから電話を取りだした。ビルからだった。

「アガサ、もうひとつのランプの小切手を送ります。買ってもらうつもりなんてなかったんです。もらいすぎですよ」

「とんでもない。ご両親が喜んでくれたならいいけど」

「喜んだのなんのって！　有頂天になってます。母さんはチャールズといっしょに日曜のディナーに来てほしいって言ってます」

「まあ、なんてすてきなの。でも、二人とも仕事に追われているの。殺人事件がすべて片付いたら、パーティーを開くわ。お願いだから、小切手なんて送らないでね。破り捨てるわよ。それより、ジョイスはどう言ってるの？」

「ありとあらゆることで協力を渋っている。少なくともウィルクスはそう思っているみたいです。ところで、ハリーはあの手紙でへまをしたかもしれません。封筒に指紋がまったくなかったんです。それに、手紙はコピーだった。元の手紙はどこですか？」

「彼に訊いてみるわ」

電話を切ると、アガサはハリーにたずねた。「どうして手紙をコピーと交換したの？」

「ぼくとあなたの指紋がべたべたついていたから」

「そのせいで、警察はジョイスの言う謎のミスター・ヘンダーソンに興味を持って、あなたに関心を向けるかもしれない。だからゴスだか何だか、最初に会ったときのフアッションに戻った方がいいわ。それだったら、ばったりジョイスと会っても、金持ちの若いジェームズ・ヘンダーソンとは似ても似つかないから、たぶん気づかれずにすむでしょう。しばらく目立たないようにして、離婚案件だけやっていた方がいいわよ」

「それもほぼ終わります。フィルがすごいカメラを貸してくれたんです。明日、集めた証拠をすべて見せますよ」

「これを食べ終わったら、みんなでフィルを訪ねた方がいいわね。彼はメイベルにのめりこみすぎていると思う。少し活を入れてあげた方がいいわ」

三人を見て、フィルはあまりうれしそうではなかった。

「お邪魔だったかしら？」アガサは言った。

「ちょうどテレビを見ていたんでね」

彼は三人をリビングに通した。アガサはテレビの電源が切られているのに気づいた。

「かけて。どういう用かな？」

アガサはミスター・バーデンが女性の足音を聞いたことを伝えた。「だから、女性を捜しているし、今のところ関連している女性はメイベルとジョイスだけなの」としめくくった。

「それからトリクシーとフェアリー。それに、バート・ハヴィランドが関係を持っていた女性たち」とフィルは言った。

「メイベルを容疑者にしたくないんだね」とチャールズが突っこんだ。

フィルはうろたえたようだった。「私的感情は入れていないが、常識で考えればそうだな。メイベル・スメドリーはハエ一匹殺せないっていうのが、おれの理性的な意見だ」

「わたしは殺せるかもしれないと思っている」アガサは異を唱えた。「ねえ、フィル、わたしたちが求めている理性は、先入観を持たないでほしいってことなの。彼女の家にいるときに、こっそり観察してみて」

「で、何を探せばいいんだ？」フィルは苦々しい口調になった。「エンジェルケーキのレシピか？」

「フィル、お願いだ」チャールズが訴えた。「ともかく自分の仕事をしてくれ」

「もちろん、疑わしいことには目を光らせているつもりだ。さて、かまわなければ暗室でやる仕事があるんだが」

「フィルは彼女にめろめろになっているんだと思うわ」雨の中を歩いてコテージに戻

りながら、アガサは言った。「まったく男って!」悪天候のせいでアガサは不機嫌になっていたが、土曜も雨ならいいのにと思った。そうなったら、フィルがメイベルに抱いている熱い思いも多少は冷めるだろう。

しかしイギリスの天候は金曜の夜には気まぐれを起こし、土曜日は雲ひとつなく晴れ、暖かい一日になった。

フィルはメイベルを迎えに行きながら、アガサに言われたことは頭の隅に押しやっておくことにした。今日という日をだいなしにしたくなかったからだ。だが「売り家」の看板を見ると、失望のあまり胸が痛くなった。

ドアを開けたメイベルは、ピーターパンカラーのついた花模様のロングドレスを着ていた。どこから見てもレディそのものだ、とフィルは思った。

「家を売るとは知らなかった」フィルは言った。「この地方からは離れないよね?」

「ええ、近くにもっと小さな家を見つけようと思っているの」

「今日はどこに行きたい?」

「小川が流れているすてきな野原があるの、ペンドルベリー卿の地所に」

ペンドルベリー卿は地元の地主で、ハイカーや勝手に地所に入りこむ連中を忌《い》み嫌っていることは誰もが知っていた。「あの地所に立ち入るのは許されないと思うよ」フィルは言った。

「大丈夫。電話して、許可をもらったから」

フィルはすっかり感心してしまった。

メイベルはピクニックバスケットを用意していたので、フィルはそれをトランクにしまった。フィルは村の名士となると一目置く古くさいところがあるので、ペンドルベリー卿の友人なら信用がおけるにちがいないと思った。

フィルはまたカースリーに戻り、それからメイベルに道案内してもらいながら、村から出る丘を登っていった。

車を地所の裏門のわきに停めると、フィルが敷物とピクニックバスケットを持ち、メイベルといっしょに林の中を歩いていった。

メイベルは小さな空き地で足を止めた。銀色の小川がうねうねと流れ、頭上の緑の葉むらから日の光が射し込んでくる。

フィルは草地に敷物を広げ、メイベルはバスケットを開けた。彼女はコールドチキンとサラダのシンプルなランチを用意していた。それに白ワイン一本、デザートには濃厚なフルーツケーキとコーヒーの入った魔法瓶。

二人は読んだ本の話や見たことのある場所について語り合った。フィルは女性といっしょにいて、これほどくつろいだ気分になったことはなかった。

やがて、アガサの殺人事件の調査はどんな具合なのか、といきなりメイベルがたずねた。

「あまり進んでないな」フィルは言った。「だけど、アガサはすべての殺人事件はなんらかの形で関連していて、犯行は一人の女性によっておこなわれたと考えている」

「コーヒーのお代わりは？」

「ありがとう」

「どうして女性なの？」

フィルはミスター・バーデンがヒールをはいた女性の足音を聞いたという話をした。

メイベルはにっこりした。「じゃあ、わたしは除外されるわね。ヒールはまったくはかないから」

「まさか、メイベル」フィルはふいに愛情が胸にあふれた。「きみみたいなレディを疑う人なんていないよ」

「そろそろ戻りましょうか？　あっという間に午後が過ぎてしまったわ」

フィルは車を走らせながら、いっしょにいる時間をどうやって引き延ばそうかとそわそわしていた。勇気を出してディナーに誘ってみようか。

メイベルの家に着くと、彼女はどうぞ入ってと言った。「飲み物でもいかが？　運転はあるけれど、一杯ぐらいなら大丈夫でしょ」

「ビールがあれば」

「冷蔵庫に冷えたビールが入ってるわ」

彼女はキッチンに行った。フィルはリビングを見回した。手がかりを探すなんて、くそくらえだ。時間のむだだ。

暖炉の上の鏡に映る自分の顔を見つめながら、老けて見えるだろうかと思った。振り向こうとしたとき、マントルピースに置かれた折りたたまれた紙片に気づいた。探偵事務所の仕事で来ていることを正当化するために、ちょっと見ておこう。仕事はこれで終わりだ。紙片を開いた。ミルセスター・カレッジの修了証で、コンピューターコースを履修したメイベル・スメドリーに発行されている。彼女がやってくる足音がしたので、急いで元に戻した。

メイベルはコンピューターのことは一切知らないと言っていたはずだ。

フィルはすわってビールを飲みながら、また少しおしゃべりをした。訪問を長引かせようという考えはすっかり吹き飛んだ。とにかくここから逃げ出し、この発見についてじっくり考えてみたかった。なあんだ、というような説明がつくにちがいない。

ビル・ウォンは非番の日だというのにウィルクス警部に呼び出された。仕方なくガーデニングを切り上げ、警察署に出向いた。

「すぐに本題に入る」ウィルクスは言った。「きみはレーズンと親しいんだったね？」

「はい、警部」

「わたしに言わせれば、彼女はろくでもない素人集団を率いているろくでもない素人だ。彼女のところで働いているあの青年。彼の名前は？」

「ハリー・ビームです」

「彼が謎のミスター・ヘンダーソンではないかと思う。このヘンダーソンはジョイスを〈アビー・ティールーム〉でひっかけ、〈ロイヤル〉のディナーに連れていったそうだ。両方の場所に当たって、人相を訊いてこい。それがハリー・ビームなら、尋問のためにやつをひっぱる」

「今からですか？」

「そうだ、ただちに」

ビルはアガサに電話して、ハリー・ビームに連絡してもらって彼と事務所で会うことにした。

「どういうことなの？」半時間後、アガサがたずねた。チャールズとハリーがビルを待っていた。

「実はこういう事情で。ウィルクスはハリーが謎のジェームズ・ヘンダーソンにちがいないと考えているんです。きみが彼女を連れていった場所をチェックして、人相を訊いてくることになってる」

ハリーはまたレザーの服に戻り、イヤリングと鼻ピアスもつけていた。「いいですよ。ぼくはそういう人相には見えないから」ハリーはビルにそのときに着ていた服装を教えた。

「けっこう」ビルは言った。「それならぼくたち全員がうまく切り抜けられるだろう。アガサ、二度とぼくをあなたの計画に巻き込まないでくださいよ。ぼくはすべてを規則どおりにやりたいんです。ジョイスが殺人犯だったらどうするんです？　彼女がハヴィランドを殺していたら？　裁判所には手紙のコピーを提出できない。たとえ彼女がオリジナルのコピーだと認めたとしても。証言を変える可能性がありますからね。暴力的な尋問を受けたからそう言ったとか、嘘をつくかもしれない。では、一時間したらぼくは戻って、ヘンダーソンはここにいるハリーとは似ても似つかなかった、とウィルクスに報告します。ところで、いらいらをなだめるために、何か役に立つ情報を教えてもらえませんか？」

アガサは首を振った。そのとき携帯電話が鳴った。彼女は電話に出て、耳を傾けてから、鋭い叫び声をあげた。それから言った。「今、オフィスでハリー、チャールズ、ビル・ウォンといっしょなの。来てもらった方がいいわ」

「どうしたんですか？」アガサが電話を切ると、ビルがたずねた。

「フィルがメイベルの家で修了証を発見したの――コンピューターコースの修了証をね」

これの意味することについてディスカッションしていると、フィルが登場した。

「お手柄です」ビルが言った。「改めて彼女を尋問に呼ばないと。コンピューターについてはちんぷんかんぷんだとはっきりと言ったんです」

フィルは憔悴していた。「おれのせいだと思われるだろう」

「それが問題でも？」アガサがたずねた。

フィルはメイベルが犯人だとは信じたくなかった。「カレッジに問い合わせることはできないかな？　記録があるはずだ。つまり、彼女との友情が壊れれば、今後はもう何も探り出せないだろ」

「たしかに」アガサは言った。「いつまた彼女と会う予定？」

「すっかり動転して、次の約束をしなかった」

「できるだけ早く約束したほうがいいわ」

ビルがむっとした顔になった。「誰がこの捜査をしているんですか？　あなたですか、警察ですか？」

「両方でしょ」アガサがなだめた。

「あの手紙の事実が明らかになったら、ぼくは停職になり、もしかしたらクビになるかもしれない。あなたのとんでもない素人くさい計画には、今後一切関わりませんからね」

「わたしたちは素人じゃないわ」アガサが憤慨した。

「へえ、知らなかった。これからミルセスター・カレッジに行ってきます。土曜の夜でも誰かがいるといいが。霊感を得て調べてみたと、ウィルクスには言いますよ」

「せめて感謝してくれてもいいのに」とアガサ。

ビルは戸口で立ち止まった。「アガサ、ＰＲ業界の方が安全なんじゃないですか？」

アガサはにやっとした。「あっちは食うか食われるかだったのよ、ほんと。そこらじゅうで背中にナイフを突き立てられていた」

「陳腐な比喩のオンパレード」チャールズがつぶやき、ビルはバタンとドアを閉めて帰っていった。

アガサの携帯電話がまた鳴った。耳を傾けてから言った。「全員、オフィスにいる。あなたにも来てもらって、どうしたらいいか決めるわ」

電話を切ると言った。「パトリックが数学の教師についてある発見をしたみたい」


三十分後、パトリックが現れた。彼は疲れているようだった。深々とソファにすわりこんだ。

「コーヒーを淹れてもらえないかな？　へとへとなんだ」

「ぼくが淹れます」ハリーが言った。「調べ回っていたせいで消耗したんですか？」

「いや、家庭生活のせいだ。二人とも離婚するってことで同意したんだが、おれにすぐに家を出てほしいって言うんだよ。結婚したときにマンションを売っちまったしな。価格が高騰しているから、また物件が買えるかどうかわからないし、家賃も急上昇しているし」

「住まいを見つけるまで、おれのところに来たらいい」フィルが言った。「うちには空いてる部屋があるから」

「フィルはとてもきれい好きなのよ」アガサが警告した。「あなた、片付けはできるのね、パトリック？」

「ああ、もちろん。そのせいで家内がいつも文句を言っていたくらいだ。あれこれ片付けすぎるから、何も見つからないって」

ミス・シムズはおそらく新しい紳士の友達を見つけたので、できるだけ早くパトリックをお払い箱にしたいのだろう、とアガサは皮肉っぽく考えた。

「ありがとう、助かるよ、フィル」パトリックは言った。「あとで相談して、家賃を決めさせてくれ」

ハリーがパトリックにインスタントコーヒーのカップを渡した。

「さて」アガサがせっかちに切りだした。「数学の教師がどうしたの？　チャールズ、あなた何を見ているの？」

チャールズは窓から見下ろしていた。「たった今、ローラ・ウォード＝バーキンソンが見えたんだ。すぐに戻るよ」

彼は大あわてで出ていった。

アガサは一瞬嫉妬を覚え、それからチャールズはただの友人だと自分に言い聞かせた。いずれにせよ、このローラはただの叔母の友人かもしれない。

「それで、どういうことなの、パトリック？」アガサは窓際に行き、下をのぞいた。チャールズは長身で脚の長い黒髪の女性と熱心に話している。それから二人はいっしょに立ち去った。

「聞いていないだろう」パトリックが語気を強めた。

「ごめんなさい」アガサは窓から引き返した。

「数学の教師のオーウェンが、ジェシカの殺される数週間前に、ある晩、パーショアの道路沿いにあるジビエのレストラン〈フェザント〉で目撃されたと話していたところだ。そこはとてもきどった店なんだが、経営者とは警察にいた頃からの知り合いでね。髪を、まあ、残っているわずかな髪だが、イヴシャムで切ってもらっていたときに、ばったり彼と会ったんだ。そこで一杯やりに行き、おれは事件について話した。友人のジョン・フィーラーは土地の人間をたくさん知っているから、写真を見てもらい、誰か見覚えがある人間がいるかもしれない、と言ってくれた。フィルに撮ってもらった写真をたまたま一揃い持っていたから、彼に見てもらった。彼はオーウェン・トランプを選びだした。ワインのことで騒ぎ立て、料理に文句をつけたから覚えていたそうだ。最初はジェシカのことがわからなかったので、もう一度彼女の写真を見せた。彼が言うには、彼女は髪をアップにして濃いメイクをし、ずっと年上に見えたそうだ。彼女はオーウェンのふるまいを恥ずかしく感じているようで、かなり酒を飲んでいたとか」

「電話帳でオーウェンの住所を調べましょう」アガサは言った。

「すでに手に入れてある」パトリックは分厚いノートを取りだした。「彼はミルセスター中心部に部屋を借りている」

「わかった。パトリックとわたしで行ってくる。ハリー、あなたはしばらく姿を見せない方がいいと思うわ。あ、チャールズが戻ってきたら、この最新の情報を伝えておいて」

二人が出ていくと、ハリーは部屋を行ったり来たりしていたが、ミセス・フリードマンのデスクの後ろの鏡の前で足を止めた。ふいに、自分の姿がひどく滑稽《こっけい》に見えた。どうしてこのピアスやレザーがかっこいいと思ったんだろう？　家に帰って着替え、変装をしてジョイスの跡をつけることにした。ハリーの頭の中では、すべての道はジョイスに通じていた。彼女はハヴィランドとスメドリーの両方と関係を持っていた。毒入りのコーヒーを出したのは彼女だった。彼女をつけたら、どこかで尻尾を出すかもしれない。

オーウェン・トランプは家にいた。ドアを開け、そこに立っている二人を傲慢ににらみつけた。

「いくつか質問がしたいんですけど」アガサが言った。

「あんたたちの質問に答えるくらいなら、警察に言うよ。さ、帰ってくれ」

「けっこう」アガサは言った。「これからすぐに警察に行って、あなたが〈フェザント〉でジェシカ・ブラッドリーとディナーをとっていたことを報告する」

彼はドアを閉めかけていたが、また大きく開けた。

「入ってもらった方がよさそうだ」

彼の頭がフル回転しているのが目に見えるようだわ、とアガサは思った。リビングはすえた煙草の臭いがこもり、コーヒーテーブルには空のビール缶がころがっていた。

「事情を説明するよ」オーウェンが言った。「ああ、どうかすわってくれ」

アガサとパトリックは壊れかけたソファにすわった。彼は向かいの肘掛け椅子に腰をおろす。両方の指先を合わせると、わざとらしく小さなため息をついた。

「ジェシカの成績のことが心配だった。以前はとても優秀な生徒だったからね。静かな食事にでも連れ出せば、なぜ成績が落ちてきたのか探れるんじゃないかと思ったんだ」

「自宅まで迎えに行ったの？」

「いや、ちがう。家庭環境にもいささか問題があるんじゃないかと思っていたから。ミルセスターの大聖堂の階段で待ち合わせた。ジェシカはずっと年上に見えた。濃いメイクをしていたし、髪をアップにしていた」

「そして、ワインについて文句を言っていないときに、何を探りだしたんだね？」パトリックがたずねた。

オーウェンは怒りで顔を赤くした。「文句を言うのは当然だったよ。ぼくはワインについて詳しい。鋭敏な舌を持ってるんだ」

アガサとパトリックはコーヒーテーブルのビール缶にわざとらしく視線を向けた。

「あそこは馬鹿みたいにもったいぶったレストランだった」

「おたくの校長はあなたが生徒にワインを飲ませたことを知っているの？」

「一杯だけだよ。フランスじゃ、子供だってワインを飲むだろ」

「ここはフランスじゃない」

彼は立ち上がった。「説教するなら出ていってくれ、くそババア」

アガサも立ち上がると、腰に嫌な痛みが走った。たしかに、ババアね。彼女の顔は怒りで朱に染まっていた。

アガサはパトリックを従えて大股で外に出た。「どうしてもっと質問をしなかったんだ?」パトリックがたずねた。「バートとの関係について、何か知っていたかもしれないぞ」

「ジェシカはバートと関係を持っていなかった。バージンだったんだから。覚えてる?」

アガサは携帯電話を取りだした。「誰にかけるつもりだ?」

「警察よ」

「手がかりをすべて警察に渡していたら、探偵事務所をやっていけなくなるぞ」

だが、オーウェンはアガサをくそババアと呼んだのだ。報復しないではいられなかった。ビル・ウォンはいなかったので、ウィルクスを呼び出した。初めて彼はアガサに愛想よくふるまった。

「すばらしい。すぐにそっちに行きます」

アガサはこのあと週末は休みにして、また月曜から仕事をするべきだとパトリックに言った。パトリックのふだんから憂鬱そうな顔が、さらに不満そうになった。

「それでも、おれはできるだけ調べてみるよ」

アガサは家に帰った。チャールズの姿はなかった。予備の部屋に行ってみると、彼の旅行バッグはなくなっていた。

朝になって一階に下りたアガサは孤独を嚙みしめていた。庭に出ていくと猫たちもついてきた。腰をおろす。断続的に雨が降っていたが、今はふんわりした白い雲が水色の空を流れていた。木の葉はすでに濃い緑に変わっている。じきに、日が長くなる。夜になると、自分の年齢と時のたつのが早いことを改めて嚙みしめることになるだろう。アガサは仕事部屋に行き、パソコンでメモを作りはじめた。

ドアベルが鳴り、陰鬱な考えから我に返った。ミセス・ブロクスビーだった。

「事件はどうなったのか聞こうと思って寄ったの」

「どうぞ入って」話し相手ができてうれしかった。「庭に行きましょう」

「チャールズはどこなの？」ミセス・ブロクスビーは見回した。

「オフィスの窓からどこかの女の子を見つけて、大急ぎで追いかけていったわ。バッグもなくなってる」

「戻ってくるわよ。行ったり来たりの人でしょ。それで、何があったの？」

「とても複雑なのよ。三件の殺人が起きて、どこかでつながっているという気がするの」

「最初から話してちょうだい」

「コーヒーにする？」

「いいえ、シェリーをいただきたいわ。疲れているの」

「あら！　ガーデンチェアにすわっていて。シェリーをとってくるわ」アガサは心配そうに友人を見た。「働きすぎなのよ。あなたは少し休んで、教区民の人に任せるわけにいかないの？」

「そうね」ミセス・ブロクスビーは椅子にもたれ、太陽に顔を向けた。

アガサはシェリーのデキャンタとグラスをふたつ持って戻ってきた。

「ふだんはお酒を飲まないでしょ」

「これは特別な場合だから」

「それって、どういうもの？」アガサはふたつのグラスにシェリーを注いだ。

「わたしは仕事をこなしているときに、めったに休憩をとらないの。でも、今は珍しく休憩することにしたのよ。ねえ、事件について話して」

「すでにかなり話してるわよね。でも、最初から話すわね」

ミセス・ブロクスビーはシェリーをちびちびと飲みながら、熱心に耳を傾けた。

アガサが話し終えると、ミセス・ブロクスビーはたずねた。

「キプリングを読んだことがある？」

「いいえ。それがどういう関係があるの？」

「彼はこう書いてるの。『ヒマラヤの農民が全盛期の雄熊に出会ったとき、怒鳴って脅かすと、熊はたいてい逃げていく。だが、怒鳴られた雌熊は牙と爪で農民を引き裂く。すなわち熊の雌の方が雄よりもずっと危険なのだ』」

「最後の部分は聞いたことがある。キプリングだとは知らなかったわ」

「ああ、あの人には引用句がたくさんあるのよ。ねえ、トリクシーとフェアリーはジェシカを脅していたと言ったでしょ。彼女は優秀な生徒だった。もしかしたら二人は嫉妬して、自分たちみたいにジェシカを堕落させたかったのかもしれない。そして、バート・ハヴィランドは本気でジェシカに恋をしていたのかもしれないわね。ジェシカがまだバージンだったという事実が、まちがいなくそれを裏付けているわ。だけど、ジョイスとは火遊びをしていた。ジョイスはそれを苦々しく感じ、ないがしろにされたと思った可能性がある。メイベル・スメドリーは実はコンピューターに詳しかった。たぶん夫のメールに、ジョイスと不倫している証拠を発見したのよ」

「それでも」とアガサはゆっくりと言った。「すべての殺人は関連しているという気がするの」

「深く考えすぎなのよ。列車でロンドンに行って、市内を歩きまわったり、美術館に行ったりしてきたら？」

アガサは腕時計をのぞいた。「二時なのに、まだランチも食べてないわ」

「まだ列車には間に合うわよ」

「そうするわ。シェリーを飲んでしまって。わたしはちょっと二階に行って、出かける支度をしてくるわ」

しかし庭に戻ってくると、牧師の妻はぐっすり眠りこんでいた。アガサはそっと隣の椅子にすわりこんだ。ミセス・ブロクスビーを起こしたくなかった。

そこで猫を膝にのせ、眠っていてすら安らぎを発散しているように思えるミセス・ブロクスビーの隣で平穏を味わっていた。

嫉妬か、とアガサは思った。それも一考の価値がある。元夫、ジェームズ・レイシーが、ブロンド女性をパブでもてなしていた現場に遭遇したときのことを思い出した。あのとき、アガサはみっともない修羅場を演じてしまった。嫉妬というものがどんなに人をむしばむか、どれほど完全に理性を支配するかについても思い出した。嫉妬による殺人が一件なら理解できる。しかし、三件とは！　それにかわいそうなジェシカはスメドリーとどういう関係があったのだろう？　彼がウェブサイトの常連だったという記録があれば、メイベルは怒りに駆られて殺したのかもしれない。しかし、パトリックは慎重に調べたが、スメドリーはサイトの登録者の一人ではなかった。メイベルはコンピューターコースの修了証について、警察にどう釈明したのだろう。

太陽が傾いてきて、アガサのおなかがぐうっと鳴った。ミセス・ブロクスビーがいびきをかいたので、アガサは微笑んだ。聖女のような牧師の妻でも、俗っぽい人間らしい音を立てるとわかってうれしかった。

ミセス・ブロクスビーはまたいびきをかき、喉を詰まらせ、いきなり目を覚ましてあたりを見回した。「どのぐらい眠っていたの？」

「二時間ぐらい」

「ミセス・レーズン、起こしてくれればよかったのに。列車に乗り遅れちゃったでしょ」

「いいのよ。あなたには休息が必要だった。どっちみち、気が変わってロンドンに行くのはやめたの」

ミセス・ブロクスビーは体を起こした。「いいえ、ちがうわ。親切心からわたしを寝かせておいてくれたのよ。気分がすっきりしたわ。戻った方がいいわね。主人がどうしたのだろうと心配し始めるから」

アガサは興味しんしんで彼女を見つめた。「嫉妬したことってある？」

「あら、何度も。嫉妬はありふれた人間の感情でしょ。だけど、ありふれた人間の感情が暴走すると、危険になるのよ。本当にありがとう」


ミセス・ブロクスビーが帰ってしまうと、アガサは冷凍庫をひっかき回して、電子レンジ調理できそうなものを探した。そのときドアベルが鳴った。

出てみると、ロイ・シルバーが立っていた。「ああ、アギー」彼は悲しげに叫ぶなり、おいおい泣きだした。

「入って。何があったの？」アガサはロイをリビングに連れていくと、ソファにすわらせた。クリネックスの箱を渡し、やきもきしながら辛抱強く待った。とうとうロイは洟をかんで、しゃくりあげると打ち明けた。「ぼく、クビになったんです」

「あなたがまさか！　何があったの？」

「何もかも宣伝担当をしていたビジー・スネイクスのせいなんです。〈ビューグル〉のグロリア・スミスに彼らの記事を書いてもらおうとしたんですよ」

「ロイ！　彼女は最低の人間よ！」

「だけど、ぼくをディナーに連れていってくれ、ぼくのことを前からすごいと思っていた、ぞっとするようなクライアントもうまく扱っているから、ってほめてくれた。だから、ぼくたちは気心の知れた仲なんだって思ったんです」

「あらま」

「ビジー・スネイクスはこれまで担当した中で最低のクライアントだ、コカインを鼻から吸引しているし、ホテルの部屋は荒らすし、ティーンエイジャーを誘惑するし、ってしゃべったんです」

「ああ大変！」

「彼女はそれを記事にした。二ページも。ぼくはすべてを否定したけど、彼女は全部録音してたんです。ぼくは破滅だ。だって、外見はワルみたいだけど、中身はごくふつうの家庭出身のいい子たちだっていう触れこみで売ってきたんだから」

アガサは隣でソファにもたれ、必死に頭を働かせた。やがて、彼女はこう言った。

「じゃあ、彼らも破滅したってわけね」

「そのとおり」

「今、彼らはどこにいるの？」

「ヒルトンにこもってます」

「なるほど。これから出かけていって事態を収拾するわよ」

「どうやって?」

「質問はなし」


二時間後、アガサはビジー・スネイクスの面々とヒルトンのスイートルームで向かい合っていた。ほっとしたことに、リードボーカルはそれほど酔っ払っていなかった。

「あんたたちのキャリアを救うために来たの。聞く気はある?」

「何だってするさ」彼は股ぐらをそわそわとかきながら言った。

「いい、これからの手順はこうよ。まず、わたしは〈デイリー・メール〉に連絡して、あんたたちが本当はとてもちゃんとした少年たちだっていう独占記事を載せてもらう。あんたたちは有名になって夜型の生活になり、ツアーをしているうちにすっかり堕落したという哀れな話を語る。だけど、リハビリ施設に入り、生まれ変われることを若者たちに見せたいと思っている。世間の同情を買うには、それしか方法はないわ。すべてはロイ・シルバーのおかげだ、彼は自分たちを救うために必死になってくれた、と言わないとだめよ」

「リハビリ施設なんて行きたくない」ドラマーが言った。

「じゃあ、どうしたいの？」アガサはドスのきいた声を出した。「ただすわって、名声が消えていくのをぼうっと見てるの？　もう誰もあんたたちを求めてないのよ」

全員が彼女を見つめた。やがてリードボーカルが言った。「外で待っていて」

アガサは廊下に出て待ちながら、今頃、ロイは下のロビーでそわそわしているだろうと思った。ついにドアが開いた。

「入って」リードボーカルが言った。「わかった、言うとおりにするよ」

アガサはその晩と翌日、猛烈に働き、茫然としながらも感謝の念でいっぱいのロイはできる限り彼女を手伝った。

〈デイリー・メール〉の大きな記事を満足とともに読んでから、火曜日の朝、カースリーに車で戻ってきた。ロイはバンドから「ぼくらの救世主」と呼ばれ、彼らを矯正するために何度も骨を折ってくれたが、ついには不運にもその情報を新聞にもらしてしまった、ということが書かれていた。ロイは自分のキャリアを犠牲にしてまで、あえてそうしたのだ、なぜならこれほど才能のある若者が身を持ち崩していくのを見るに堪えなかったからだ、と語った。ロイとバンドのメンバーの一人が、おしゃれなリハビリ施設の門の前に立つ感動的な写真も掲載された。

アガサはコテージに入ったとき疲労困憊《こんぱい》していた。ドリス・シンプソンがすでに猫たちにえさをあげてくれたようだった。

アガサは電話の電源を抜き、ベッドにもぐりこんだ。殺人事件は待たせておけるだろう。

11

ハリー・ビームは熱心にジョイスを尾行したが、不審な行動は何ひとつなかった。それどころか、興味深いことも一切していなかった。あちこちの商店で買い物をして、ビデオを借り、図書館に行き、夜は家で過ごしていた。

彼の変装は眼鏡と野球帽を目深にかぶるというシンプルなものだったが、ジョイスはつけられたり誰かに見張られたりすることを警戒している様子はなかった。

ある日、ハリーは彼女の尾行を中断して、現在はジェンセン・エレクトロニクスという社名になったスメドリー・エレクトロニクスに行ってみた。門にベリーがいるのが見える。つなぎの名札でベリーだとわかったし、アガサが彼と会ったときの話から人相も覚えていた。どうやら、また仕事にありついた元スタッフもいるようだ。どうしてジョイスは応募しなかったのだろう？

そのときはっと閃いた。会社はやけに早く売却された。遺産相続手続きには、もっと時間がかかるものなのでは？

アガサに電話した。つい最近、同じ疑問を持ったのだとアガサは言った。そしてパトリックが昔の警察のつてで探ってみると、すべてはもともとメイベル・スメドリーの名義になっていることが判明した。

ハリーは会社の建物を眺めながら、ジョイスがスメドリーを殺したのだろうかと考えた。もしそうなら、あのミルク瓶をどうしたのだろう？　ジョイスは大きなバッグを持っていた。もしかしたら、そこにこっそり忍ばせたのかもしれない。お湯でゆすいでゴミ箱に入れたと言っているが、警察はオフィスのゴミ箱や外のゴミ箱のどこからも瓶を発見できずにいた。

もし彼女が犯人で瓶を家に持ち帰ったら、とっておくだろうか。まずありえない。市内のゴミ箱のどこかにポイッと捨てればいいだけだ。警察はオフィスを徹底的に捜索したはずだ。

あと二日だけジョイスの尾行を継続することに決めた。

かたやアガサ、パトリック、フィルの三人はメモをもとに何度も話し合っていた。ついにアガサは疲れた声で言った。「最初に戻って、一度にひとつずつ案件を検討してみましょう。すべてを関連づけようとして問題をややこしくしているような気がする。もう一度トリクシーとフェアリーと話してみるべきじゃないかしら。今は学校の中休み期間よ。会いに行ってみましょう」

二人とも、トリクシー・ソマーズの家にいた。「トリクシーの部屋にいます」ミセス・ソマーズが不安そうに言った。「呼んできますね」

女の子たちはリビングに入ってきた。「すわってちょうだい」アガサがきびきびと言った。「何点かたずねたいことがあるの」

「もっとましなことがしたいよ」フェアリーが文句を言った。

ミセス・ソマーズが突然怒りを爆発させて、「くそったれ、この女性の質問に答えなさい！」と叫んだ。

二人ともショックを受けたようで、腰掛けると、アガサとパトリックとフィルに反抗的な目を向けた。

「さて」とアガサが口を開いた。「二人とも、ジェシカがバート・ハヴィランドと恋愛関係にあったのは知ってるわね。彼女のことをうらやましいと思った？」

「まっさかあ」フェアリーが間延びした答えを返した。「あの子はすごくうじうじしてんのよね——ま、バートの方もそうだけどさ。どうやったら結婚できるだろうって。

婚約指輪をチェーンにつけて首にかけてたっけ」

アガサはぎくりとした。ジェシカの遺体ははっきりと脳裏に焼きついている。首には指輪をつけたチェーンはぶらさがっていなかった。

「発見されたとき、遺体にはなかったわ」

「じゃあ、殺したやつがくすねたんだよ」トリクシーが言った。「もう行っていい?」

「だめ、まだよ」アガサは命じた。「バートが彼女を愛しているなら、どうしてあんなウェブサイトに出演させたの?」

「ただのおふざけで、けがわらしいことじゃないって言われたから。それにあたしたちみんな、お金を稼げるし。あの子、彼のためなら何だってやったよ」

「バートが強盗で刑務所に入っていたことをジェシカは知っていたの?」

「誰も知らなかったよ」フェアリーが言った。「かっこいいよね」

「ジェシカが数学の教師と少なくとも一度は夜に出かけたことを知っていた?」

「うん」トリクシーが言った。「ジェシカが話してたから。けちくさいやつで、ワインのことでくだくだ文句を並べて、彼女のパンティの中に入れないかずっと狙ってたんだって」

「それなのになぜ警察に話そうとしなかったの?」

「サツになんて、何もかも話さないもん」

「ねえ、もし何か知っているなら、わたしたちに話すべきよ。バートはスメドリーの秘書のジョイス・ウィルソンと関係があったってわかってるの。ジェシカはそれについて知ってた?」

「知らないと思うな」

「他の女性といっしょのところを見かけたことは?」

「ないけど、あいつは女たらしって社内で評判だったんだよね。あいつにやらせる前に病気の検査をしてもらった方がいいよ、ってジェシカに言ってたくらい」トリクシーが言った。「だって、最近じゃ、どこでうつされるかわかったもんじゃないでしょ」

ああ、無垢な若者は過去の話ね! とアガサは思った。

「もういい?」トリクシーがたずねた。

「そうね」答えながら、アガサは打ちのめされた気分だった。ジェシカの事件を解決できないばかりか、他の二件についても進展はなさそうだ、とぐったりしながら考えた。

ハリーはジョイスを見張ることをあきらめかけた。しかし夜になって、ジョイスは家から出てきてタクシーに乗りこんだ。ハリーはバイクを停めておいた通りのはずれまで走っていき、追跡にかかった。タクシーを追ってフォス街道に出ると、田舎道に折れた。アンクームに行くつもりだ、とハリーは予想した。ついに何か動きがあるかもしれない。

タクシーはまっすぐメイベル・スメドリーの家まで行った。というか、ハリーはそこはメイベルの家にちがいないと思った。バイクを藪に入れると、タクシーが走り去るのを待ち、姿を見られずに家に近づく方策を考えた。庭の塀を乗り越え、植え込みの間から忍びこんだ。家まで短いアスファルトの私道が続いていて、私道の両側にはイチイと月桂樹が植えられている。

ハリーはさらに家に近づき、月桂樹の枝をかきわけた。二人の女性はリビングに立っていた。窓にはカーテンがない。その小さな事実の重要性に、どうしてそのとき気づかなかったのだろう、と後になって悔しく思ったものだ。二人は真剣に話をしていた。残念なことに、何を言っているかは聞きとれなかった。それから二人とも立ち上がり、家から出てくるとメイベルの車に乗りこんだ。ハリーは急いでバイクを停めた場所に戻った。アガサとフィルは映画館まで尾行したときに、メイベルにばれたと話していた。用心しなくてはならない。

メイベルの車が猛スピードで走り去る間、ハリーはバイクのかたわらの藪に身を潜めていた。バイクにまたがると、じりじりするほど待ってから後を追いはじめた。村からは二本の道が出ている。片方はカースリー、もう片方はフォス街道に通じている。どちらの道に行くのか目視できるほど近づけなかったので、あてずっぽうでフォス街道の方を選んだ。

道を上りきってフォス街道に入ると、案の定、メイベルの車が二台の車をはさんで前方に見えた。慎重に距離を置いて尾行していった。ジェシカの死体が発見された場所の手前でメイベルの車は曲がった。ジョイスを家まで送っていくのだと気づいた。予想どおりジョイスを家で降ろすと、車は走り去った。

その晩遅く、フィルはメイベルに電話した。「次の約束をしていなかったね。またぜひ会いたいんだけど」

「まあうれしい。今週は予定が詰まっているの。来週の火曜はいかが？　ランチはどうかしら」

「いいとも。十二時半に迎えに行って、どこかすてきな店に連れていくよ」

その晩、ビル・ウォンがアガサを訪ねてきた。アガサはビルに行方不明の婚約指輪について報告した。ビルはいらだたしげな声をあげた。「すぐに教えてくれるべきでしたよ。ちょっと待って、この情報を電話してきます」

ビルが話し終えるのをアガサは待っていた。「検死報告書をじっくり読んでいなかったんです」ビルが言った。「首からチェーンがひきちぎられた跡がなかったか、検死医に訊かないと。それに死体発見現場に捜査員を派遣して、あたりを徹底的に捜索してその指輪を捜させます。売ろうとした人間がいないか、すべての宝飾店にも当たってみるつもりです」

「修了証について問いただされて、メイベルはどう説明したの？」

「学んだのはコンピューターの基本的なことだけだと主張していて、カレッジもそれを裏付けました。最初に警察にたずねられたとき、コンピューターのことは何も知らないと答えたのは、コンピューターの専門知識について訊かれたと思ったからだと言っています」

「こじつけばっかり」アガサが苦々しく言った。「誰か来たわ。ちょっと待って」

アガサはハリーを連れて戻ってきた。「ビル、ハリーはジョイスをずっと尾行していたの。ジョイスは今日の午後にタクシーでメイベルの家に行ったんですって。二人は話し合っていて、それからメイベルはジョイスを家に送っていったそうよ」

「興味深いな」ビルは言った。「だけど、おそらくなんでもないんでしょう。だいたい、メイベルは仕事上でジョイスとは知り合いでしたから」

「だけど、夫が不倫していた女と話をしたいと思う？」

「おそらく、まったく問題のない説明がつけられると思いますよ」

「あの人、常にまったく問題のない説明を用意しているわよね」

「ぼくが気になるのは」とハリーが口を開いた。「ミルク瓶です。行方不明の瓶です。ジョイスが瓶をバッグに入れたんなら、きっと警察はバッグの中を捜さなかったんですよ。あるいは、狭いオフィス内に隠す場所があったのかもしれない」

「警察はありとあらゆるところを捜した」

「オフィスの中に入って、ちょっと見て回れるといいんだけどなあ」ハリーは言った。

「だめだ！」ビルがきっぱりと言った。「そちらの突飛なやり方にはもううんざりだ」

「嫉妬よ」アガサがいきなり言いだした。「そして恐喝。ハヴィランドの銀行口座への入金を扱った窓口係はもう見つかったの？」

「ええ。二度ともかなり薄汚い男が預けに来たと証言しています」

「銀行の防犯カメラの記録は？」

「間に合わなかった。その日のテープはもう上書きされていた」

「ええと、ハヴィランドはジョイスと関係を持っていた。彼はジョイスがスメドリーの愛人だと知っていた。彼がメイベルに話すと脅したとしたら？　すべてはメイベルの名義だとわかっている。彼女は夫から会社をとりあげて売ることもできた。夫がメイベルを殺さなかったのは不思議よね。それにどうしてすべてが彼女の名義だったの？　彼女は虐待されている妻という印象を持っていたけど」

「彼女が自分自身の莫大な資産を持っていたのはまちがいない。あの会社を始めたとき、すべて彼女の名義だったのは周知の事実でした。だから、スメドリーが恐喝されていたなら、どうにか金を作って払っていたということです」ビルは言った。

ハリーは黙って考えこんでいた。そして、ジョイスの以前のオフィスに忍びこむためのうまい方法を思いついた。

翌日、フィルはオフィスに電話して、気分が悪いので休暇をとりたいと言った。本当はメイベルを訪ねたかったのだ。考えに考えた末、例の修了証についてはなんら問題のない説明があるにちがいないという結論にいたった。いまやメイベルと結婚することを夢想するまでになっていた。自分はメイベルよりかなり年が上だったが、メイベルは自分に多少は関心があるにちがいないと信じていた。

パトリックはすでにオフィスに出かけていたので、フィルは病気のふりをして寝ている必要はなかった。アンクームまで四キロの道のりを歩いていくことにした。

晴れていたが季節はずれの寒さで、花が咲き乱れ暖かい春が続くという期待はすでに消えていた。アンクームに着くと、メイベルがいるかもしれないと思って村の商店に寄った。それから彼女が教会でしじゅう花を活けていることを思い出したが、教会にも彼女の姿はなかった。

自宅を訪問してもかまわないはずだ。自分たちは友達なのだから。メイベルの家まで歩いていき、ドアベルを鳴らした。応答はなかったが、裏庭から煙の臭いが漂ってきた。

家の裏側に歩いていった。メイベルは石油ドラム缶のそばに立っていて、ドラム缶からは黒い煙がもくもく出ている。なぜか家の角まで後退し、首を伸ばしてこっそり観察した。彼女は家に入っていき、まもなくビデオテープを山のように抱えて戻ってきた。それをドラム缶に投げ入れ、その上にガソリンらしきものをかけた。ドラム缶をのぞくと、いらだたしげな声をあげ、また家に入っていった。

マッチをとりに行ったんだ、とフィルは思った。どうしてそんな行動に出たかわからなかったが、すばやく裏庭を突っ切り、ドラム缶からビデオテープをひとつとり、家の陰に大急ぎで戻った。そのときメイベルがマッチ箱を手にまたやってきた。マッチを擦り、それをドラム缶に放り入れると、すばやくあとずさる。ドラム缶の中身は大きな炎をあげた。

フィルは急いで立ち去った。家に着いたときには脇腹が痛く、年を感じていた。家に入っていき、防水コートの内ポケットに入れてきたビデオテープを取りだした。それからにやっとした。「なんだ、畜生。『逢びき』か。ハリーがジョイスを連れていった映画だ」声に出して言った。メイベルは家を片付けているにちがいない。しかし、メイベルのような慈善家が、どうしてビデオを教会のバザーに出すとか老人クラブに寄付するとかしなかったのだろうと訝しく思った。

ともあれ見てみた方がよさそうだ。おれは病気だっていうことになっているし、時間はある。いまどき、まだビデオテープを持っている人間がいるのも妙だ。最近はみんなDVDになったのかと思った。

捨てていなかったことに感謝しながら、古いビデオプレイヤーを取りだしてきてセットすると、ビデオを挿入した。

肘掛け椅子に寄りかかった。とたんに背筋を伸ばし、ぞっとしながら画面を見つめた。

あわてて電話をとり、アガサに電話した。「おれのコテージにすぐに来てもらった方がよさそうだ」震える声で伝えた。「ぜひ見てもらいたいものがあるんだ」

アガサとパトリックが到着してみると、フィルは顔が青白く震えていた。

「ずいぶん具合が悪そうね」アガサは言った。

「病気のせいじゃない。メイベルに会いに行ったんだ。彼女は裏庭でビデオを燃やしていて、おれには気づかなかった。理由はわからないが、彼女がマッチをとりに家に入っていった隙に一本とったんだ。見てくれ！」

二人は画面を見つめた。ジェシカ、トリクシー、フェアリーがバート・ハヴィランドの家のベッドらしきところで、じゃれあっている。

「これは『逢びき』と書かれたビデオに入っていたんだ」フィルは言った。「でも、きっと問題のない説明ができるはずだ。メイベルは中身が何かを知らなかったのかもしれない」

「いいえ、知ってたわよ」アガサは言った。「自分でも気づいていないかもしれないけどね、フィル、あなたは心の底では彼女を信用していなかった。でなかったら、こんなふうに行動しなかったはずよ」

「自分は彼女を賞賛していると思っていた」フィルは低い声でつぶやいた。

「ともあれ、警察に話した方がいい」パトリックが言った。

「まだよ。彼女は無実を訴えるし、それでおしまいになってしまう。ミセス・ブロクスビーは嫉妬がすべての事件を結びつけるんじゃないかって言っていた。このハヴィランドって男は手当たり次第に女と寝ているみたいね。ええ、たしかに彼はジェシカと恋に落ちているようだった。でも、それを表現するのに妙なやり方をするものね。もしも……もしもだけど、ハヴィランドがメイベルとの不倫にのめりこんでいたら？　メイベルとは顔見知りのはずよ。捨てられた二人の女がハヴィランドに恨みを持っていたら？　ハヴィランドがこうしたビデオをスメドリーに渡していたのかもしれない。メイベルはそれを知って、そのことでハヴィランドと夫とジェシカに対する憎悪がふくれあがった。メイベルの写真はまだ持っている、フィル？」

「ああ、もちろんだ」何度それらをとりだして見とれていたことかとフィルは悲しくなった。このビデオを盗むとは自分でも信じられなかった。しかし、あの修了証を見つけてから、心のどこかで彼女を疑いはじめていたのだ。

「こういう計画で行くわ」アガサが言った。

「メイベルとハヴィランドの写真を用意して、この周辺のホテルとレストランをすべてあたり、二人いっしょに目撃されていないか確認する。おそらくスメドリーが妻を尾行させたかったのは、それが理由だったのかもしれない。ハヴィランドはスメドリーを恐喝していて、スメドリーは妻がハヴィランドと親しいのではないかと疑った。ハリーに電話して、彼にも調査に加わってもらうわ」

だが、ハリーの電話はつながらなかった。

新しい経営者の名前を調べだしたハリーは、ジェンセン・エレクトロニクスの受付に現れ、ジョン・マクラウドという偽名を名乗り、ミスター・ジェンセンと約束がある、と言った。

受付係は電話をとり、それを伝えた。それからハリーに言った。「ミスター・ジェンセンの秘書はお約束は入っていないと申しております。それに、ミスター・ジェンセンは仕事で留守なので、今日のお約束は入れておりません」

「手違いが起きたのかもしれない」ハリーは言った。「秘書の方と話ができますか？」

受付係はまた電話をとった。それから話し終えると受話器を置いて言った。

「おかけください。ミス・モリソンがすぐに参ります」

ハリーはひっかけられそうな女の子であることを祈ったが、ミス・モリソンは中年のスコットランド人で、悪ふざけとは無縁のきびきびした態度の女性だった。

「ミスター・マクラウドですか？　時間のむだですよ」

「でも、ミスター・ジェンセン本人からの手紙があるんです」

会社のゴミ箱は朝に回収してもらうために前夜に道路に並べられた。ハリーはそれをひっかき回し、シュレッダーにかけられていない便箋を見つけた。レターヘッドをパソコンで慎重にコピーすると、あなたの履歴書にいたく感心したので、その日の十一時半にオフィスに来てほしい、というミスター・ジョージ・ジェンセンからの手紙をでっちあげたのだった。

ミス・モリソンは眉をつりあげてその手紙を読んだ。「社長はこの件で何も言っておりませんでした。こちらにどうぞ」

ハリーは彼女についてオフィスに行った。「おかけください」彼女は指示した。「ボスの予定表をチェックしてきます」

ハリーはすばやく見回した。ファイル棚がふたつ、デスク、パソコン、タイプ用の椅子ひとつと何脚かの訪問者用の椅子。大きなモンステラの木。秘書の部屋の奥には小さなキッチンがあり、流しの横にコーヒーマシンが置かれている。

さっと見る時間しかなかった。彼女がすぐに戻ってきて、こう言ったからだ。

「予定表には何もありませんでした。電話番号を残していただければ、ミスター・ジェンセンが戻ってきたらこちらからお電話します」

ハリーは立ち上がり、礼を言った。モンステラに目を留めた。「見事な木ですね」時間を稼ごうとして言った。彼女を会話にひきこめれば、オフィスをもっとよく見られるかもしれない。

「ああ、それね」彼女はうんざりしたように鼻を鳴らした。「まさか気に入ったんじゃないでしょう？　前の人が置いていったのよ。窓からの光を遮るから困るわ」

「いや、いずれありがたく感じますよ。この状況だと、快適な夏にはなりそうもありませんから」

「そろそろ、おひきとりください。あなたと一日じゅうおしゃべりしている時間はないの。電話するわ。番号は？」

ハリーはでたらめの電話番号を伝えてから去った。

門の外に立って、必死に考えていた。あのモンステラについて考えた。警察が見逃すことがありうるだろうか？　ジョイスは植物の根元に穴を掘り、ミルク瓶を埋めることができただろうか？　だとしたら、すべてが落ち着いたら、瓶を掘り出して処分するつもりなのか？

ハリーはビル・ウォンに会って、その考えをぶつけてみることにした。バイクに乗って警察に行ったが、ビルは外出していると言われた。

警察署の正面にある駐車場の向かいのカフェに入った。そこからだと建物の出入りが見張れる。野球帽と眼鏡をはずした。ビルはどうしてモンステラについて知ったのかとたずねるだろう。しかし、アガサがジョイスの住所を訊くためにチャールズといっしょにあのオフィスに入ったことは、調査報告書に書かれていたはずだ。

携帯電話を取りだして、チャールズに電話した。アガサがかけても、たいていグスタフや叔母に邪魔されるのだが、チャールズ本人が電話に出た。「ジョイスのオフィスに行ったとき、モンステラの鉢がありましたか？」

「覚えてないな。どうして？」

「別に。自分のメモを確認していただけです」若い女性の声が遠くから呼んでいる。

「どこなの、チャールズ？」

かわいそうなアガサ、とハリーは思いながら電話を切った。アガサがチャールズに本気じゃないといいんだけど。

また広場に目を向けると、ちょうどビルが車から降りてくるところだった。

ハリーは広場を走っていき、警察署の階段でビルをつかまえた。

「なんでまたきちんとした格好をしているんだ?」ビルは不機嫌だった。「ウィルクスに見られたら、ジョイスといっしょにいた青年のことを思い出すかもしれない」

「そのことは今は気にしないでください。ジョイスの以前のオフィスに大きな鉢に入った馬鹿でかいモンステラの木があるんです」

「それで?」

「そこならミルク瓶を簡単に埋められる」

「誰かが調べたはずだ。チェックしてみるよ」

警察署に入っていきながら、ビルはあれこれつなぎあわせてみた。彼はウィルクスに会いに行った。「馬鹿な素人集団」とウィルクスが呼んでいる人間から聞いたと言ったら、真剣にとりあってもらえないだろう。

「ふと閃いたことがあるんですが、警部」ビルは切りだした。

「ほう、いいとも。話したまえ」

「ジョイスの以前のオフィスには大きなモンステラの木があるんです」

「モンステラとは？」

「観葉植物で、大きな鉢に若木が植わっているような感じです。もしもジョイスが犯人なら、その行方不明の瓶を鉢に埋めたんじゃないでしょうか？」

「鑑識班はオフィス内のありとあらゆるものを調べたんだぞ。それにそんな巨大なものなら、新しい秘書がたぶん処分してしまっただろう」

「電話して確認してみても損はないかと」

「いいか、今ある事件で手一杯なんだ。三件の殺人事件に大量の押し込みだ。放っておけ」

アガサはやっとハリーと電話がつながり、メイベルがバートといっしょにいるのを目撃されていないか、周辺のホテルやレストランを調べるのに加わるように指示した。彼の分のメイベルとバートの写真はオフィスに置いてあると伝えた。

フィルはメイベルからデートをキャンセルして、来週に延期してほしい、というメールをもらった。メイベルに関するすべてのことには罪のない説明がつくはずだ、とフィルはまだ心のどこかで期待していた。

ハリーはオフィスで写真を手にすると考えこんだ。メイベルとバートはいっしょにどこに行ったのだろう——つまり、もしもいっしょに行ったとしたらだが。

父親にたずねてみることにした。父は成功した建築家だ。だが秘書との不倫を妻に見つかり、両親の結婚生活はあわや壊れかけたのだった。

その晩、ハリーは両親の家に行った。父親のジェレミー・ビームは息子を歓迎した。

「お母さんは女性協会の会合に行ってるんだ。まだ探偵事務所で働いているのかい？」

「うん、それで来たんだよ。既婚女性が夫の会社の若い従業員と不倫しているなら、ミルセスター周辺のどのホテルとかレストランに行くかな？」

「なんと！　つまり、わたしが知っているとでも？」

ハリーは無言で待った。

「考えさせてくれ」父親は言った。

「ねえ、お願いだから。あの若い子をどこに連れていったの？」

「生意気な口をきくんじゃない」

「ねえ、頼むよ、父さん。重要なことなんだ」

「そうか」ジェレミーはため息をついた。「マナーっていう田舎の小さなホテルがあるんだ。トゥビー・マグナ村に」

「トゥビー・マグナってどこにあるの？」

「ミルセスター・バイパスを走って、イヴシャム・ロードとぶつかるところまでまっすぐ行く。その先に看板が出ている」

ハリーは期待に胸をふくらませて出発した。最近はずっと幸運に恵まれていたので、メイベルやバートの人相に似た人間は見かけていない、とホテルで言われたときには意外に感じたほどだった。

その晩、アガサは眠れなかった。メイベルがバートといっしょにいるのを目撃されていたら、どうなる？　警察に言っても、ウィルクスはどうしてそんなことを思いついたのだと訊くだろう。ビデオテープを警察にさっさと提出して、さっきフィルが見つけたというふりをする必要がありそうだ。

アガサの考えはさっきまで筋の通ったすばらしいものに思えたが、今は見当外れに感じられてきた。メイベルのぱっとしない外見のせいで、ずっと中年だと考えていたのは失敗だった。彼女は実はかなり若いのだ。

ビル・ウォンもやはり眠れぬ夜を過ごしていた。自分で鑑識班にたずねたが、二人は休暇中で、一人は辞めていて、残りの連中は誰が鉢を調べたのか覚えていなかった。

アガサ、フィル、パトリック、ハリーは翌朝、行った場所のリストを手にオフィスに集まった。こうすれば、誰かがすでに訪れた場所にまた行くという二度手間を避けられる。

車に乗りこみながら、アガサは考えていた。二人が不倫をしていたのなら、バートの部屋に行けばいいだけのことよね。もしかしたら時間のむだかもしれない。あと一日だけ調べてみよう。


ハリーも同じ結論にたどり着いた。彼はバートが住んでいた地区に向かった。階段を上ったり下りたりして、あちこちのドアをたたいたが、建物はしんと静まり返っていた。みんな仕事に出ているにちがいない。あきらめかけたとき、一人の男が買い物袋をふたつさげて建物に入っていくのが見えた。

「力を貸していただけないでしょうか」ハリーは声をかけた。「探偵事務所で働いている者ですが」

「お母さんのところで働いているんだろ。先週、彼女がいろいろ質問していったよ。

おれはバーデンだ」

「いえ、母じゃありません」ハリーは辛抱強く説明した。「ぼくはミセス・レーズンに雇われています。ここに写真があるので、見覚えのある人がいないか見ていただけませんか？」

「煙草を買うのを忘れた。煙草がないと頭が働かないんだ」

「買ってきますよ。何号室ですか？」

「八号室」

「銘柄は？」

「ロスマンズだ。ワンカートン頼む」

欲張りな野郎だ、とハリーは思ったが、角の店まで走っていき、ワンカートン買った。

「さて」とハリーは煙草を渡すと、ミスター・バーデンの口からぶらさがっている安い手巻き煙草に非難の目を向けないようにしながら切りだした。「見てください」

「お茶を淹れてくれ」

ハリーはキッチンに行った。流しは油がこびりついた洗っていない皿でいっぱいだった。あちこち探して、ようやくきれいなマグカップをひとつ見つけた。

「濃くしてくれ」リビングから指示が飛んできた。ハリーはティーバッグをふたつ入れ、お茶がほとんど黒くなるまで湯の中でゆすった。「ミルクと砂糖は？」彼は叫んだ。

「角砂糖五つ、ミルクは冷蔵庫の中だ」

ハリーはマグを運んでいくと、写真のフォルダーを開いて、メイベルのものを選びだした。

「この女性を見たことがありますか？」

ミスター・バーデンがいそいそと煙草のカートンを破り、一パックとって封を開け、一本抜き出し、手巻き煙草を消してから新しい煙草をくわえて火をつけるまで、辛抱強くハリーは待った。ミスター・バーデンはお茶をひと口飲むと言った。

「いいよ。見せてくれ」

とんでもなく顔をしかめて写真を見てから、表情を戻した。「ああ、彼女か」

「彼女を見たことがあるんですか？」

ハリーは興奮を抑えきれなかった。

「窓から見かけたんだ。真夜中だったね。眠れなくて。前立腺のせいさ。ひと晩じゅう小便、小便でさ。医者が言うには——」

「だけど、彼女を見た」ハリーはさえぎった。「彼女は車に乗りこむところで、殺されたやつはそこに立っていた。彼女は何か男にわめいていたよ。女が不細工だから覚えていたんだ。いつもここに来ている若い女たちとちがって」

「事件からどのぐらい前のことですか？」

「わからない。一週間ぐらいかな」

「警察に言いましたか？」

「いや。事件の夜に訪ねてきた人についてしか質問されなかったから」

「大変ありがとうございました、ミスター・バーデン」

「ちょっと待ってくれないか、若いの。おれ、十一時にパブに行くんだ」

「もう失礼しないと」

ビル・ウォンはウィルクスの怒りを買う危険を承知で、ウィルクスに報告した日の午後遅く、ジェンセン・エレクトロニクスに入っていった。捜索令状を見せろとは言われないと踏んだのだ。待つように言われ、ミス・モリソンに応対された。ビルがオフィスのモンステラの木を調べたいと言うと、彼女は眉をつりあげた。

「丸一日かからないでしょうね。わたしはやらなくてはならない仕事があるんです」

ビルは彼女のあとからオフィスに行くと、窓辺に緑の葉が茂る大きなモンステラの鉢が置かれていた。ビルは細い金属棒を取りだした。

「木を傷つけないようにやりますから」

「どうぞお気遣いなく。その木、邪魔なんです」

ビルは鉢のそばにしゃがむと、棒を土に差しこんだ。何か固いものにぶつかった。たぶん鉢底か、底石だろう。

ポケットからゴミ袋を取りだし、別のポケットから移植ごてを出すと、土をすくって袋に入れはじめた。ときどき土を削り取る方法を変えながら、どんどんすくっていった。鉢の奥でガラスが光っているのが見えた。そっと土をすくっていくと、ついにミルク瓶の一部が現れた。

やったね、ハリー・ビーム、と彼は思った。携帯電話を取りだして、ウィルクスにかけた。


アガサ、パトリック、ハリー、フィルは彼女のコテージにいた。

「そうね」アガサは言った。「明日の朝、メイベルと対決して、手に入れた証拠を突きつけましょう」

「警察に言うべきだと思う」パトリックが言った。

「わたしたちは連中が見つけられなかった事実を見つけだしたのよ。まず彼女と会ってから、警察に報告すればいいわ」

翌朝、四人はアンクームに出発した。ハリーはアガサにミルク瓶の推理について話すべきかどうか迷ったが、黙っていることにした。自分ではなく警察に話したことで、アガサは腹を立てるだろう。

パトリックとフィルはアガサの車に乗り、ハリーはバイクでついていった。

メイベルの家の私道は空っぽだった。車がなくなっている。

「彼女を待ちましょう」アガサは言った。

「おい」パトリックが車から降りた。「あの家はやけにがらんとした感じがするぞ」

彼は窓辺に歩いていき、中をのぞきこんだ。くるりと振り向いた。「何もかもなくなっている。家具も全部。すべて」

「家を売って引っ越したにちがいない」

「〝売り家〟の看板がまだ立ってるわ」アガサが言った。「もう売れているなら、絶対に不動産会社は大きな〝売却済み〟という看板を立ててるはずよ。警察に報告した方がよさそうね」

電話をすると、ビル・ウォンもウィルクスもいないが、伝言はすると言われた。そこでアガサはメイベル・スメドリーが姿を消したようだ、と緊急の伝言を残した。メイベルの家の外にいるので誰かが来るまで待っていると。

警察は改めてジョイスの家を捜索し終えたところだった。ビルは前の晩に捜索するべきだと主張していたのだが、ウィルクスをつかまえ、ウィルクスが朝になって捜査チームを手配したときにはもう遅すぎた。彼女の姿はすでになく、家具はすべて置かれたままだったが、服の一部がなくなっていた。

アガサがメイベル・スメドリーの家にいて、メイベルが家の家具などをすべて売るか預けるかして姿を消していると伝言があった、とビルは署から伝えられた。

ウィルクスとビルと巡査一名はアンクームに急行した。

「どうして彼女を訪問したんですか？」ビルがたずねた。「全員そろって、まさか社交上の訪問じゃないでしょう？」

アガサはビデオテープを渡した。

「最初にフィルが彼女を訪ねたの――二人は友達だから。で、裏庭で何かを大量に焼いたらしいドラム缶の脇に、これがころがっているのを見つけたのよ。家に持ち帰って観たら、女の子たちのウェブサイトのビデオだった。フィルは窓からのぞかずに、彼女がいるんじゃないかと思ってまっすぐ裏庭に回ったのよ。彼からその話を聞いたので、メイベル本人から説明をしてもらおうと思って、みんなで来たわけ」

「ただちにわたしに電話するべきだった！」ウィルクスが怒った。

「それでもちがいはなかったでしょ」アガサはむっとして言い返した。「彼女はとうにいなくなってたんだから。ジョイスの件はどうなったの？」

「ジョイスもいなくなっていました」ビルが答えた。「ついに行方不明のミルク瓶を見つけましたよ。秘書のオフィスのモンステラの鉢に埋められていたんです。古いスタッフの一部が新しい会社で雇われているので、たぶんきのうぼくが訪ねてきてミルク瓶を発見したことを秘書が社員に話し、古いスタッフの誰かがジョイスに電話したんですよ」

ウィルクスは携帯電話を取りだした。「すべての空港と港と駅に緊急配備を敷く。ミセス・スメドリーの車のナンバーは？」

「わかります」フィルが言って、ノートをとりだした。読み上げると、ウィルクスは電話口でそれを伝えた。

「家を捜索させるために捜査チームを呼ぶつもりだ」電話を切ると、ウィルクスが言った。「あんたたち全員、署に来てもらう。全員から供述をとりたい。ジェンセンの秘書は、社長との予約をでっちあげた青年が訪ねてきたと言っているんだが、その訪問があんたたちと関係があるのかどうか知りたいものだ」


取調室に入ると、ウィルクスはテープのスイッチを入れ、重々しく言った。

「さてミセス・レーズン、最初から話していただきましょうか。あなたはあきらかにメイベル・スメドリーを疑っていた。さもなければミスター・フィル・ウィザースプーンは『逢びき』と書いてあるビデオテープを調べようとしなかっただろう」

「ともかく今日、あなたに会いに来るつもりだったのよ。ゆうべハリーは、メイベルがハヴィランドの部屋の外で彼と言い争っていたという目撃情報をつかんだ。なんとなく殺人事件はすべて関連しているんじゃないかという気がしたの。ハヴィランドがジョイスだけじゃなくメイベルとも寝てたのに、ジェシカと結婚しようと決心したのなら、嫉妬が動機になるかもしれない。今はたぶんメイベルとジョイスが共謀したんだと考えているわ。メイベルには支配的で暴力的な夫がいた。夫自身は不倫しているくせに、妻には不倫を許さなかった。一方、スメドリーは妻とハヴィランドの仲を疑っていたんじゃないかと思う。だから、うちに依頼し、妻を見張らせた。メイベルはジェシカのビデオを発見したので、火に油を注ぐ結果になった。ジェシカの殺害がなぜ性的なものではなかったか、それで説明がつくわ。どちらかの女性が彼女を殺したのよ」

「ジョイス・ウィルソンが高飛びした理由はわかる。しかし、どうしてミセス・スメドリーまで？　彼女が何かやったという証拠は何もないんだが」

「警察が何か見つける場合に備えて、メイベルは前から逃亡計画を立てていたんだと思うわ。彼女には家財を倉庫に預ける時間もあった。きっとそうよ。だけど彼女を逃がしたと、わたしたちを責めることはできないわよ」

聴取は延々と続き、その晩、スタッフたちがアガサのオフィスに集まったときは、全員がくたくただった。

「ミルク瓶のことは黙ってました」ハリーが言った。「ぼくを調べたのはビルじゃなくて、素人探偵がどんなにしゃくに障るかをくどくどしゃべって取り調べを何度も中断し、ろくに仕事をしない刑事だったから」

「あの二人、どこに行ったのかしら？」アガサが嘆いた。

「どこだってありえるな」パトリックが暗い声を出した。

「ジョイスが主導権を握っていたのかしら?」アガサが考えこんだ。「ジョイスはお金がなかったけれど、ハリーによれば欲張りだった。メイベルに逃亡を強制したのかも。自分を助けてくれなかったら、彼女のことをばらすしかないって。ちょっと待って。ジョイスはスコットランドの北部とか、ウェールズの山間になんかひっこみたくないわよね。贅沢なことが好きなんだから。ハリー、会社に古いスタッフで知っている人がいた?」

「いいえ、一人も。ああ、あの警備員、ベリーは門にいたな。名札が見えたんです」

「まず彼を訪ねてみましょう」アガサは言った。「今頃家に帰ってるわ」

ベリーはテレビでフットボールの試合を観ていたので、邪魔されていらついているようだった。

「ジョイスが世間話をしていたようなスタッフが、まだ働いているのか知りたいんです」アガサは言った。

「メアリ・ペンスがいる。二人は親しかった。たしか、ジョイスの家の近くに部屋を借りたって言ってたよ」

アガサとパトリックは急いでそこに向かった。ジョイスが住んでいた通りまで行くと、両側の家を片っ端から調べはじめた。ジョイスの家とちがって、どの家も貸部屋に分割されていた。「ここだ」ついにパトリックが言った。「最上階、メアリ・ペンス」彼はドアベルを押した。

ヒールのカタカタいう音が聞こえ、若い女性がドアを開けた。小柄できちんとしていて、砂色の髪で小作りな顔をしている。

アガサは深呼吸をすると自己紹介をし、なぜ訪ねてきたかを説明した。メアリは片手で口を押さえ、驚きのあまりくぐもった声をもらした。

「入っていただいた方がよさそうね」彼女は力なく言った。

二人は彼女のあとから急な階段を上がって最上階まで行った。

「ここがあたしの部屋《スタジオ》なんです」スタジオというのは、キッチンと極小のシャワールームをくっつけたワンルームに、不動産会社がつけた名前だった。

「お茶かコーヒーでも？」メアリがたずねた。

「いえ、けっこうよ。ジョイスが暮らしたがっていた場所について、海外とかどこかの町の名を口にしたことがあるかどうか、どうしても知りたいの」

メアリは眉をひそめた。「考えてみますね。ジョイスが誰かを殺したなんて、本当に信じられない。あたしたち、よく冗談を言い合って過ごしてました。あたしはきのう彼女に電話して、こう言ったんです。『わくわくすることがあったの、想像もつかないことよ。モンステラの鉢からミルク瓶が発見されたの』話してもかまわないと思ったんです。親友でしたから。彼女が悪いことをしたなんて、一瞬たりとも信じられません」

「彼女がロバート・スメドリーと不倫していたことは知っていた？」

「まさか！　絶対ありえない。だって、いつもボーイフレンドがいないことで、ジョイスをからかっていたぐらいなんです」

「一軒家をどうして借りられたのか、不思議に思わなかったの？」

「両親が裕福だって話してました。なんてこと。ずっと嘘ばかり話してたんだわ」

「休暇に海外に行ったことはあった？」

「一度だけ週末を利用して。ええと、どこだったか。お父さんにスペインのマルベリャに連れていってもらうって話していました」

「たぶん、お父さんっていうのはロバート・スメドリーだったのよ」

「ああ、そういえば、すごくきれいな土地だったから、そこで暮らしたいって、ずっと言っていたわ」

アガサは一刻も早く帰りたくなった。メアリに礼を言うと、外に出た。

「家に帰って急いで荷造りよ」アガサは言った。「フィルとハリーに留守を守るように頼むわ」

12

メイベルは巧みな運転でスペインをぐんぐん走っていた。疲れて、気が滅入っていた。一人だけできれいさっぱり姿を消すつもりだった。家具はすべて倉庫に預け、お金はケイマン諸島のオフショア口座にすでに移してあった。

そこへジョイスがやってきて、ミルク瓶が発見された、メイベルが逃亡を助けてくれなかったら、すべてを警察に話す、と脅してきた。ジョイスは主導権を握り、マルベリャに行きたいと言いだした。スペインはもうイギリスの犯罪者をかくまってくれないから、見つかったら二人とも引き渡される、とメイベルは警告したが、ジョイスは意思を曲げようとしなかった。メイベルは何もかもが恐ろしいまちがいだったと悟った。あんなに取り乱して怯えていなければ、そして一人だったら、ロンドンに偽名で潜伏し、偽造パスポートを入手する算段をしただろう。メイベルはマルベリャには一晩だけ滞在して、ジョイスの口を封じ、それから移動するつもりだった。

メイベルはイングランドの南部に自分の車を捨ててきたので、新しいランドローバーを現金で買った。

マルベリャに着いたら、ジョイスを処分する方法を考えるつもりだった。メイベルはジョイスが大嫌いだったが、それ以上に大きな憎しみのせいで彼女と手を組んだのだ。かつてはあんなに愛していた夫をどうしても亡き者にしたかったから。夫が自分と結婚したのはたんにお金のためだということは、しばらくたつまで頭に浮かばなかった。最初のうちはエレクトロニクスの会社を興したことで、夫を賞賛していたし、夫は業界の大物だと信じていた。しかし、しだいに彼は傲慢になり所有欲をむきだしにし、威張るようになった。夫の所有欲が強いのは愛情からではなく、妻が別の男を見つけたら金を奪われると恐れていたからだった。メイベルはすぐにそのことに気づいた。メイベルはハヴィランドと出会ったとき、少女時代の夢が現実になったような気がした。ハヴィランドは自分に恋をしているのだと確信していたが、夫と離婚するつもりだと話すと、ジェシカのことを打ち明けられた。さらに嫉妬深いジョイスはハヴィランドの部屋を見張っていて、メイベルとの関係を知った。ジョイスがメイベルを訪ねてきたので、メイベルは最初のうちは裏切られた女性同士で痛みを分かちあうことができて喜んでいた。いずれにせよ、メイベルは夫に離婚したいと告げた。夫はメイベルを殴りつけ、殺してやると脅した。

それから、あのビデオを発見した。ジェシカに対する嫉妬はメイベルの心をむしばみ、ジェシカを尾行するようになった。それによって少女がナイトクラブに行っていることを知った。ナイトクラブ帰りに、よく少女が殺されている。そうじゃない？と自分の胸に問いかけた。ジェシカがクラブを出るのを待っていた。友人といっしょだったら計画をあきらめていただろう。しかし一人だったので、バイパス沿いで待っていて、ジェシカが現れるとすばやく近づいた。自己紹介して言った。「あなたみたいな若い子が、こんな夜遅くに何をしていたの？」ジェシカはクラブからの帰り道だと答えた。「家はどこ？」メイベルは知らないふりをしてたずねた。ジェシカが住所を言うと、メイベルは言った。「乗って。送っていくわ」そして信じやすいジェシカは言われたとおりにした。

ジェシカがこう言いはじめたときだった。「これ、家への道とちがいます」メイベルは路肩に車を停めると、バッグからナイフを取りだし、胸を突き刺した。少女が息絶えるまで辛抱強く待ち、それから通りかかる車がいなくなったときに、車から死体をひきずり下ろして路肩から土手の下に落とし、森の方までひきずっていったのだ。

警察が性犯罪だと考えることを期待して、パンティを引き裂いた。そのとき、ジェシカの首にかかっているチェーンにつけた指輪が目に入った。婚約指輪だ。怒りにまかせて、死んだ少女の首からそれをひきちぎった。

二日後、キッチンの隠し場所から凶器のナイフを取りだして、庭に埋めることにした。背後にいきなり夫が現れた。彼はナイフを見下ろして言った。「おまえがジェシカを殺したんだな」

メイベルはおののきながら夫を見た。すると、会社とすべての金と家を夫に譲るという書類にサインをしなかったら、警察に行く、と彼は言った。彼女はそうすると約束した。他にどうすることができただろう？

そのとき、ジョイスの力を借りる決意をして、騒ぎが収まったら二十五万ポンドを支払うと約束した。やがて夫が探偵を雇ったことを知って警戒し、調査を中止させないと、何もサインしないと伝えたのだった。

助手席にすわっているジョイスは、ロバート・スメドリーを殺すつもりはない、と断ったことを思い返していた。その決意もバースでの週末までのことだった。あのときスメドリーは、妻と離婚するつもりはない、と平然と言ってのけたのだ。

ロバートを殺した後、最初は幸運が信じられなかった。警察は絶対に植物の鉢を調べるだろうから、なにがなんでもミルク瓶をオフィスから持ち出さなかったことを悔やんだ。オフィスに戻ったときは、もうミルク瓶を掘りだす勇気が出なかった。警察はまだ見つけていない。このままにしておいた方がいいだろう。そう考えたのだ。なんて馬鹿だったのか！

やがて、事態が落ち着くかと思われたとき、ハヴィランドがメイベルを訪ねてきて、彼女とジョイスの両方と関係を持っていたことを警察に話すと恐喝してきた。どちらかがジェシカを殺したにちがいない、と彼は責めた。

パニックになり、二人はいっしょにハヴィランドの部屋に行き、彼を殺害した。

ジョイスは頭の中で計画を練り直した。メイベルのお金を独り占めしてもいいんじゃない？　ケイマン諸島の口座を警察に凍結される可能性を考え、メイベルは大金を所持していた。事故や食中毒みたいに見せかけて、メイベルを亡き者にするのがいいだろう。

翌朝、アガサとパトリックはイベリア航空でマルベリャに飛んだ。これまで海外に行ったことは一度もない、とパトリックは自分から打ち明けた。何度も不思議に思ったことだが、憂鬱そうな顔をして髪が薄くなりかけた元刑事のどこにミス・シムズは惹かれたのだろう、と改めてアガサは首を傾げた。パトリックはダークスーツにストライプのネクタイをしめ、ピカピカに磨いた黒い靴をはいていた。引退していても、どこから見ても警官よね、とアガサは思った。

「薄手の服も持ってきたのならいいけど」アガサは言った。「向こうは暑くなりそうよ。ガイドブックを調べて、二人がどこに向かったか推測してみたの。ジョイスはビーチに行きたがるだろうけど、すごくたくさんあるのよ——カサブランカ、ラ・フォンタニージャ、エル・ファロ。あ、ここにもある。ナゲレス・ビーチ。マルベリャのゴールデン・マイルにあるって書いてあるわ。ホテル・プエンテ・ロマーノとホテル・マルベリャ・クラブっていうホテルがあるわね。いかにもジョイスが泊まりたがるようなところだわ。もっともメイベルが裏通りの安宿に潜伏しようって説得できたなら別だけど」

「おれはそのことが心配なんだ。当然、メイベルはジョイスが行きたがる場所におとなしくついていかないだろう」

「行くしかないのかも。ジョイスが警察に行くって脅しているのよ。だって、メイベルがすべての殺人の張本人で、ジョイスはただの共犯者かもしれない」

「そのガイドブックを見せてくれ」パトリックが言った。

彼はパラパラとページをめくった。「すごく広い場所だな」とうめいた。

「やってみるしかないわ」

「まあ、あんたがそう言うなら。だけど、今頃、インターポールが乗りだしているよ」

「連中はスペインのことは知らないけど、わたしたちは知ってるもの」


ジョイスはホテルのバルコニーに出て、太陽が降り注ぐ外の空気を思い切り吸いこんだ。コバルト色の海沿いに金色に輝く砂浜が続いている。遊歩道を青年が散歩していた。こちらを見上げたので、二階のバルコニーにいたジョイスは投げキスを送った。ジョイスは上機嫌だった。これこそ人生よ！　スイートルームに戻ると、興奮して言った。「ここは本当に美しいわ。今夜はクラブに出かけましょうよ」


荷物を解いていたメイベルは顔を上げた。「いえ、だめよ」感情のこもらない声だった。「そこまであなたの言いなりにならないわ、ジョイス。部屋にずっといて、食事も運んでもらいましょう。どこに行けば安全か、わたしが決めるまではね」

「ここにいたら絶対に見つからないわ。ＥＵのおかげで、パスポートにスタンプを押してもらう必要もなかったし」

「国境の警備兵がわたしたちを覚えているかもしれない。マルベリャは今も泥棒の情報交換場所として有名なの。警察はここを思いつくかもしれない」

「だけど、それって列車強盗とか一流のペテン師とかでしょ。あたしたちはただの……」

「三人も殺した犯人よ。もう黙って、わたしに考えさせて」

「わかったわよ。ミニバーを見てくる」

ジョイスは扉を開いた。「何でもそろってるわよ」

「わたしにも何か作って。窓を閉めてエアコンを入れてね。冷たい水で顔を洗ってくるわ」

ジョイスはラムのボトルとコークの小瓶二本、それにグラスをふたつ取りだした。ベッドのところに行き、バッグをひっかき回して睡眠薬の瓶を見つけた。それをマニキュアを塗った長い爪で開けると、中身を片方のグラスに入れた。それから、両方のグラスにたっぷりラムを入れ、コークをなみなみと注いだ。

そのとき、メイベルが現れた。「ブラジルはどうかと考えていたの。あの列車強盗のロニー・ビッグズがずっと隠れていられるなら、わたしたちだってそれが可能なはずよ。一杯やったら、手配にとりかかるわ。窓、閉めてないじゃないの」

「ごめんなさい」ジョイスはメイベルに飲み物を渡すと、歩いていって窓を閉めた。

太陽と海のすばらしい風景を閉めだすのは本当は気が進まなかったのだが。

メイベルは飲み物を見た。表面に白い粉が浮いている。すばやくジョイスのグラスと交換した。

「わたしたちに乾杯」メイベルは言って、グラスを掲げた。

「幸運に」ジョイスは言った。「どうやってブラジルまで行くの？」

「飛行機はもう危険よ。たぶんリスボンまで車で行って、そこから船便があるか調べるわ」

ジョイスはごくごくお酒を飲みながら、メイベルが眠そうな様子を見せるか観察していた。まもなく自分がふらついてきたときは信じられなかった。ジョイスは立ち上がってよろめいた。

「疲れているみたいね」メイベルが言って、彼女を寝室の方に連れていった。「横になったら」

ジョイスは抵抗しはじめた。「グラスを交換したでしょ」

「幻覚を見てるのよ」メイベルは無理やりジョイスをベッドに寝かせた。ジョイスは必死に目を開けようしたが、暗闇にひきずりこまれていった。

「これで問題がひとつ解決したわ」メイベルは言った。枕を持ち上げて、ジョイスの顔に押しつけようとしたが、吐き気を覚えた。殺人者になったときの常軌を逸した嫉妬の怒りはもう湧いてこなかった。枕をおろし、戻ってジョイスのバッグを探った。睡眠薬の空瓶を見つけて、ゴミ箱に捨てる。それからジョイスの財布を開き、自分が与えたお金をすべて抜いた。バッグの底に婚約指輪がころがっていた。メイベルは眉をひそめた。処分するようにとジョイスに渡しておいたのだ。指輪をトイレに流すと、ジョイスのバッグから奪ったお金を自分のバッグに入れた。いくつかの手荷物をビーチバッグに入れると、メイベルは部屋を出て、「起こさないでください」という札をドアにかけた。服は置いていくしかないだろう。

エレベーターで一階に下り、駐車場でランドローバーを見つけて出発した。お金もなくジョイスが身動きとれずにいるところを想像して、口元に小さな笑みが浮かんだ。

夜になってジョイスは目を覚ました。頭がふらつき、吐き気がする。それから、記憶がどっと甦ってきた。どうにかベッドから出た。メイベルの姿はない。自分のバッグが開いたまま放りだされている。財布を開けた。お金がすべてなくなっている。パニックが襲ってきた。これからどうしたらいいの？

ダイニングに下りていき、食事をして一杯やり、サインをすればいい。何か食べれば頭がすっきりするかもしれない。

ジョイスは海を見晴らすテーブルに案内された。誰かの声が言った。「あなたみたいなきれいな女性が一人でお食事ですか?」

ジョイスは顔を上げた。ずんぐりした小男が微笑みかけている。「ただ海を見ているだけです」ジョイスは言った。

「ごいっしょしてもよろしいですか?」

「どうぞ」ジョイスは答えながら、苦境を抜け出す方策が見えてきたような気がした。この男は不細工だが、金持ちそうだ。スーツは仕立てがいいし、重そうなゴールドの腕時計をはめている。

彼をおだててその気にさせれば、部屋に来ないかと誘うかもしれない。そうしたら眠っているすきに財布と車のキーをとって逃げよう。

「自己紹介させていただけますか? ピーター・シンクレアです」

「ここに住んでいらっしゃるの?」ジョイスはたずねた。

「いえ、イギリスで靴のチェーンを経営しているんです。バイヤーの様子を見にこっちに来たんです」

ジョイスは片手を差しだした。「エリー・フィンチです」その名前でチェックインしていた。そのとき、はっと気づいて背筋が冷たくなった。今頃、二人の写真はイギリスの新聞に載っているだろうし、イギリスの新聞はスペインでも売られている。大至急、どこかに移動しなくてはならない。

そこで、ジョイスはおしゃべりしながら、さかんに色目を使ったが、あまり飲みすぎないように気をつけていた。頭をはっきりさせておかねばならない。

二人は十時という遅い時間からディナーをとりはじめた。もっとも、スペインではそれほど遅いとは言えなかったのだが。真夜中に、ジョイスはそろそろ部屋にひきとりたいと言い、ベッドの誘いとして自信のある流し目をピーターに送った。

「よかったらわたしの部屋でナイトキャップはいかがですか？」ピーターは食いついてきた。

やった、ジョイスは思った。

アガサとパトリックは暑さに疲れきっていた。捜索を始めて二日目だ。泊まっているマルベリャのホテルにいったん戻り、朝からまた捜索を開始しよう、とパトリックは提案した。しかし、アガサは譲らなかった。「もう少し。まだ聞き込みをしていない五つ星ホテルは、あと二軒だけよ。ほら、ここに一軒ある。スプレンディデ」

パトリックにナビをしてもらってレンタカーを慎重に運転し、アガサはラ・ヴィーナス・ビーチまで走り、スプレンディデの正面に停めた。「行きましょう、パトリック」

「アガサ、二人はスペインにいないかもしれないんだぞ。またいつものあんたの突拍子もない勘だろ。おれはもう帰りたい」

「もう一軒だけ」

「午前一時だぞ」

「わかった。車で待っていて。わたしが写真を見せてくるわ」

アガサはきらびやかなロビーに入っていった。夜間のフロント係はしわくちゃのリネンのスーツを着た中年女性を馬鹿にしたように見た。「何か？」

アガサは自分の身分を名乗り、メイベルとジョイスの写真を取り出した。

「この方は」とフロント係はジョイスの写真を選んだ。「ミスター・シンクレアといっしょにダイニングルームを出ていくのを見かけたと思います」

「聞いて！」アガサは言った。「この二人はイギリス警察に追われている殺人犯なの。地元警察に電話して、すぐに来てもらって」

フロント係はアガサの頭がおかしいのかもしれないと、一瞬ためらった。しかし、頭の中で肩をすくめた。だとしても、警察が面倒を見てくれるだろう。

ピーター・シンクレアはベッドの上でいましめと格闘しながら、叫んでいた。「この売女」ジョイスは彼の財布をバッグにしまった。

最初のうち、縛られるのは刺激的なセックスゲームだと思っていたのだ。

「助けてくれ！」

ジョイスは彼をにらみつけ、クロゼットからシルクのスカーフをとりだすと口に押しこんだ。

出口に向かったところで、ドアがいきなり開き、スペイン警察に囲まれているのに気づいた。その背後には、悪夢の中にいるみたいに、アガサ・レーズンの姿が見えた。


アガサが車に乗りこんできたので、パトリックは目を覚ました。

「もう帰れるか？」パトリックはたずねた。

「もうじきね」アガサはにやっとした。「ジョイスが逮捕されて、メイベルはリスボンに向かったと白状したの。スペイン警察はポルトガル当局に緊急配備を要請したわ」

「その間じゅう、おれを寝かせておいたのか！」

「起こす暇がなかったの。荷物を出して。今夜はここに泊まって、朝になったら現地の警察に出頭することになっているわ」

「どうやってあのレーズンは見つけたんだ？」翌日、ウィルクスは怒りをぶちまけた。「どこを捜したらいいのか、どうしてわかったんだ？　情報を隠していたにちがいない、そうに決まってる」

「彼女がいなかったら、二人を発見できなかったんですよ」ビルはなだめた。「メイベル・スメドリーは逮捕されたんですか？」

「ポルトガルの国境にすら、たどり着けなかった。ジョイス・ウィルソンは一人だけで罪をかぶる気はまったくなかったんだ」

「それで、メイベルはどう言っているんですか？　誰が誰をなぜ殺したんですか？」

「バート・ハヴィランドは二人のどちらとも寝ていたんだ。二人とも尋常じゃないほどジェシカに嫉妬した。ロバート・スメドリーは、妻がジェシカを殺したナイフを庭に埋めているところを見つけた。そして、すべての金と事業を自分に譲らなかったら警察に突き出すと妻を脅した。そこで、メイベルはジョイスに除草剤を与え、それを夫に飲ませるように指図した。ハヴィランドを殺したのは、彼が事実を知って警察に行くと脅したからだ。ハヴィランドは二人でやった」

「だけど、隣人はハヴィランドの部屋を出ていく足音は、一人だけだったと言ってますよ」

「それはジョイスだろう。メイベルはフラットシューズをはいていたから、足音を立てなかったんだ」

「アガサ・レーズンは定石どおりに行動しないおかげで、警察にはできないような成果を何度もあげてますね」

「まさに今回はそうだったな。明日のどの新聞にも、彼女がどうやって二人の行方を突き止めたのか記事が出るだろう。彼女のことだ、すでにそういう手配をしているはずだ」


アガサは受話器を置いた。「さて、これでおしまいよ、パトリック。イギリスの全国紙すべてに連絡した。ここで待つことになっている。これから現地の記者とカメラマンがここに取材に来て、写真を撮るわ。着替えた方がいいわね」

「おれはもうちゃんとしてるよ」パトリックは言った。

彼は赤と黄色の模様のアロハシャツとぶかぶかのカーキのショートパンツ、黒いソックスに革サンダルという格好だった。

「スーツの方が探偵らしく見えるわよ、パトリック。それにエアコンをつけたわ。残りの連中ももうすぐここに来るわ」

「残りとは？」

「フィル、ハリー、ミセス・フリードマンに飛行機で来て合流するように言ったの。どんなにいい写真になるかわかるでしょ？　探偵事務所全員なのよ」

パトリックはため息をついて、着替えに行った。アガサはよくこれだけのエネルギーが湧いてくるものだ、とパトリックは不思議だった。

その翌日、サー・チャールズ・フレイスは〈デイリー・テレグラフ〉を手にとった。目の前にアガサの写真があった。「詳細記事、六ページと七ページ」と書かれている。チャールズはそのページを広げた。

そこには全員がそろっていた――アガサ、パトリック、ハリー、フィル、それにミセス・フリードマンまで。だが、チャールズはローラを追いかけるために、いきなりアガサの元を去った。それは認めないわけにいかなかった。そして当のローラはどこだ？　なんと婚約者のところに戻っていった。「きみは婚約者がいることを黙っていたのか」チャールズは怒った。

「彼は海外にいたの」ローラは言った。「大騒ぎしないで、チャールズ。すてきな火遊びだったでしょ」


イギリスに帰国する前夜、アガサとスタッフはホテルのレストランの豪華なディナーで祝った。アガサは経費のことは気にしなかった。これだけ宣伝すれば、充分に元がとれるだろう。イギリスのメディアには、どの飛行機に乗り、何時にヒースロー空港に着くかを忘れずに伝えておいた。運がよければ、またさらに宣伝ができる。もちろん、メイベルとジョイスの二人がイギリス当局に引き渡されたら裁判が始まるから、アガサは詳細については語れなかった。

「わたしたちに乾杯」アガサはグラスを持ち上げた。「もっとたくさんの依頼が来ますように」

「でも、殺人はもうけっこうだわ」ミセス・フリードマンが身震いした。

「全面的に賛成」フィルが言った。

だが、最初のうちは凱旋帰国には思えなかった。他の乗客よりも先に飛行機を降ろされ、小部屋に連れていかれると、そこではウィルクスが待っていた。

「どうして二人がマルベリャにいるとわかったんだね？」彼はアガサにたずねた。

「ジョイスの友人の一人に話を聞いたら、ジョイスはマルベリャに行ったことがあるとわかったからよ。大きな賭けだったわ」

「わたしに電話してくれるべきだった！　マルベリャの地元警察に連絡できたから、二人をもっと早く逮捕できたかもしれない」

「あなたはわたしの話に耳を貸そうとしなかったと思うわ」アガサは言った。「たぶん、こんなふうに答えたでしょうね。『帰ってくれ。こっちはインターポールに連絡済みなんだ』」アガサはふいにとてつもない疲労を感じた。涙がひと筋頬を流れ落ちた。

ウィルクスはぎくりとした。アガサがここで取り乱したら、ヒロインをいじめたと上層部から非難されるだろう。

「そんなことは言わなかっただろうがね。では、もうお帰りください。あとで連絡します」

外で待ちかまえているはずのカメラに備え、アガサ・レーズンが馬鹿でかいバッグから大きな手鏡を取りだしてメイクを直しはじめたのを見て、ウィルクスは彼女につい同情したことを後悔した。

エピローグ

カースリーに戻って二週間後の雨の週末、アガサは気分が滅入っていた。探偵事務所にはどんどん仕事が入ってきたが、相変わらず迷い猫と迷い犬、行方不明のティーンエイジャー、それに離婚案件ばかりだった。誘拐された女相続人とか、宝石を見つけてほしがっている貴族とかの案件はゼロ。こつこつと足で調べることばっかり、とアガサは苦々しかった。

腰の痛みがますますひどくなっていた。マッサージ師のリチャード・ラズダールに電話して、土曜の午後に予約を入れた。大興奮のあとで気が抜けたせいか、孤独が身にしみた。新聞の取材もテレビの取材も、パタッと止んでしまった。

時計を見て、ロイ・シルバーを駅で拾うのを忘れていたことに気づいた。遊びに来たいと、ゆうべ電話があったのだ。

アガサはモートン＝イン＝マーシュ駅まで車を走らせ、彼が駐車場でいらいらしながら待っているのを見つけた。

「電話しようかと思っていました」ロイは言った。

「ごめんなさい、ロイ。車はここに停めて、そこまで歩いてパブでランチを食べましょう。ボスの態度はどう？」

「実にやさしいですよ。ぼくが有名なアガサ・レーズンの友人だとわかっているせいで」

「わたしはもう過去の人よ。ほっとする食べ物がいいわ。ステーキ・アンド・キドニー・パイならぴったりね」

ランチをとりながら、アガサは殺人事件を解決したことを詳しく語ったが、あまり何回も話しているので自分でも飽き飽きしてきたような気がした。

「このメイベル・スメドリーは、夫の殺害犯人を見つけてくれと、なぜあなたを雇ったのか説明したんですか？」

アガサは顔をしかめた。「わたしがド素人だからとうてい何も見つけられないだろうし、わたしを雇えば自分が無実に見えるから、って警察には説明したようね」

「写真にチャールズがまったく写っていないのでびっくりしましたよ」

「ああ、調査が終盤にさしかかるよりもずっと前に、どこかのあばずれ女を追いかけて消えちゃったから。わたし、ストウまでマッサージに行かなくちゃいけないの。コテージに寄って降ろしていくわね。すぐ戻るわ」

「前に言いましたよね。これは関節炎に思えます」リチャードは言った。「ぼくは医者じゃありませんが、アドバイスを聞き入れて、腰のレントゲンを撮ってもらってください」

「関節炎のわけがないわ」アガサは憤慨した。「あなたに何がわかるの？」

「いろいろとわかりますよ」彼は落ち着き払って答えた。「でも、ご自由に」

マッサージが終わると、アガサはぐんと気分がよくなった。マッサージの施術室はお菓子屋〈ハニー・ポット〉の二階にある。アガサはふいに手作りチョコレートの大箱を自分のごほうびとして買いたくなったが、その欲望を決然として断ち切って広場に出ていった。広場に立って、迷っていた。どこも悪くない。でも、リチャードがまちがっていることを証明してもいいわね。アガサにはかかりつけ医がいたが、今日は土曜日だ。それでも、医者の自宅の番号にかけてみた。

電話をすると、診てくれると言った。安心したかっただけなのに、腰のレントゲンを撮った方がいいと勧められたときは心が暗くなった。自費でかかりたい、とアガサは言った。心配のあまり、国民保健サービスの受診システムでいらいらするほど長く待つつもりはなかった。彼はチェルトナム・アンド・ナフィールド病院に電話をかけ、月曜の夜に専門医の予約をとってくれた。

「どこに行っていたんですか？」ロイがたずねた。

「マッサージを受けてから、あちこちのお店をのぞいていたの」アガサは嘘をついた。

「ふうん、わくわくする事件を見逃しましたね。ニュースでやっていたんです。メイベル・スメドリーが逃亡したんです」

「なんですって？　スペインの留置場から？　どうやってそんなことができたの？」

「心臓発作を起こしたらしく、意識不明になったんです。病院に運ばれたが、救急車はひどい事故のせいで途中の道で停止した。救急車の運転手と警備員は車を降りた。メイベルはどこから見ても意識がなかったからです。彼女はストレッチャーのストラップをすべてはずし、車を降りて、そのまま歩き去ったんです」

「わたしを追ってきたらどうしよう？」アガサは目をぎらつかせながら言った。

「アガサ、まるでそうしてほしいような口ぶりですね」

「馬鹿言わないで」

しかし一瞬、自分がメイベルをつかまえたおかげで、メディアがまたどっと押し寄せてくる光景が目に浮かんだ。その温かい栄光に包まれていれば、ぱっとしない人生と関節炎の可能性というつらい現実を遠ざけておけるかもしれない。

「もう一度テレビをつけて」アガサは言った。

ロイはテレビのスイッチを入れ、二十四時間ニュースチャンネルに合わせた。

イラクのもめごとや日本の地震のニュース、最近の国民保健サービスでの不正について聞いてから、ニュース速報が入った。「三名の殺害事件で指名手配中のイギリス人女性、メイベル・スメドリーが、たった今、スペイン警察に再逮捕されました。スペイン警察の広報担当によると、バーで飲み物を注文し、お金を払わずに出ていったので、バーテンダーが怒鳴りながら通りを追いかけていったそうです。勤務中だった交通整理の警官が彼女を逮捕しました。詳細はのちほど」

「あの人、あまりずる賢くなかったみたいね」アガサは言った。「すべての殺人は衝動的におこなわれたのよ、嫉妬に駆られて。夫の場合は純粋に怒りからかもしれないけど。このまま見ていましょう」

一時間後、ロイが不機嫌そうに言った。「アガサ、同じことを繰り返し繰り返し放送しているだけですよ。お客として来ているぼくのことも考えてもらいたいなあ。ミセス・ブロクスビーに会いに行きましょう。こっちに戻ってから会いましたか？」

「いいえ。ああ、なんてこと。ずっとバタバタしていて忙しかったの。すぐに行きましょう」


ミセス・ブロクスビーは二人を見て大喜びして、詳しい話を聞きたがった。「ミセス・スメドリーにあんな凶悪で暴力的なことができるなんて。とても信じられないわ」アガサが話し終えると、ミセス・ブロクスビーは言った。「嫉妬で心がねじ曲がってしまったのね。あの青年、ハリー・ビームが大学に行ったら、寂しくなりそうね」

「ずっと残ってもらえないかって説得するつもり。パトリックはすでに別の探偵を探しているところよ。実際、人手不足なの」

「ジェシカの両親は殺人犯がつかまってほっとしたでしょうね。ジョイスはどうなの？　ご両親は存命なの？」

「お父さんはきちんとした会計士だとわかったの。三年前に亡くなっている。ジョイスは一軒家を借りられるのは、父親が裕福だからと作り話をしていたみたいね。お母さんの方はバースの老人ホームに入っている。アルツハイマー病なの」

「困ったことがあるの」牧師の妻は言った。「婦人会で女性たちの顔を見るたびに、このきどった胸の奥にどんな奇妙な情熱を隠しているのかしらと想像するようになってしまったのよ。だって、ミセス・スメドリーは慈善活動と穏やかな態度で、みんなに尊敬されていたでしょ。暴力的になるなんて想像できた？　愛は不思議なものよね。人々をさまざまな点でゆがめてしまいかねない」

アガサはふいに元夫、ジェームズ・レイシーのことを思った。ジェームズはわたしのことを考えることがあるかしら？　わたしの人生に再び戻ってくることはあるの？もし戻ってきたら、関節炎病みの老いた女になったものだと馬鹿にされるんじゃない？　アガサは完璧な妻とはほど遠かったが、彼はアガサにひどい態度をとったし、たぶんそれにまったく気づいていなかった。大半の男は、いわば正当化された利己主義によって過ちを認めようとしないのだ。

アガサはロイと和気藹々と週末を過ごし、月曜には仕事に戻ったが、夜の病院の予約のことが頭を離れなかった。

複数の探偵を雇う必要があると、アガサは判断した。昼も夜も働くわけにはいかなかった。

とうとう、重い心でナフィールド病院に向かった。丁重な受付では、自費診療を受ける経済的余裕がない不運な人々のことを思って、なんとなくうしろめたかった。アガサは問診票に記入した。

「保険はないんですか？」受付係がたずねた。

アガサは首を振った。ずっと自分は不死身だと信じていたのだ。

「すぐにレントゲン撮影に行ってください、そこを行って左側です」受付係は言った。「レントゲン写真を受けとってから、専門医が診察します」

アガサは放射線科に行き、服を脱ぎ、与えられたガウンを着た。それから腰と脚のレントゲンを撮られ、服を着て待つように指示された。しばらくして、大きなレントゲン写真のフォルダーが渡され、受付エリアに戻り、また待つように言われた。

アガサはレントゲン写真を引っ張り出して、光にかざしてじっと見た。しかし、何もわからなかった。

看護師が近づいてきて、彼女からレントゲン写真を受けとった。「マクスポーラン先生がお会いします。こちらへどうぞ」

「本当にそれが先生のお名前なの？　スポーランってキルトにぶらさげる袋のことでしょ。スコットランドの酒場で交わされるジョークみたい」

「マクスポーランは由緒正しいスコットランドの名前ですよ。お願いですから、ジョークは言わないでくださいね。先生はもう聞き飽きていますから」

マクスポーラン先生は小柄で身だしなみのいい男性だった。アガサのレントゲン写真をシャウカステンにはさんだ。

「なるほど！」先生はつぶやいた。

「どうですか？」アガサは不安そうにたずねた。

「右の腰に関節炎が発症しているのが、はっきり見えます。かなり進行しているわけではないが、腰の手術の予約を入れるようにご忠告します。長く放置しておけばおくほど、手術の成功率は下がります」

「今はとても忙しくて、時間がとれないんです」

「申し上げたように、長く放置しないことが重要です。一時的な治療として、腰に注射を打つことならできます。運がよければ、注射の効果は半年ほど続くでしょう」

アガサは執行猶予をつけてもらったような気になった。「今、注射を打ちます」

「そうはいきません。予約をする必要があるんです。全身麻酔で打ちますから。入院は一泊だけですみます。骨スキャンもお勧めします」彼は予定表を広げた。「腰の注射は二十五日にできます。二週間後ですね。朝の七時半までにここに来てください。前日の夜は十時以降は飲んだり食べたりしないように」

「わかりました」アガサは沈んだ声を出した。

「さて、横になって診察させてください。ズボンを脱いでください」

アガサは脚をこちらへ、あちらへひっぱられた。

「けっこう」診察を終えると医師は言った。「帰りがけに放射線科のデスクに寄って、骨スキャンの予約を入れていってください」


病院を出ようとしたとき、携帯電話が鳴った。チャールズからだった。「もう食事はすませた？」

「いいえ、チェルトナムにいるの」

「ディナーに連れていくよ。ミルセスターの広場で待ち合わせしよう。どのぐらいかかりそう？」

「道はすいてきているはずよ。四十五分くらいかしら」

「じゃ、またそのときに」

「どうしてチェルトナムに？」イタリアンレストランに腰を落ち着けると、チャールズはたずねた。

「事件の調査」チャールズに関節炎について打ち明ける気は一ミリもなかった。あまりにも年寄りくさい。

「ずいぶん刺激的なことがあったんだね」

「あなたもそれを味わえたのにね、チャールズ。あんなふうに女性を追いかけていかなかったら。その後、どうなの？」

「彼女は婚約していて、わたしとはただの火遊びだったってわかった」

「お気の毒に」

「ああ、哀れなもんだ。あなたは自分が年をとるのを心配したことがある、アガサ？」

「まだ本気で考えたことはないわ」

「一人寂しくよぼよぼになったらぞっとするって、ときどき思うんだ」

「あなたは一人とは言えないわ、チャールズ。叔母さまもグスタフもいる」

「叔母は永遠に生きられないし、グスタフは手助けしてくれるような同情深いタイプじゃないからね。それでも、まだ希望はある。世の中にはかわいい女の子がたくさんいるから」

自分は年齢のせいで除外されているのだ、とアガサはうっすら感じた。チャールズは四十代で、彼女は五十代に入ったばかりだ。それでも、四十代の男性は若い女の子との結婚を思い描くことができるのだ。

食事が終わると、チャールズが泊まっていくと言いだすのを期待した。がらんとした家に一人で帰っていくのが嫌だったから。しかし、チャールズはそういうつもりはないようだった。アガサはあまりに落ち込んで、自分から泊まっていったらとは言えなかった。

一人で家に帰り、留守番電話に伝言が入っていないかチェックした。ロイが週末の招待にお礼のメッセージを残していたが、次のメッセージには舞い上がった。フレディからだった。

「わたしのヒロインはお元気ですか？　明日、オフィスに電話します」

アガサの憂鬱な気分は吹き飛んだ。わたしを愛してくれる人がいた！

翌日、アガサはフレディの電話を今か今かと待っていたので、オフィスで電話が鳴るたびに飛び上がった。午後遅くなって、そろそろあきらめかけ、オフィスを離れない口実を見つけるのにもうんざりしてきたとき、やっと彼は電話をくれた。「今夜、ディナーをいかがですか？」

「何時ですか？」

「八時にコテージにお迎えに行きます」

一切の言い訳をせずにアガサはオフィスを飛び出すと、いちばん近い美容院に行った。髪をきれいにセットしてもらうと、急いで家に帰り、今夜のために入念な準備にとりかかった。

フレディは八時ちょうどに現れ、モートン＝イン＝マーシュの新しいレストランに連れていってくれた。

彼に誘われてこれほど有頂天になっていなければ、アガサは絶対に食事に文句をつけていただろう。フレディは豚バラ肉の詰め物を勧めた。料理が運ばれてくると、ちっぽけな茶色のものが大きな皿の中央にちょこんと置かれていた。それにミックスサラダの小さなボウル。しかし、テーブルの向かいにはハンサムなフレディがいて、殺人事件についてあれこれ質問し、見事な直感だとアガサをほめてくれたうえに、ところどころでいかにも感心したような声をもらした。

ああ、それに、彼に目をのぞきこまれ、ワインを注いでくれるときに手と手が軽く触れあっただけで、アガサはぞくぞくした。

二人は窓際のテーブルにすわっていた。また雨が降りだしていたが、今夜ばかりはうっとうしいみじめな天気のことが気にならなかった。

「ねえ、きみ、最初《オールド・ガール》は鼻持ちならない人なんじゃないかと想像していたんだよ」

彼は「オールド」を抜かすべきだった。アガサが思わず顔をそむけ、窓の外に目をやると、ちょうどチャールズがレストランの外の横断歩道で車を停止させていた。チャールズは驚いたようにアガサを見た。信号が青に変わり、彼の後ろの車がクラクションを鳴らしたので、チャールズは発進した。

フレディが答えらしきものを待っていることにアガサは気づいた。だが、この場にふさわしい言葉を思いつけなかった。

そこで、代わりにこうたずねた。

「南アフリカはどうでした？」

「ああ、相変わらずだった、まったく変わってなかった。友人たちに会って。ま、そんなこんなだったよ」

レストランのドアが開き、チャールズがさっそうと入ってきた。

「ごいっしょしてもいいかな？」

「あなたは招かれてないわ」アガサがぴしゃりと言った。

「おや、元気かい、フレディ？」アガサがにらんでるのに、チャールズは素知らぬ顔でたずねた。

「うん」フレディは歯切れの悪い口調になった。

「奥さんと子供たちはこっちに連れてきたのかい？」

「まだ向こうにいる」

アガサはチャールズとフレディのやりとりに耳を疑った。

「いつこっちに来る予定なんだ？」チャールズが追及した。

「来週」

「それはよかった。さて、お二人の食事を邪魔しないことにするよ。明日、電話するね、アガサ」

「待って！」アガサは立ち上がった。「いっしょに行くわ。家まで送って。できるだけ早くこのろくでなしと別れたいの」

「結婚していることを知っているのかと思ったよ」フレディが言った。

「話してくれなければ知るわけないでしょ。だいたい、わたしのキッチンで警官に結婚していないって言ったくせに」

「きみは最低だよ、フレディ」チャールズが言った。「行こう、アガサ」

「話してくれるべきだったのよ」アガサがそう言うのは、これで十回目だった。二人はアガサのコテージに戻っていた。

「だったら、彼とデートしたことを言うべきだった。さっきから何度もそう言ってるだろう？」チャールズは反論した。

「ともかく、何もかもうんざりだわ。すっかり気分が滅入ってるの。あれだけ宣伝になったから気分が高揚したけど、急に静かになっちゃった。ミッドランド・テレビはインタビューの依頼をキャンセルしてきたのよ」

「ウィルクス警部と関係しているのかも」

「どういうこと？」

「〈ガーディアン〉のインタビューで、彼はあなたをかなりこきおろしてるんだ」

「いつ？」

「正確な日付は忘れたけど、車に新聞が置いてあるよ。グスタフが持ってきてくれたんだ」

「わたしを賞賛していない記事だから、グスタフはあなたに渡したのよ。とってきて」

チャールズは外に出ていき、しわくちゃの〈ガーディアン〉を手に戻ってきた。

アガサはぱらぱらめくって特集ページを見つけた。大きな見出しがついている。「警部と幸運な素人」彼女は読みはじめた。

ウィルクスはアガサの探偵能力を非常におもしろがっていた。「ミセス・レーズンは偶然に殺人者を発見したんだと思います。犯人は素人だし、彼女も素人ですからね」と語っている。「彼女はわたしの事件の周囲をまさに蜂みたいにブンブン飛び回って、ときどきツキに恵まれて真実とばったり遭遇する。もちろん警察は感謝していますが、インターポールも捜査していたし、いずれ犯人はつかまっていたでしょう」

そんな調子で延々と熱弁をふるっていた。

「これは誹謗中傷よ。訴えるわ」

「わたしならそんなことしないけどね。今後、探偵事務所を経営するつもりがないなら別だけど。彼を訴えたら、すぐにあらゆる場面で警察に邪魔されるよ」

「教えてくれてもよかったのに」アガサは文句を言った。「ジェシカの死体を発見したのはわたしだって、世間に思い出させてやったわ。もちろんあの二人組をスペインまで追跡したのだってね」

「グスタフが渡してくれたときには、新聞が出てからすでに何日かたっていたんだ。ところで」とチャールズは話題を変えた。「インタビューで、わたしのことをひとことも言わなかったんだね」

「だって、短いスカートを追いかけて、あっという間に消えちゃったから」

「もういい」チャールズはおもしろくなかった。「帰るよ。もっと機嫌がよくなったら電話してくれ」

翌朝オフィスに出勤すると、全員が待っていた。「何なの？　ストライキ？」弱々しくアガサはたずねた。

「この探偵事務所を続けていきたいのかどうか、知りたいだけだ」パトリックは言った。「きのうはまったく仕事をしようとしなかったし、週末じゅう休んでいたからね」

「もちろん続けるつもりよ。ただ、ちょっと疲れただけ。ミセス・フリードマン、今日の仕事を検討しましょう」

熱意を示そうとして、アガサはより大変な案件を担当した。不倫をしているらしい夫を妻の依頼で尾行する仕事だ。妻は離婚を申し立てたがっていた。

夫はミルセスターでデリカテッセンを経営していた。人気店だ。道路の向かいにアガサは駐車場所を見つけた。フィルは助手席でカメラを用意している。

お客が来ては去っていった。やがて店はランチタイムで閉められた。夫は地元のレストランに行ったが、一人で食事をしていた。

店の見張りに戻ると、閉店時間まで時間がのろのろと過ぎていった。二人のアシスタントが帰ると、彼は出てきて店の戸締まりをした。外に立ち、左右を見ている。

「誰か待っているのよ」アガサは頭を低くしながら言った。「カメラの用意をして。夕方になっても明るくてよかった。フラッシュで警戒させたくないから」

若い男が通りを歩いてきて、経営者に声をかけた。二人はいっしょに立ち去った。

「今日は時間のむだだったな」フィルが言った。

「いいえ、車を降りて。二人をつけるわよ。ピンときたの」

二人とは充分な距離をとって尾行を始めた。経営者と若い男は〈緑のオウム〉というクラブの外で足を止めた。

フィルは言われたとおり、二人が肩を組んでクラブに入っていく前に、いい写真を二枚撮った。

「どうして、写真を撮らなくちゃいけなかったんだ?」フィルはたずねた。「あれは彼の隠し子か何かなのか?」

「〈緑のオウム〉はミルセスターで唯一のゲイバーよ。ときどき、この仕事が嫌になる。自分があさましい気がして。あなたの車まで送るわ、フィル。あなたはもう帰って、その写真を現像して。わたしは帳簿にちょっと目を通していくわ」

フィルと別れると、アガサは事務所に戻ってミセス・フリードマンの椅子にすわり、電源を落としたパソコンの画面を見つめた。

これほど年齢を感じたことも、孤独が身にしみたこともなかった。最近の五十代前半は絶対に年寄りではない。でも、関節炎を病んでいるという事実に震え上がっていた。自分が独りぼっちでみじめに年をとっていくことを想像した。誰も面倒を見てくれないし、痛みをわかちあう相手もいない。

事務所のドアがためらいがちにノックされた。アガサは怒鳴りそうになった。「もう業務は終了。帰って」しかし、仕事は仕事だし、新しい案件で悩みを忘れられるかもしれない、と思い直した。

ドアを開け、そこに立っている長身の姿を見上げた。彼女に笑いかけている。

「やあ、アガサ」ジェームズ・レイシーが言った。

訳者あとがき

アガサ・レーズンを主人公にした〈英国ちいさな村の謎〉シリーズも、本書『アガサ・レーズンと完璧すぎる主婦』で十六巻目になりました。前巻の訳者あとがきではアガサの探偵事務所開所祝いということで、「みんなでアガサ・レーズン応援企画！」と題し、「わたしが好きなアガサ・レーズン三冊」を選んでツイッターに投稿していただくようお願いしました。応募してくださったみなさま、どうもありがとうございました。あとがきの最後で結果をご報告していますので、ごらんください。

さて、前回の『アガサ・レーズンの探偵事務所』で、アガサは命を狙われるという大変な目に遭いますが、その後騒動が一段落すると、探偵事務所の依頼は減ってきたうえ、自分の年齢のことも気になり、憂鬱になりがちです。儲けが少ないのは、自分自身の苦々しい離婚について思い出させられるので、割のいい離婚案件を扱わないことも一因かもしれません。

そんなとき、牧師夫人のミセス・ブロクスビーにかなり強引に勧められ、村のフィル・ウィザースプーンをカメラマンとして雇います。最初は七十六歳というフィルの年齢に、二の足を踏んでいたアガサですが、フィルの機転や若々しい行動力に探偵の仕事をかなり助けられます。おかげで行方不明だった少女の遺体を発見でき、取材が殺到します。ここぞとばかり、アガサは無料で少女を殺した犯人を突き止める、と宣言します。さらに同時期に妻の浮気調査を依頼したエレクトロニクス会社を経営する夫が殺されるという事態に。妻から犯人捜しの依頼を受けたアガサは、てんてこまいです。

今回、探偵事務所に新しく入ったメンバーたちがとても魅力的です。高齢にもかかわらず、体力、知力ともアガサに負けていないフィルはもちろん、大学入学前の若いハリーの活躍ぶりには目をみはりました。変装したり、潜入したり、若いだけに柔軟で行動力もあり、頭も切れる。女性にもけっこうもてます。二人とも、次作でも登場するようなので今後が楽しみです。

さて、アガサは仕事だけではなく、プライベートでもいろいろ悩みが多いお年頃です。五十代前半といえば、更年期だし、体も変わってくるのは当然なのですが、アガサはなかなかそれを受け入れられないのです。少し前から腰が痛いのに、関節炎なんかのわけがない！　と言い張り、友人たちには足首をひねっただけ、とごまかし、マッサージで対処しています。でも、本書の最後でついにあきらめ、病院にかかることになりました。このエピソードは、同世代の読者のみなさんにはよく理解できるのではないでしょうか？　かくいう訳者にも、膝が痛いのに半年ほどマッサージでごまかしていた友人がいました。彼女もついに痛みに耐えかねて、整形外科に通うことにしたようです。

さらに、アガサはふとした拍子に孤独にも苦しめられています。泊まりに来ていたチャールズがいきなり帰ってしまったあとのアガサの様子です。

朝になって一階に下りたアガサは孤独を嚙みしめていた。庭に出ていくと猫たちもついてきた。腰をおろす。断続的に雨が降っていたが、今はふんわりした白い雲が水色の空を流れていた。木の葉はすでに濃い緑に変わっている。じきに、日が長くなる。夜になると、自分の年齢と時のたつのが早いことを改めて嚙みしめることになるだろう。

さらにバツイチになったチャールズに「年をとるのを心配したことがある?」とずばりと訊かれ、見栄っ張りのアガサはまだ考えたことはないと答えます。しかし、叔母やグスタフと同居しているチャールズはこう言うのです。

叔母は永遠には生きられないし、グスタフは手助けしてくれるような同情深いタイプじゃないからね。それでも、まだ希望はある。世の中にはかわいい女の子がたくさんいるから。

それを聞いてアガサは思うのです。

自分は年齢のせいで除外されているのだ、とアガサはうっすら感じた。チャールズは四十代で、彼女は五十代に入ったばかりだ。それでも、四十代の男性は若い女の子との結婚を思い描くことができるのだ。

本当に不公平ですよね! アガサの気持ちは、とてもよくわかります。いつも、アガサがんばって! 元気を出して! と応援しつつ、ひどい男には(今回も登場します）腹を立てながら訳しています。

ツイッターの応援企画では、愛読者のみなさんからアガサへのさまざまな応援メッセージをいただき、訳者も大変に励まされました。

では、読者のみなさんが選んだ人気ベスト3の発表です（編集部宛に届いたお葉書の票もカウントしました）。二位、三位ともに同点でした。

一位　アガサ・レーズンと困った料理（①巻）
二位　アガサ・レーズンの幻の新婚旅行（⑥巻）
二位　アガサ・レーズンの探偵事務所（⑮巻）
三位　アガサ・レーズンと猫泥棒（②巻）
三位　アガサ・レーズンと七人の嫌な女（⑫巻）

けっこう票がばらけたのは、甲乙つけがたいということなのかな、と思います。実際、どれも好きで選べません、と全巻の写真をアップしてくださった方もいらっしゃいました。

第一巻の『困った料理』はやはりアガサ初登場で、印象も強烈なので、一位というのは予想どおりかもしれません。読者のみなさんのコメントはお葉書も含め、一部を順不同でご紹介させていただいています。多少カットしたり、まとめたりしていることをご了承ください。

○はじめは姉からのプレゼントでした。一冊目から見事にハマり毎回発売日を楽しみにしています。アガサはまっしぐらで情熱的、有能だけど傷つきやすく繊細で抱きしめたくなります。三冊選ぶ目的を忘れ、改めて全巻夢中に読んでしまいました。装丁もとても素敵で毎回楽しみです！

○このシリーズを読むと、アガサの図々しいけど実は繊細なところに共感して、私も頑張ろうと思える。続刊期待！

○厚かましいキャリアウーマンと、可愛らしい乙女の心を持つアガサがたまらなく魅力的。身近な友達とさえ思えてくる。永遠に読み続けていきたい。

○一番愛すべきおばさん探偵のコージー。最新のは電子書籍購入。全部電子化して欲しいし、日本語訳も続けてほしいです。

○妻の本棚から面白そうだと思って読んでみました。変に傷つきやすいところがある自分としては、アガサのように強気に思える姿勢の女性に、ずいぶんと爽快なイメージを持てて面白かった。とても魅力的な女性に思えます。広く読まれることを期待しています。

○ミステリー小説好きで、ネコちゃんも大好きな私にアガサ・レーズンシリーズは、とっても魅力的です。翻訳本の出版を心待ちにしています。探偵になったアガサの今後、ジェームズとはもう会えないのか、素敵なパートナーに巡り会えるのか、大変気がかりです。ぜひ出版を続けて下さい。

○得意なのは電子レンジ料理。強気で飾り気のないアガサと、クセのある登場人物が好き。毎年出版されるのを楽しみにしています。ついでに日本でもドラマ放送して欲しいです！

○この本を読み始めてから、毎日がとても楽しい。四巻ではチャールズと出会い、五巻ではアガサがジェームズに自分の過去を自然に打ち明ける所が良い。最新刊で、とうとう探偵事務所を立ち上げて、ホッとしました。十五冊読んでもまだ、アガサがつかみきれません。続きを早く読みたいです。

○特に好きなのは探偵事務所を始めたお話。意地っ張りで猪突猛進タイプだったアガサですが、友達の大切さを痛感し、素直になってゆく姿に、ほっこり♪

○最近ハマったので、まだ五冊しか読んでない。前の本も電子書籍化希望！　これからも翻訳楽しみにしています。
○ジェームズや、チャールズとの恋の行方にハラハラさせられるところが、いつもとても楽しい。
○アガサのお話を読んでいると、退屈することがありません。旅行気分になれる「アガサ・レーズンの幻の新婚旅行」、初登場「アガサ・レーズンの困った料理」、いつにもましてアガサが魅力的な「アガサ・レーズと七人の嫌な女」を選んでみました。
○どの巻もおもしろくて選ぶのはむずかしいですが、やはりシリーズ一巻目は衝撃的に面白かった！　中年のおばさんで美人でもなく性格もいまいち、こんなヒロインがいたでしょうか？　図書館で全巻次々に借りて読み、すぐに書店で注文して購入。二冊購入した作品は友人や姉にプレゼントしました。みんな、アガサにはまっています。
○あとがきで出版不況がコージーミステリにも影響を与えていると知り、この先出版が止まってしまったら日々の楽しみが減ってしまうと急に不安になりました。細々とでもいいので、本国で続編が出ている作品は日本でも出版していただきたくお願いいたします。

○楽しい本を日本で出版してくださってありがとうございます。シリーズがいつまでも続くことを期待しています。『アガサ・レーズンの探偵事務所』は一気に読むのは惜しいほど面白かったのですが、エマ・コンフリーの最後まで意表をつくほどの登場はオカルトがかって少し怖かったです。

○読んでいると目の前で人々が動いている様子が浮かんできます。これは作家の方だけではなく、訳者の方の力が大きいと思います。楽しんで物語を訳しているのではないかと推測できます。

どれもみなさんのアガサへの愛情がひしひしと伝わってくるコメントで、本当に感謝しています。訳者もアガサのように猫一匹と二人暮らし。アガサといっしょに泣いたり笑ったりしながら、最後のコメントに書かれているように楽しみながら翻訳しています。これからも、アガサのシリーズをどうぞよろしくお願いいたします。

さて、次巻*Love, Lies and Liquor*では、あのジェームズがまたまた登場します。アガサとの関係はどうなるのでしょうか？　二〇一二年三月刊の予定ですので、楽しみにお待ちください。

コージーブックス

英国《えいこく》ちいさな村《むら》の謎《なぞ》⑯
アガサ・レーズンと完璧《かんぺき》すぎる主婦《しゅふ》

著者　M・C・ビートン
訳者　羽田詩津子《はたしずこ》

2021年　7月20日　初版第1刷発行

発行人　成瀬雅人
発行所　株式会社　原書房
〒160-0022 東京都新宿区新宿 1-25-13
電話・代表　03-3354-0685
振替・00150-6-151594
http://www.harashobo.co.jp
ブックデザイン　atmosphere ltd.
印刷所　中央精版印刷株式会社

落丁・乱丁本はお取り替えいたします。
定価は、カバーに表示してあります。
 ISBN978-4-562-06116-7 Printed in Japan